国家级一流专业建设点浙江师范大学汉语言文学专业建设成果
本书获浙江师范大学教材建设基金立项资助

Biographical Literature and Chinese Teaching

中国语言文学与语文教学书系

传记文学与语文教学

陈兰村　童志斌 /著

ZHEJIANG UNIVERSITY PRESS
浙江大学出版社
·杭州·

序言

传记已经成为文学和文化范畴中最重要的文类之一，而且无论从作品的数量、影响以及读者范围来看，也是最大的文类之一。[①] 传记研究也被认为是当代人文学术研究的一个核心领域，因为以人为核心的传记汇聚了人文学科几乎所有重要的问题。

传记文学的发展源远流长。古希腊最早的传世传记是公元前4世纪伊索克拉底的《埃瓦戈拉斯传》与色诺芬的《阿格西劳斯》。伊索克拉底在《埃瓦戈拉斯传》中自称是古希腊以散文形式赞誉个人美德的第一人。色诺芬除了撰写阿格西劳斯的传记之外，另著有回忆录《远征记》和《回忆苏格拉底》，可见其对个人生平事迹的重视。西方古典传记中更重要的作品是罗马帝国时期普鲁塔克的《希腊罗马名人传》，此书以重要历史人物为中心，详细描述了许多重要历史事件，保存了许多文献材料。普鲁塔克由此被视为西方传记文学的鼻祖，其叙述笔法和文体风格对欧美散文、传记、历史小说的发展产生了极为深远的影响。

传记在中国同样有着悠久的传统。中国古代传记大体上包括两类：一类是历史传记，即史传；一类是杂体传记，即杂传。司马迁作为史传的创立者，《史记》中的《本纪》《世家》《列传》皆为优秀的传记，这些历史人物传记具有深刻的思想内涵和独特的艺术魅力，不断感召和陶冶后人。司马迁开创的以人物描写为中心的纪传

① 杨正润：《现代传记学》，南京大学出版社2009年版，第1页。

体，成为历代正史的标准文体。此后，班固的《汉书》，陈寿的《三国志》，范晔的《后汉书》，沈约的《宋书》，李延寿的《南史》《北史》，欧阳修的《新唐书》等均包含有出色的史传篇章。杂体传记则包括了史传之外的一切具有传记性质的作品，如碑诔、传状、自传等。秦汉时期即已出现此类作品，而它的发达兴盛，主要在唐之后，至明清尤盛。杂传作家有韩愈、柳宗元、欧阳修、王安石、宋濂、顾炎武、黄宗羲、戴名世、全祖望等。杂传作品往往能补正史之缺，作家的感情和倾向也更为鲜明强烈。专门成集的有《列女传》《圣贤高士传》《高僧传》《明儒学案》等，更多的作品则编入各家的文集中，流传千古。

传记文学的厚重底蕴和独特魅力形成了独立的研究领域，陈兰村教授正是这一领域的资深专家。陈兰村教授曾出版相关著作多种，近日又推出传记文学方面的新著《传记文学与语文教学》。该书共十章，分为三个板块，一至三章是传记作品特征论，四至七章是传记教学论，八至十章是教学案例论。三论相合，彼此呼应。该书立论新颖，关注当下，别开生面，无论是对于“传记文学”，还是对于“语文教学”，都具有重要意义。

就学科建设而言，该书丰富和完善了传记文学的内涵，推进了传记学的学科建设。杨正润教授在《现代传记学》中曾对传记学进行全面考察，以传记的标准形式为主要对象，兼及各种边缘形式和扩展形式，其研究内容涵盖了传记本体、传记形态和传记书写三个层面，包括了“传记是什么”“传记形态怎样”“传记怎么写”等核心问题。但若就传记学的学科体系立论，其中似乎缺少了“传记怎么读”的问题，也就是传记的传播接受维度。传记接受显然是传记学的题中应有之义，但系统性讨论不多，而本书《传记文学与语文教学》恰恰关注传记的传播接受。正如作者在本书前言所说，文学的内容主要是写人的生活、人的感情、人的历史。文学写出来给人看。读者从中娱乐自己，教育自己。传记描写真实的人生经历，一部好的传记具有丰富的社会功能，不但具有历史记忆、文学欣赏功能，更具有教育激励功能，因而可以纵观历史，反观自身，陶冶教育，启迪人生。从教育激励的角度将传记与语文教学结合起来，既有助于阅读教学、写作教学，更有助于人格教育，揭示出传记传播研究的一条重要路径，从而丰富和完善传记学的内涵，为传记学学科建设提供具有启发性的研究思路和实践路径。

传记文学研究是浙江师范大学古代文学研究的特色方向。如陈老师在写作缘起中所说，浙江师范大学传记文学研究开始于20世纪 80 年代，陈兰村和俞樟华是这一方向的主要带头人。多年来，该方向培养了一大批优秀的硕士生，成为国内较有影响的传记文学教学研究中心。放眼未来，在期待该方向不断推出新成果的同时，也希望有更多年轻学者赓续传统，发扬光大。

就课程建设而言，该书构建了一种中文师范专业的桥梁性课程，是面向基础教育开展课程重构的有益尝试。师范教育的一个重要特性在于具有明显的实践属性，一名只学好了教育学、心理学和教育技术学的师范生未必能成为一名优秀教师，同样，一名只掌握了文艺学、古代文学、现当代文学、古代汉语、现代汉语的师范生也未必能成为一名优秀的语文教师。因为学科逻辑不会自动转化为职业逻辑，需要经过文学教学等一系列桥梁性课程以及备课、教学设计、班级管理等一系列实践类课程的过渡和衔接，在学科逻辑转化为教学逻辑的同时，严丝合缝地嵌入职业逻辑，从而形成教学逻辑、学科逻辑和职业逻辑三者的相互融通。

将学科内容与语文教学加以结合贯通，形成一系列桥梁性课程，是当下专业课程建设的重要方向，每一门课程在培养学生专业能力方面均扮演着各自重要的角色。此前，浙江师范大学中文专业已出版了黄灵庚教授的《训诂学与语文教学》，傅惠钧教授的《修辞学与语文教学》，崔小敬教授的《古代小说戏剧与语文教学》，童志斌、殷晓杰教授的《文言文词汇语法与语文教学》，均对中小学的语文教学起到了指导引领和借鉴转化的重要作用，现在前后相继、又添新篇，相信这一系列还将不断更新下去。

一言以蔽之，《传记文学与语文教学》的出版正当其时，可谓是学科建设与专业发展双向努力的重要成果，也可视为学科和专业协同并进的可贵探索。

陈兰村教授是古代文学学科的前辈学人，成果丰硕，已经出版《中国传记文学发展史》《20 世纪中国传记文学论》《中外优秀传记选读》《蒋风评传》等多种著作，如今已是耄耋之年，依然笔耕不辍，精神令人感佩。陈老师嘱余作序，后生晚学，对传记文学所知有限，谨奉上以上文字，向陈老师致以崇高敬意！

葛永海

2022 年 8 月 29 日

前言

一、缘起

我和浙江师范大学教师教育学院教授、浙江师范大学附属中学语文教师童志斌对传记文学与语文教学的关系问题深感兴趣，我们认为，为了把优秀的传记作品以及研究成果分享给青少年，传记文学教学应从中小学开始；同时也为了与中小学语文教师同行交流，提供传记文学相关知识及教学体会，特合作撰写《传记文学与语文教学》这本小书。

我对传记作品的兴趣是在改革开放初就有了。1982 年春，我去复旦大学进修，私心是向朱东润教授学习传记文学。此前我已读了他在 1961 年 8 月 5 日发表于《文汇报》的文章《漫谈传记文学》，文章开头就说："传记文学是一个有优秀传统同时又有广阔前途的文学部门。"[①]朱先生在文章最后提出了传记文学今后的工作。我归纳有以下几点：一是选录校释古代作品，二是作一部传记文学史，三是写一部传记文学的理论著作，四是翻译国外优秀的传记文学作品，五是创作更多更好的传记文学作品。当时我十分兴奋，朱先生的文章一下给我指明了进修的方向。此后，我就向这个方向努力，陆续出版了《中国传记文学发展史》《20 世纪中国传记文学论》《中外优秀传记选读》《蒋风评传》等。

---

① 朱东润：《漫谈传记文学》，《文汇报》1961 年 8 月 5 日。

目前学界对传记文学的研究多在传记理论、传记史、传记批评三个层面，对传记文学教学研究尚缺少关注，尤其是对中小学的传记教学关注太少。而要普及传记文学知识，推广优秀的传记作品，发挥优秀传记作品文学欣赏、历史记忆、教育激励等多重功能，离不开传记教学。我和童志斌教授这次的合作就是对传记教学做一点探索，给关心传记教学的专家和读者起一个抛砖引玉的作用。

二、撰写意图

这本小书的读者对象主要是中小学语文教师、关心传记教育的朋友和广大的传记文学爱好者。这本小书有两方面的撰写意图。一是配合中小学的语文教学改革，结合教育部统编版语文教材，传播传记文学基本理论知识，同传记文学爱好者交流我们多年传记文学教学与研究体会，为语文教师提供有益的信息。

二是吸收当前学术界对传记文学和传记教学的研究实践新成果、一线老师对传记文学教学研究的新案例，为广大教师、学生和相关的传记工作者献上一本可供参考的小书，作为他们从事传记教学的阶梯。

我们希望通过广大语文教师的教学传授，扩大传记文学在中小学的影响。我们抱着神圣的使命感，愿意为传记文学教育的发展添砖加瓦，推动传记文学在青少年群体中的传播。

三、基本认识

“文学乃是以语言为工具的、以感情来打动人的、社会生活的形象反映。”[1]文学的内容主要是写人的生活、人的感情、人的历史。传记文学是文学的一个重要门类，它区别于纯虚构性的文学，是以真实人生及其个性为题材的作品，写真实的人的经历，从而上看历史，下观自己，代代教育，启迪人生。

---

① 章培恒、骆玉明主编:《中国文学史》上，复旦大学出版社 1996 年版，第 59 页

语文对个人、对社会、对国家来说都是非常重要的基础性学科。语文关系个人的全面发展；语文影响社会上人与人的交流与沟通，是个人参与社会的重要手段；语文关系国家的安全与尊严。传记教学可以通过语文教学的渠道，教育学生，二者关系密切。

传记文学作品是语文教材的重要组成部分，从小学到初高中的语文教材都有传记篇目。从提高学生的听说读写能力角度看，从语文能力的培养与教育学生如何做人的角度看，传记文学对于语文教学都是意义非凡。同时传记教学也是中小学思想品德教育、优秀传统文化教育的重要抓手。

传记教学不限于语文教学领域，它还关系到传记的公共教育，如传记影视片的拍摄、名人纪念馆的传记展览、各类地方志中人物志的编写等，都会使传记与公共教育发生联系。

四、指导思想

这本小书旨在突出“新”“实”“用”三个字。一是依据国家制定的相关教育政策，吸纳传记文学教学与语文教学研究的新成果，呈现传记文学和语文教学发展的新趋势，反映我们编写者对传记文学和语文教学的新认知，突出一个“新”字。

二是理论与实际结合，传记文学与语文教材紧密结合。既不脱离教材，又要跳出教材。所引理论或实例有依据，有出处，突出一个“实”字。

三是重点研究语文课程中的传记作品教学，所用教学案例来自一线教师们自己的教学实践，虽不一定成熟，但可以供其他语文教师参考检验。同时，本书精选社会公共传记教育相关的案例，突出一个“用”字。

五、体例特色

全书体例分为三个板块：一至三章是传记作品特征论，介绍传记学相关的基本理论，了解传记文学是什么；四至七章是传记作品教学内容论，论述传记作品教学如何进行人格教育、阅读教学和写作能力的培养，明确学生为什么要学习传记文学作品，了解传记文学教什么；八至十章是传记教学实践论，通过对精选教学实例的评析，梳理传记作品阅读与教学的要领方法，了解传记文学怎么教。最后是附录，提供扩展的传记文学与欣赏的相关知识。

本书有三方面的特色：一是有理论、有案例，可思考，可借鉴，既联系教材，又不局限于教材。二是本书将小学到初中、高中的传记作品教学通盘加以研究，有点有面，点面结合。三是本书注意对社会公共传记教育的研究。

六、撰稿分工

陈兰村负责本书总体设计，撰写前言及正文一至七章。童志斌负责全书统稿并撰写正文八至十章。协助本书写作的还有王佳艺、应文琦、吴豪、许晓平、董晶晶、郁雄波、项雪寒和姚静静等，王国均为本书学术顾问。

目　录

第一章　传记的魅力与传记教学的任务

第一节　传记文学与传记文学教学

一、什么是传记文学

当代著名传记文学理论家赵白生在《传记文学理论》一书开头就说："传记文学，魅力四射。她的文学价值、历史意义、心理效用和教育功能，是独一无二的。"①那么，什么是传记？什么是传记文学呢？简言之，传记就是记述真实人物经历的文学形式，传记文学是艺术地再现真实人物生平及个性的一种文学样式。传记形式丰富多样，作者写他人经历的作品是他传，作者写自己经历的作品是自传。传记可以写成长篇，也可以写成短篇，可以偏重史学性，也可以偏重文学性。传记除了用文字表现以外，也可以用影视表现，成为传记片；也可以用图像照片等来表现，成为图像传记。传记是文化范畴最重要的文类之一。

传记文学的名称有个发展过程。在传记文学名称出现前，中国先后已有传、传记的文体名称在使用。传本义是指传车驿马。引申之，记载人物事迹以传于世的文体也可以叫传。传是中国传记的起始名称。传记一词最初出现在汉代。传记作为记载一个人

① 赵白生：《传记文学理论》，北京大学出版社 2003 年版，第 1 页。

生平的文体，至迟在南朝开始。传、传记的含义在清代以前具有含混性，并非专指今天所说的传记文学。在古代，传、传记都可当作对经书的解释，即解经的文字。而现在，传、传记一般都指记述人物生平经历的文字。①

胡适是现代传记文学的开风气者。他在 1919 年发表《李超传》，1933 年出版了《四十自述》。他在《四十自述》序中提出，传记"给史家做材料，给文学开生路"，表达了传记创作的自觉意识。20 世纪 30 年代，国内出现了写自传的高潮，沈从文 1931 年出版了《从文自传》，郁达夫陆续发表了九篇连续的自传。在这样的氛围下，传记文学名称在 20 世纪 30 年代就已出现，如郁达夫在 1935 年写了《什么是传记文学》一文。

传记与传记文学二者是属与种的关系。传记名称是一个属概念，传记文学则是其中一种。我们现在所称的传记，其中就包括了传记文学作品。

二、什么是传记教学

（一）什么是传记教学

传记教学指以课堂教学的形式，以传记人物经历为内容，面向学生进行的学校教育活动。传记教学是传记教育的重要组成部分。所谓传记教育，指以传记作品为内容，分别以课堂教学的形式和向社会开放传播的形式，面向学生和社会公众进行的教育活动。传记教育实际包含了学校传记教育和社会公共传记教育两个部分。

学校传记教学，具体指中小学的语文课、传记选修课等在课堂内进行相关的传记教学活动。选入语文教材的传记作品是语文课

① 陈兰村：《略论我国古代传记文学的起源》，《人文杂志》1984 年第 3 期。

程内容的有机组成部分，而传记选修课作为独立的课程，有独立的教材和教学计划。有的大学开设传记文学的通识课和专业方向课，对传记文学进行系统的研究和探讨。

社会公共传记教育，具体如影视传记片的拍摄、制作、播放，都以开放的形式，用传记故事向观众进行传记教育。相关工作人员或许缺少传记意识，可能主观上并未意识到自己是在进行传记教育，但传记片实际上与传记作品是一脉相通的，在传记理论上是一致的。另外还有小学生看的绘本传记，既是公共传记教育的产品，也是小学传记教学的教材。各种地方志编入的人物志、人物传，属于史传性质。地方志人物传存史、教化、资政的功能，与一般传记的社会教育功能是一致的。

推进社会公共传记教育和学校传记教育两种教育具有深远的社会意义。这会有助于提升民众的思想道德素质，有助于全社会的精神文明建设。让优秀传记在增强民族自信、文化自信方面发挥作用，让社会公众和青少年学生学有榜样，共同为中华民族复兴的伟大事业贡献力量。

（二）为什么要重视传记教学

第一，中国历来就有注重历史教育的传统，其中实际就包含了传记教育。传记这种文体写出来，最早的目的，一个是为了纪念先人，还有一个是为了教育后人。让后来的人了解以前的人，他们怎么样工作、生活、战斗，怎么搞政治、军事以及其他的活动。梁启超在《国学入门书要目及其读法》一文谈到二十四史读法时指出："读名人传记，最能激发人志气，且于应事接物之智慧增长不少，古人所以贵读史者以此。"[①]传记文学记录了人们的生活经验，对于读者来说具有重要的借鉴意义。

---

① 梁启超：《饮冰室合集》专集七十一，中华书局1989年版，第12页。

为什么“士别三日，即更刮目相待”？根据《三国志·吴志·吕蒙传》，孙权叫吕蒙读书，吕蒙听了孙权的话就去看书，他看的就是《史记》《汉书》《东观汉记》等书，多是传记。吕蒙看了以后，在军事指挥能力上大有长进，最后对鲁肃说：“士别三日，即更刮目相待”①。这就是说吕蒙学史后有了进步，也就是学习传记后有了进步。唐太宗李世民以史为鉴、以人为鉴②的主张，也有重视传记的意思。

第二，立德树人的育人宗旨就是我们今天提倡传记教育的目的。今天传记教育的目的，就是向古今传记中的杰出人物学习，从中汲取人文滋养，转化为我们建设祖国、推进社会发展的不竭精神力量。

我们各级学校共同的一个目标是立德树人，传记教育完全符合这个教育目标。学生可以向优秀传记中的先进人物学习，使自己成为有家国情怀、有担当的人才。

三、为什么要读优秀的名人传记

21 世纪的主流文学将是传记文学。传记文学有可能赶上传统文学中的小说、诗歌，成为当代热门文学。2021 年 10 月，传记文学学者赵白生在浙江师范大学讲学时指出，传记文学是未来教学的第一教材。

究其原因，从国内看，20 世纪 80 年代以后，社会对人更尊重，在法律允许的范围内人的行动、言论比以往都更自由了。传记创作与出版欣欣向荣。从国外看，写作自传、回忆录蔚然成风。这是一个世界性的潮流，很多诺贝尔奖作家以及政治人物在其晚年都会写很重要的自传。

---

① (西晋)陈寿:《三国志》，中华书局 1982 年版，第 1275 页。

② (后晋)刘昫等撰:《旧唐书》，中华书局 1975 年版，第 2561 页。

在众多的传记文学作品面前，我们强调要读优秀的名人传记。为什么？

从传记理论上说，传记文学具有无可比拟的教育功能、历史意义和文学价值。优秀的名人传记往往更体现这些特点。从学习方法上说，我们读名人传记就是向书本学习的同时向某一种成功了的人物学习，这是使自己聪明起来的一举两得的方法。

从读者心理方面来说，读者对名人、对英雄、对特别成功者具有崇拜或好奇心理，阅读优秀名人传记，是接近和了解优秀名人的最佳途径之一。传记文学本身的无穷魅力，使其日益被人重视。读者可从优秀名人的经历中看到，成功的关键是天赋、努力加上机遇。如果读者没有从名人身上学习什么的期望，阅读传记可以满足自己的好奇心，传记读起来会很轻松。阅读传记还可增长知识，开阔视野，多一些对历史与当下话题的见解。

当然，在传记作品受读者欢迎的热潮下，也会出现鱼龙混杂的情况。所谓快餐式传记，指那些热炒明星私生活、宣扬拜金主义的传记作品。有识之士一眼就能看穿那是蹭热点、博流量的商业行为。笔者曾经在《人物》杂志发文批评传记中这种歪风。①

第二节 传记的属性与特性

一、以历史发展的眼光看传记的属性

我们在阅读传记作品，包括传记文学作品或传记研究文章时，都会面临这样一个问题，即传记或传记文学的属性，究竟它是属于文学性质，还是属于历史性质？它与文学、与历史是什么关系？

---

① 陈兰村：《中国传记文学发展史》，语文出版社 2012 年版，第 472 页。

我们认为，传记文体的属性应用历史发展的眼光看，并结合传记作品的实际来定。一般而言，中国古代的传记，目录学分类中几乎都把它划入历史类，即属于历史学的一个分支。《史记》中的本纪、世家、列传大部分是传记作品，现代的历史学家称它们为纪传体，史学家显然把它们看作是历史学的一种编纂方法。如刘乃和在《中国纪传体文献研究》的序中就说："中国史学著作中，第一部用纪传体写的史书，是司马迁的《史记》。"司马迁创造的这种历史编写体裁，"开创了以人物传记为中心的纪传体史书的编纂方法"①。显然，当代历史学家把中国纪传体古史中的传记都看作历史文献，当然是属于历史类。

当代文体分类学家褚斌杰在《中国古代文体概论》中认为："我国传记体文章，大致可分三种，一种是史书上的人物传记，称为史传；一种是史书之外，一般文人学者所撰写的散篇传记；一种是用传记体虚构的人物故事，实际是传记小说。"②褚斌杰所称的散篇传记，如韩愈、柳宗元、欧阳修、苏轼等人的传记文，都列入他们各自的文集中，应属于文学类。

"在西方，希腊人那里没有'传记'一词，最早的传记作品同历史学、哲学和修辞学没有明确的界限。""传记属于历史学的观点到19世纪末才发生变化，一些西方学者在肯定传记历史性的同时开始注意到传记的文学性，主张传记是文学的一个分支。"③从中西方的传记发展过程看，当代传记学界主要有两种观点：一种观点认为传记发展到当代属于文学类，称传记文学。这有利于传记文体的独立发展。如我国老一辈传记文学家朱东润1961年8月5日发表于《文汇报》的文章《漫谈传记文学》，称传记为传记文学，明显

---

① 王锦贵：《中国纪传体文献研究》，北京大学出版社1996年版，第1页。

② 褚斌杰：《中国古代文体概论》，北京大学出版社1998年版，第432页。

③ 杨正润：《传记文学史纲》，江苏教育出版社1994年版，第2—3页。

把传记划入文学门类。另一种观点认为传记是一种文化。显然，文化的概念比传记或传记文学的概念要丰富广阔得多。当代传记学者杨正润说:“传记是一种文化活动,也可以说是一种典型的精神文化形式。在文化的范畴之内所包含的‘知识、信仰、艺术、道德、法律、风俗’等等内容,在传记中都可以反映出来。”①

我们认为,当代传记广义上是一种文化,狭义上也可以称传记文学。在中小学的传记教学中,对传记的称呼用中性的“传记”“传记文”或“传记作品”名词较妥当。因为中小学传记课文有的属于文学类,有的属于历史类,称传记或传记作品较为合适。

二、传记兼有历史与文学双重性

传记原是从历史的写作样式发展而来,并不同程度带有文学性,因此兼有历史与文学的双重性,这也是它的特性。

传记与历史的关系很密切,但又不同于历史。历史是传记中人物活动的背景,历史事件可能就是人物生平的一部分。但历史侧重写出时代的变迁、朝代的兴亡甚至社会变化的规律;而传记侧重写出人物的个性、外部行为与内心精神世界的发展历程。

传记与文学有其一致性,但又与虚构性传统文学样式如小说、戏曲有别。传记与文学都写人,都要写出人的个性,写出活生生的人,这是最大的共性。但传记所写的人物是历史上确实存在过的,虚构性的小说、戏曲所写的人物则是虚构(可能实有其人,但是事件虚构)的。如赵白生所言:“比较公允、客观的定义应该是,传记既不是纯粹的历史,也不完全是文学性虚构,它应该是一种综合,一种基于史而臻于文的叙述。在史与文之间,它不是一种非此即彼、彼此壁垒的关系,而是一种由此及彼、彼此互构的关系。”②对

① 杨正润:《现代传记学》,南京大学出版社 2009 年版,第 58 页。

② 赵白生:《传记文学理论》,北京大学出版社 2003 年 8 月版,第 44 页。

于传记文学，既要保持真实性，又要重视文学性。这两者的关系如何结合好？法国传记大师安德烈·莫洛亚说："传记体裁的主要问题和主要困难之一，是如何把'花岗石一样坚定'的科学态度和'彩虹般绚丽'的艺术手法结合起来。"①莫洛亚的比喻很经典，值得我们深思和实践。

二、结合作品实际判断传记属性

传记发展到现代，它文学性的一面得到加强，虽然仍有史学性的一面，但把它作为文学的一个门类更为合适。当然，具体到某一个传记作品，可视实际情况而定。如吴晗的《朱元璋传》是一本历史著作，但也可以说是传记著作，史学成分多些，文学成分也有。而廖静文的《徐悲鸿的一生》，则文学性较明显，只能看作是传记文学作品。所以，现代将传记文学作为文学的一个门类，这是传记文学本身具有的文学性决定的。而将传记文学作为一个独立的文学样式，有利于更好地发挥该文体的功能，有利于传记文学本身的健康发展。

第三节　传记作品的独特魅力与审美原则

为什么说传记文学具有独特魅力呢？所谓魅力，就是具有极能吸引人的力量。这是因为传记文学这种独特的文学体裁具有明显的特点和功能，那些优秀的传记文学作品具有极能吸引人的力量。

---

① [苏]纳尔基里耶尔：《传记大师莫洛亚》，靳建国、杨德绢译，新华出版社 1988 年版，第 38 页。

一、魅力源于文体特点和功能

兼具历史与文学的真与美，这是传记作品的文体特点。历史讲真，传记所记叙的人物和历史事件就是真的，与信史一致。中国的正史，都用纪传体，即以人物传记为主来记叙历史，大体是可信的。传记写人物，尤其是优秀的传记作品所写的人物，可以跟优秀的小说人物一样生动，情节吸引力强，语言可与诗歌媲美，具有独特的审美价值。从《史记》到林语堂的《苏东坡传》，从罗曼·罗兰的《贝多芬传》《托尔斯泰传》到欧文·斯通的《渴望生活——梵高传》，许多中外优秀传记成为绝不逊色于小说、诗歌的文学经典，并在读者的生命中留下清晰的印痕。

传记的文体特点又决定了它具有多种功能，这一点下文还要具体展开论述。传记可以提供人物的生平活动及细节，因其具有历史的内容，历史爱好者或历史专业研究者为了查阅或研究某段历史，必须阅读相关的传记；又因它具有文学性，文学爱好者和文学研究者可以阅读传记领略优美的人物形象和意想不到的情节，感受流畅而富含美感的语言，感悟同一般文学不一样的真善美。因此说优秀的传记作品有特殊的艺术魅力，一点不为过。

据央视网报道，中央电视台《东方之子》节目，当主持人问华裔数学家丘成桐读《史记》有什么作用时，丘成桐回答他喜欢《史记》里的人物传记，每天晚上花半个小时，睡觉以前翻一翻。他本身不研究《史记》的人物传记，但是他有独特的感受。他认为《史记》写中国历史，结构上是宏观的。我们中国文明史，黄帝到汉武帝三千年的历史，司马迁用五十万字表达出来，就是用了宏观的结构。所以他研究数学也要用宏观思维，《史记》对他启发极大。还有，丘成桐称读《史记》感觉好像听交响乐一样，这也是他独特的感受。

那么，优秀的传记为什么能够打动读者？以《史记》为例，书中写了一百多个人物形象，多为悲剧英雄人物。《项羽本纪》《高祖本纪》《淮阴侯列传》《李将军列传》等都是文学性极强的篇章，生动的人物形象、精彩的故事、扣人心弦的场面、个性化的文学语言等文学要素，都在《史记》中得到了很好的融合与展现。《史记》作品特别富有艺术感染力。司马迁是历史学家和传记文学家，却富有诗人气质，有丰富的感情，他读古人书，每有所感，常会废书而叹，甚至为之流涕。如《孟子荀卿列传》曰："余读《孟子》书，至梁惠王问'何以利吾国'，未尝不废书而叹也。"[①]《屈原列传赞》云："余读《离骚》《天问》《招魂》《哀郢》，悲其志。适长沙，观屈原所自沉渊，未尝不垂涕，想见其为人。"[②]只有了解《史记》史学性和文学性兼具的品质，才能体会鲁迅对《史记》"史家之绝唱，无韵之离骚"[③]的评价。

二、魅力还在于给读者带来收益

从传记发展历史看，传主来自各行各业。读者对很多传主的名字耳熟能详，但往往只是闻其名而已。如果能深入阅读他们的传记，则能步入他们的时代与生活空间，和他们近距离地接触。读者通过感受他们伟大的人格、坚忍的意志、丰富的内心世界，反观自己，向古圣先贤学习，这无疑是使自己快速成长起来的好方法。

优秀的传记作品包含了人类多样化的生活经历，凝聚了传主专业化和个性化的人生经验。匡亚明《孔子评传》，记载了孔子孜孜以求、大器晚成的经历。新中国第一位妇产科大夫林巧稚的传记《林巧稚》记述了她一生献给妇产科事业的经历。她在大学读书是怎么读的？以后怎么走上医生岗位的？像这样的传记，对学医的人来说是大有帮助的。某一种专业的名人传记，传主的人生经

① (西汉)司马迁:《史记》,中华书局 1982 年版,第 2343 页。
② (西汉)司马迁:《史记》,中华书局 1982 年版,第 2503 页。
③ 鲁迅:《鲁迅全集》第九卷,人民文学出版社 1996 年版,第 420 页。

历往往与某种专业知识相关，这样的传记可能保留了某种专业化的经验。赵白生说："读传记文学能够让人少走弯路——我们一辈子总是耗费了太多的时间在原始积累上，多读点传记，尤其是伟人传记，也许能避免这一点。"①多读点传记，吸取前人的生活经验，可以少走弯路。

三、传记文学特殊的审美标准

作为文学的一个门类，一般文学的审美原则也适用于传记文学。但传记文学独有的文学性与史学性结合的特点，使它又具有自己特殊的审美标准。

传记强调严格的历史真实性。传记所写的人物和重大事件必须在历史上出现过、存在过。传记要求以历史事实为依据，写出传主的姓名、习惯、生卒年月、主要生平经历、重要业绩成就等。真实性是传记审美的前提，古今的传记作家都对真实性特别重视。汉代史学家班固在《汉书·司马迁传》赞语赞扬司马迁的《史记》："其文直，其事核，不虚美，不隐恶，故谓之实录。"②这里班固称赞司马迁著《史记》的实录精神，也就是在肯定传记的真实性。如果传记所写的人物和重大事件是虚假的，必然破坏审美效果，甚至被读者否定。

传记要展示传主完整的人生面貌。所谓"完整"，可以是指传主一生完整的经历，也可以指传主某一人生阶段相对完整的经历。唯其如此，才能使传主的生平行为、个性表现以及与社会的各种联系尽可能完整地展示出来。传记要完整地展示传主人生面貌，这就可以与报告文学、人物通讯等新闻性作品进行有效区别。新闻作品报道人物，写的也是真人真事，与传记相同。但新闻作品除了

---

① 赵白生：《传记文学理论》，北京大学出版社 2003 年，第 1 页。

② （东汉）班固：《汉书》，中华书局 1962 年版，第 2738 页。

追求时效性，可能只对人物人生某一横断面、某一时刻的活动加以呈现。而传记则要求写出传主人生进程中相对完整的一段乃至一生的全部历程，并不强调即时性。

传记要塑造生动鲜明的人物形象。传记以写人为中心，与其他文学创作并无二致。但传记假设仅就传主生平作客观叙述，不充分展示人物的个性，就不能展现鲜明的人物形象，从而影响传记的审美效果，降低可读性。尤其是文学传记，需要像小说那样重视塑造人物形象，刻画人物个性特征，展示人物的内心世界。作者要把握传主的个性，就要研究传主的个性。所以传记的写作也是一种人物研究。

传记常用的塑造人物形象、刻画人物个性的方法有以下几种。

第一，选择人物一生中的关键时刻、重大事件进行重点叙述，将人物置于矛盾冲突中进行着力刻画。艾芙·居里著的《居里夫人传》，叙述了传主发现新元素这一重大事件，展现了居里夫人对科学研究的顽强和热忱。

第二，对传主的生活背景、社会环境、周围相关的人物等多角度描写，来烘托传主。如宋健《两弹一星元勋传》写邓稼轩研究原子弹，与当时国家的发展需要密切相关。又如廖静文《徐悲鸿的一生》写年轻时的徐悲鸿，第四章描写了秋天上海街道的景色，用来烘托徐悲鸿当时悲伤的心情。

第三，用本人的日记、书信、作品等材料来表现人物的内心世界。如顾迈南《华罗庚传》用书信、题词来写他对老师的感激、对人生的体会。林语堂《苏东坡传》用苏轼自己的诗作来展现他在黄州的内心感受。

传记的语言一定要精彩。传记除要求和其他文学作品一样，叙述语言做到准确、简洁、生动，更强调作者的语言有鲜明的个人风格。如林语堂《苏东坡传》，随时可以感受到作者幽默睿智的语言风格。如写苏东坡在黄州每天往返走过的一段脏泥路，“却大概变成了文学史上最出名的一条路"①。

传记的人物语言,可以用来表现人物的个性,特别是运用人物对话可以把人物写活。法国作家乔治·萨杜尔《卓别林的一生》描写传主自述在无声影片中创造夏尔洛的过程,让读者明白了夏尔洛形象的来历。

第四节 传记的真实性原则与虚构现象

在传记作品阅读或写作中,读者或作者都会遇到一个矛盾的问题,即传记要坚持真实性原则,又会出现某些虚构现象。应该如何看待这一问题?如何对待传记创作中存在的虚构现象?

一、坚持传记的真实性原则

真实性是传记的生命,是其基本属性。传记所写在历史上要确有其人,确有其事,不能虚构,不能过分夸张,否则传记就失去了生命。传记的人物和重要事件都应符合历史事实,正是这点对传记和小说一类的虚构性作品作出了区分。历史小说所写的人物在历史上存在过,但人物事迹可能是作者虚构的或夸大的,只能算小说,不是传记。如姚雪垠的历史小说《李自成》,李自成在历史上确实存在过,但小说中李自成的事迹却是作者虚构的,因此这本著作不是传记,只能归入小说。

传记作者为了追求传记的真实性,往往注意查找传记真实的传记材料。有的作者直接采访传主,有的作者查阅传主相关的资料,以便了解传主。如吴晗写《朱元璋传》、朱东润写《张居正大传》,都引用大量历史资料,并在书中详细说明其资料来源。

传记的真实性原则要求传记事实的真实。传记材料不都是真

① 林语堂:《苏东坡传》,百花文艺出版社 2000 年版,第 215 页。

实的，传记作者必须从传记材料中选择真正能表现人物个性的时间和细节，即赵白生所说的传记事实。赵白生在《传记文学理论》第一章就提出了传记文学的事实理论，他提出了传记事实的新概念："狭义地说，是指传记里对传主的个性起决定性作用的那些事实。它们是司马迁所说的'轶事'，它们是普鲁塔克传记里的'心灵的证据'……简言之，传记事实是一部传记的生命线。"①因为典型的细节和轶事往往表现人物的个性，所以是真实的事实。

传记的真实性不仅体现在材料事实的真实，还需要传记作者具备科学的认知，这与作者的史识分不开。正如杨正润所言："传记真实是丰富的史料和科学的史识的结合。"②当传记作者对历史、对人物有深刻的认识，那么所写的传记事实就会更接近历史的真实。

二、合理对待传记的虚构成分

毋庸置疑，传记作品中确乎存在一定程度的虚构现象。存在虚构现象的原因，从客观角度说，可能是作者记忆的失误，造成张冠李戴；也可能是所依据的素材本身有误，道听途说而已。从主观角度说，作者有意要对传主进行美化或贬低，只能虚构或歪曲事实。这是作者有意违背传记的真实性原则。中国古代有的人为死者写碑志、墓志，对死者生平多歌颂，夸张失实，如东汉的蔡邕作碑志多，自称"唯郭友道碑无愧耳"。③ 他对自己其他的碑志文感到有愧，因写得不实，是为了笔润（文字报酬）。唐代大散文家韩愈的碑志也被人指责有谀墓之嫌。

所谓谀墓，指为了死者歌功颂德，在制作墓志铭时不论其功绩

---

① 赵白生：《传记文学理论》，北京大学出版社 2003 年版，第 14 页。

② 杨正润：《现代传记学》，南京大学出版社 2009 年版，第 29 页。

③ 刘义庆：《世说新语》卷一，中华书局 1984 年版，第 3 页。

如何，一味夸大其词予以拔高颂扬的行为。关于古人碑志中的“谀墓”风气，当代学者徐海容已作详细论述，他认为，顾炎武《日知录》说蔡邕“集中为时贵碑诔之作甚多，如胡广、陈寔各三碑……至于袁满来年十五，胡根年七岁，皆为之作碑。自非利其润笔，不至为此。”①。有的传记作者出于对传主的偏爱，刻意抬高或有意美化传主，实不可取。史传还有“为尊者讳”的通病，有意不写传主的负面事迹，为传主隐去不好的一面，同样造成作品的虚假失真。传记虚构现象对传记造成的后果是明显的，不仅不能反映人物真实的生平，还欺骗了读者，降低了作品的实际价值。

如何解决传记真实性与虚构的矛盾？一方面，传记作者要克服主观上对传主认知的偏颇，对史料加以辨别；另一方面，传记批评家、理论家要对传记中的虚构成分提出批评。

三、把握传记合理想象的分寸

传记作品和创作中有作者的想象性内容，这与虚构造假有怎样的区别？我们认为，对此要作具体分析。如果是在叙述传主生平过程中，在传记事实链上少了一个环节。作者在把握传主性格的基础上，通过想象，补足那个缺损的环节，使传记事实完整，让叙述得以继续完成。或者传记事实只像个骨架，无血肉可言。传记作者按照骨架，通过艺术手段复原它，也就是通过想象一定的内容情节，把传主写出来。传记作者的这种想象与完全的虚构当然不同。因为毕竟有骨架的依据，有传主性格的基础。重要的是，传记作家没有权利增减骨架，更没有权利替换骨架。

钱锺书《管锥编》对《左传正义》记言的评论写道：“吾国史籍工于记言者，莫先乎《左传》，公言私语，盖无不有。……或为密切之谈，或乃心口胡语，属垣烛隐，何所据依？如僖公二十四年介之推

① 徐海容：《碑志中的“谀墓”风气》，《光明日报》2022 年 06 月 27 日 13 版。

与母偕逃前之问答，宣公二年鉏麑自杀前之慨叹，皆生无旁证，死无对证者。注家虽曲意弥缝，而读者终不餍心息喙。……史家追叙真人实事，每须遥体人情，悬想事势，设身局中，潜心腔内，忖之度之，以揣以摩，庶几入情合理，盖与小说、院本之臆造人物、虚构境地，不尽同而可相通；记言特其一端。《韩非子·解老》曰：'人希见生象也，而得死象之骨，案其图以想其生也；故诸人之所以意想者，皆谓之象也。'斯言虽未尽想象之灵奇酣放，然以喻作史者据往迹、按陈编而补缺申隐，如肉死象之白骨，俾首尾完足，则至当不易矣。"①这段论述说明，传记写作中类似《左传》的记言，存在"肉死象之白骨"的现象与效能。这种想象钱锺书认为是"入情合理"的，可以被读者所接受。入情合理的想象所补充的细节与传记的真实性原则并无大矛盾。

这里必须指出，传记作者无权虚构重要情节，但有权选择传主的事迹，对材料加以取舍。有的突出记叙和浓笔描写，有的则少写和淡化描写，这样从客观叙述中仍然能表现出作者对传主及其事迹的价值取向。

第五节　传记文学与语文教学任务

一、传记作品教学是语文课程的重要内容

自2003年《普通高中语文课程标准（实验）》出版以来，其中的古典传记文学作品以其连续的篇幅、丰富的题材、形象的人物、发挥着独特的审美价值。统编语文教材总主编温儒敏更是直接指出青少年应该多读一些传记类书籍，从历史人物身上学习宝贵的生

① 钱锺书：《管锥编》（第一册），中华书局1979年版，第164—166页。

活道理、人生哲学以及获得成功的途径。①

传记文学作品在高中语文阅读教学中的重要性在各个版本的课程标准中均有所体现。如表 1.1 所示，古典传记文学作品在高中语文课程标准中的地位可见一斑。

表 1.1　各版本高中语文课程标准中对古典传记文学作品教学的叙述

版本	教学内容及要求
《普通高中语文课程标准（实验）》（2003 年版）	阅读古今中外的人物传记、回忆录等作品，能把握基本事实，了解传主的人生轨迹，从中获得有益的人生启示，并形成有一定深度的思考和判断。认识传记作品的基本特性，尝试人物传记的写作。
《普通高中语文课程标准》（2017 年版）	引导学生阅读中华传统文化经典作品，积累文言阅读经验，培养民族审美趣味，增进对中华优秀传统文化的理解，提升对中华民族文化的认同感、自豪感，增强文化自信，更好地继承和弘扬中华优秀传统文化。
《普通高中语文课程标准》（2020 年修订版）	精读古今中外优秀的文学作品，感受作品中的艺术形象，理解欣赏作品的语言表达，把握作品的内涵，理解作者的创作意图。结合自己的生活经验和阅读写作经历，发挥想象，加深对作品的理解，力求有自己的发现。

由表 1.1 不难看出，尽管现行的课程标准中已不再专门设置“新闻与传记”的选修教学板块，但古典传记文学作品的重要地位并未动摇，而是作为中华传统文化经典作品、古代优秀的文学作品纳入专门的学习任务群之中。

① 陈兰村、许晓平：《传记作品的独特魅力与教学探索》，《语文建设》2021 年第 11 期。

二、传记作品适宜承担语文课程育人使命

传记中优秀的人物经历值得学生关注、思考、学习。正面的人生经验或负面的人生教训对学生来说都可以是镜子。青少年学生不仅是长身体的阶段,而且也是人生观的形成时期。传主正面的人生经验、怎样做人对于学生来说具有启示作用。优秀的人物传记对如何叙述一个人的成长经历,如何描写一个人的个性,如何把握一个人的关键事件以及如何抓住典型细节,都是很好的语文学习素材。结合传记课文或传记单元,让学生自己采访某个熟悉的人,如同学、老师、家长或其他优秀人物,然后自己写作小传或篇幅较长的传记,是有益的语文实践。传记教学对语文教学完成本身的任务意义非凡。

传记文学把杰出人物的真实形象展示在我们面前,写出了一个个独特完整的人生,剖析了一个个活生生的灵魂,具有独特的艺术审美价值和教育功能。当前,随着课程改革的不断深入,越来越多的传记被编入到教科书之中,无论是初高中语文的必修教材还是选修教材,无一不凝结着编者的心血。入选的传记作品都是精挑细选的经典之作,符合新课标的要求,值得深入研究。我们在注重继承与弘扬中华民族优秀文化的同时,也应该以更加开放包容的心态审视多元的文化,在批判性的思考中不断提升自己的精神境界。对外国传记作品进行教学研究,可以引起师生对教材中外国传记作品的重视,促使师生充分利用教材并从中汲取多元文化的养分。同时,也有利于教师对教材的充分、合理利用,发挥外国传记作品的教学价值。

传记作品通过发生在特定时代背景、具体情境下的真实事件来描述传主命运、塑造传主形象。人物形象鉴赏评价是传记作品教学的重难点,传记以其真实、典型、鲜活、生动的人物形象较其他文学作品的描写对象更具有感染力。教师应让学生在了解传主生

平事迹的过程中分析影响传主性格形成的各种因素，结合现实反观自身的成长经历，获得有益的人生借鉴；教师要让学生体验传主面对生活的复杂情感，从而丰富学生的内心世界，陶冶学生情操；教师应让学生学会正确评价传主的功过得失，从传主的人生经历中感受传主的人格魅力。传主的生平事迹、复杂的情感、人生智慧、人生态度、人格魅力和精神境界都能够促使学生更好地认识传主、认识自我、认识社会，激励青年人健康成长。

三、语文教师应该学点传记学

语文老师是语文课程的实施者与引导者，要当好老师，先做好学生。从某种角度看，当老师的过程也就是当好学生的过程。我们建议语文老师学点传记学。第一，老师自己要学点传记学的理论知识。我们的这本小书可以提供一点传记相关的基础知识。如果要深入点，可以看北京大学赵白生教授的《传记文学理论》，南京大学杨正润教授的《现代传记学》，浙江师范大学陈兰村主编的《中国传记文学发展史》。第二，抽时间看几本优秀的传记作品，如司马迁的《史记》选本，前几年语文出版社出版的《中外优秀传记选读》等。第三，关注当代传记文学创作理论及文学创作批评的发展。此外，有条件的还可以订阅有关传记文学的杂志，如《传记文学》。

第二章　传记作品的形态分类

传记作品数量大，形态多样，有必要加以分类，以便具体掌握某篇传记的特点，从而更有效地开展阅读与教学。如高中课文有《鸿门宴》一文，这算不算是传记文学作品？我们认为，它是《史记·项羽本纪》中节选的一段文章。而《史记·项羽本纪》是古代史传作品，也是古代传记文学作品。所以，《鸿门宴》是传记作品。又如高中课文《种树郭橐驼传》是不是传记作品？我们认为这是属于杂传的传记体散文，也是传记作品。但不同于一般的史传。杨正润教授《现代传记学》认为有一些名为传的作品，实际上作者目的不在介绍人物，而是借助一个人物来抒发情怀、表明志向或是进行讽喻，比如柳宗元的《种树郭橐驼传》《梓人传》，苏轼的《方山子传》等。[①] 不同的作品归类定位，决定了针对这一作品所应采取的不同阅读姿态与教学方式。

目前学术界对传记作品的分类方式多种多样，本书结合中小学语文教学实际，选择合理合宜的分类方式。下面对传记作品的分类择要说明。

---

① 杨正润：《现代传记学》，南京大学出版社 2009 年版，第 237 页。

第一节 中国古代传记

按照传记作品产生的时间来区分，以 1840 年为界，此前为古代传记，此后为近现代传记。本节侧重讨论古代传记，附论现当代传记。古代传记几乎都由文言文写成。根据传记文体内容和形式的不同，可以分为四类。

一是史传。主要指纪传体正史中的人物传记，尤其是文学性较强的《史记》《汉书》《后汉书》《三国志》中的传记作品，作者采用散文形式和记叙性文笔，呈现传主一生的经历、成就、性格、思想演变和生活工作情况。史传之名来自刘勰《文心雕龙·史传》篇。但刘勰所说的史传是指历史散文。这里的传与现在所说的传记不同，是指解释儒家经学的文字。我们所说的史传，专指古代如《史记》《汉书》此类正史传记。

司马迁首创纪传体。《史记》分本纪、世家、列传三种体裁，取本纪和列传中的"纪""传"二字作为此种写史体裁的作品名称。本纪、世家、列传三种体裁都是人物传记，区分三种体裁的只是反映封建社会的等级观念，本纪写帝王，世家写诸侯，列传写一般人臣。后世的正史都保留了本纪和列传这两种形式。

史传的特点是史料比较翔实，对人物的描写比较完整。一般都能联系当时社会背景，给人物的活动以一定的评价。如《史记·项羽本纪》通过巨鹿之战、鸿门宴、垓下之围三大事件和几个典型细节，表现秦汉之际项羽的历史功绩和失败命运，刻画其作战勇猛而又缺少政治谋略的悲剧性格。

二是杂传。或称类传，主要指单独成书给某一类人所作的传记。杂传之名见于《隋书·经籍志》史部杂传类小序。杂传因不在正史，离史独立，传主形象较为真实。它对传记作为一种文学样式的发展起到了促进作用。杂传起于汉代，兴于魏晋时期，如西汉刘向的《列女传》,南朝梁慧皎的《高僧传》等。①

三是散传。指一人一传,但不单独成书,以单篇流行,或散见于各家文集中的个人传记作品。这类传记产生于汉代,兴盛于魏晋南北朝时期,历代都有大量创作,成为古代传记文学创作的主要体裁。散传之名,系借用明代中期李开先《亡妻张宜人散传》篇名中散传二字而得。散传在魏晋南北朝时期多以别传的名称出现,如裴松之的《三国志》注,刘孝标的《世说新语》注中引用了许多别传。②

四是专传。指一人一传,单独成书的个人传记。专传之名,始见于梁启超《中国历史研究法补编》。梁氏认为"专传与列传不同,列传分列在一部史书中,专传独立成为专书"。如唐代慧立所著《慈恩三藏法师传》即为专传的代表。③

现当代传记大体可以分为他传和自传两大类。他传即作者为他人所写的传记,自传即作者为自己写的传记。以下对他传设立两节,自传单独设立一节,共三节进行介绍。

第二节 按传主身份给传记分类

这里所说的传主身份主要指传记人物的社会职业与地位。因社会职业众多,个人的社会地位也不相同,为方便识别传主,以常见的现当代传记为依据,大体可分为以下几种。

一是领袖传记。即写领袖人物生平的传记。20 世纪 80 年代以后,随着改革开放与思想解放运动的兴起,随着禁区的打破以及

---

① 陈兰村、张新科:《中国古典传记论稿》,陕西人民教育出版社 1991 年,第 229 页。

② 陈兰村:《两汉魏晋别传初探》,《浙江师范大学学报》古籍整理与研究专辑。

③ 陈兰村:《〈大慈恩寺三藏法师传〉的文学价值》,《浙江师范大学学报》1990 年第 3 期。

一些历史档案的解密，以革命领袖为写作对象的领袖传记不断出版，尤其如毛泽东、周恩来、刘少奇、朱德、邓小平等的传记。[①]

领袖传记多由以下三种作者写成。第一种是国内专业作者写的，如叶永烈的《历史选择了毛泽东》，王朝柱的《开国领袖毛泽东》等。第二种是领袖身边的工作人员或亲属写的，如周恩来的保健医生张佐良的《周恩来的最后十年》，朱敏的《我的父亲朱德》。第三种是外国人写的，如美国罗斯·特里尔的《毛泽东传》，英国迪克·威尔逊的《周恩来传》等。这些领袖传记从多方面记录了他们对中国革命的贡献，反映了他们的一些日常生活。这是对中国当代史的一个极其重要而具体的叙写，也使得人民群众更加了解自己的领袖，更加热爱自己的领袖。

二是英雄传记。什么是英雄？英雄是为人民利益英勇斗争的人。英雄传记就是指为英雄谱写生平的文学作品，是传记文学的一个重要品种。它是英雄生命的载体，是中华民族宝贵的精神财富，同时体现了人们对英雄的崇敬与怀念。1936 年，著名作家郁达夫在《怀鲁迅》一文中写道："一个没有英雄的民族是一个毫无希望的生物之群；有了英雄而不去珍惜、爱护、崇仰的民族，则是可怜的奴隶之邦。"英雄传记就是对英雄人物的珍惜、爱护与崇仰的表现。

中华民族是一个英雄的民族，一个大有希望的民族。20 世纪以来，尤其是中国共产党成立以来，涌现了无数英雄人物，有为新中国的成立赴汤蹈火、前仆后继的革命先辈、部队官兵，有抗美援朝保家卫国的志愿军战士，还有社会主义建设时期产生的新英雄。英雄传记就是对这些不同时期英雄人物的记录。如殷云岭、陈新给党的好干部焦裕禄写了《焦裕禄传》，陈广生为雷锋写的《雷锋传》等等。这些英雄传记中丰富的精神内涵和伟大的人格魅力，极

① 俞樟华：《时代呼唤史诗般的革命领袖传记》，《文艺报》2001 年 6 月 30 日。

大地影响和教育了一代又一代的中国人，对推进社会主义精神文明建设，弘扬社会主义核心价值观具有相当积极的作用，通过传记，这些英雄的英名还将持续不断地流传下去。

英雄传记的正气与英雄崇拜有联系。“传记起源于纪念伟大的英雄豪杰”，胡适在《南通张季直先生传记序》曾如是说。传记这种文体有记录英雄生平的传统，从古代的史传到现代的英雄传记，传记担负起了记录英雄人物生平的历史使命。①

三是名人传记。名人一般指出名的公众人物，包括政商文艺各界为公众所瞩目的人物。名人传记指以历史或现实中的社会知名人士为传主的传记作品，通常是正面的名人传记。名人传记为何有读者？主要有两种原因：一是读者对名人有崇拜心理和好奇心理；二是社会对名人的宣传。

西方的名人传记以 19 世纪末 20 世纪初法国著名作家罗曼·罗兰（1866—1944 年）创作的《名人传》最具代表性，它包括《贝多芬传》(1903)、《米开朗基罗传》(1906)、《托尔斯泰传》(1911)三部传记，现已被选为人教版八年级下册语文名著阅读的课文内容。

中国当代的名人传记，这里主要介绍科学家传记和明星传记。当代名人传记中，应该特别提倡阅读著名科学家传记。科学家传记是叙述科学家生平事迹的作品，其主要特点在于真实性、科学性以及客观性。自从全国达成“科技是第一生产力”的共识以来，有关中外著名科学家的传记日渐繁多，且多以丛书的形式出版。尤其是对中国国防科技作出重大贡献的科学家传记大受读者欢迎，如解放军出版社出版的《中国国防科技科学家文学传记》丛书，广西科学技术出版社出版的《当代中华科学英才》丛书等。据《中国当代传记文学概观》引用有关部门统计，仅 1999 年三个月中，全国

① 陈兰村：《英雄传记正气永存》，《文艺报》第 100 期。

有一百一十五家出版社出版了二百多位科学家传记类的图书，科学家传记已受到越来越多读者的青睐。[①] 笔者主编的《中外优秀传记选读》从《两弹一星元勋传》一书，节选了研制第一颗原子弹和氢弹的科学家邓稼先传记片段，突出邓稼先在科研和生活中虔诚的爱国心、严谨的科学态度、一丝不苟的工作作风，对今天社会各界具有很强的现实教育意义。

从笔法上看，科学家传记有的侧重历史性而并不注重文学性，主要对科学家一生的经历以及科技方面的贡献做比较完整的介绍，史实严谨；有的较注重文学性，注意对人物个性特点、故事、细节进行刻画，选取科学家一生中比较动人的若干片段予以生动描述，这类科学家传记更能引起少年儿童对科学的兴趣。

名人传记中包含的明星传记，传主是文体界有知名度的人士，俗称为明星。记叙明星人物生平的传记，也包括他们的自传，称为明星传记。其中有的作者写作态度严肃、求实，其作品对读者有正面的人生启示。如倪振亮的《赵丹传》《白杨传》是写两位电影表演艺术家的传记，通过写两位传主的经历，同时记述了新中国成立前左翼戏剧运动和新中国的电影事业，写出了两位电影表演艺术家的个性特点。这样的明星传记不依靠搜奇猎艳吸引读者，具有较高的文化品位。

但应该特别注意的是，当代也出现了一些品位不高、宣扬拜金主义的明星传记。这些作品以披露自我隐私为旨趣，缺少对自传作品艺术性的经营，庸俗肤浅甚至恶俗，理应受到批评。

与名人传记相关的名人故事值得注意。名人故事是传记文学的一种，它的主要阅读对象是儿童。名人故事以历史人物的事迹激励儿童，鼓励他们学习名人的精神品质和美德。名人故事对儿童具有正面的榜样作用。

---

① 全展：《中国当代传记文学概观》，黑龙江人民出版社2004年版，第148页。

四是平民传记。平民,泛指普通百姓。平民传记,即指以普通百姓为传主的传记,即普通人传记。这类传记历史上已有少量出现。最早见于司马迁的《史记》,如其中的《货殖列传》,即为商人立传。唐代韩愈的《圬者王承福传》是为泥瓦匠王承福所作的一篇传记。柳宗元的《童区寄传》为一个穷孩子立传,写了一个放牧的孩子智杀二盗的事迹。宋代王禹偁作《唐河店妪传》,写了北宋边境一个老妇人智勇杀敌的故事。这些平民传记中,作者固然写了平民的生活和他们机智勇敢的性格,但作者写作的重点并不完全放在记叙传主完整的生平上,而是借题发挥,即通过传主的某些生平事实展开讨论,发表自己的意见主张,这才是这些传记的真正旨趣所在。

完全以平民传主生平叙写为主的传记出现在五四运动以后,如胡适的《李超传》,为北京国立高等女子师范学校一个普通女大学生作传。胡适同情她的不幸遭遇和命运,认为:"我觉得替这一个女子作传比什么督军做墓志铭重要得多咧。"[①]这表现出作者可贵的人本主义观念。

平民传记在 20 世纪 90 年代以后有了极大的发展。这个时期出版的平民传记,较有代表性的如朱东润教授为其亡妻所作的《李方舟传》。李方舟是作者在特殊时代给传主起的化名,实际叫邹莲舫。她在"文革"期间因不堪凌辱,以死抗争。作品写于 20 世纪 60 年代,出版则在作者去世后,1996 年由上海远东出版社出版。传主是一位寻常的妇女,但"她有她的崇高理想,也曾为社会作出一定的努力和贡献"。朱东润认为"上自伟人、政治家、文学家,下至普通的平民百姓,都可作为传记文学的传主。一个普通百姓的命运,同样可以折射出时代的精神和民族的品格"[②]。朱先生的上

① 陈兰村:《中国传记文学发展史》,语文出版社 2012 年,第 448 页。

② 朱东润:《李方舟传》,上海远东出版社 1996 年版,第 134 页。

述主张,明确肯定了作家为普通人立传的权利和价值。

20 世纪 90 年代后,社会文化呈现出复杂化、多样化的发展趋势,其中的一个典型即草根文化的盛行。草根一词始于 19 世纪的美国,在淘金狂潮中,据说山脉土壤表层草根生长茂盛的地方,下面就蕴藏着黄金。后来草根一词引入社会学领域,赋予了其"基层民众"的内涵。① 平民传记是草根文化的重要组成部分。

这个时期出现的平民传记大多数是自传性质的,包括回忆录。如喻明达的《一个平民百姓的回忆录》,1998 年由作家出版社出版。作者 1935 年出生于湖南浏阳,七岁入学,二十岁在华中农学院中等林业班毕业后,做过森林调查员、机关公务员、林场技术员、工厂采购员等工作,多次参加防汛抗洪、挖矿修路,于 1980 年被安排退休。后为生活所迫,下海经商,1997 年以后又因病退出商界,随女儿闲居北京。作者大半生历经坎坷,但生性豁达,酷好诗书,著此书记述自己的人生足迹。

平民传记和平民回忆录的出版有着其独特的意义。一方面让小人物的人生也同样可以用文字的形式记录,另一方面也起到民间修史的作用。历史需要多角度记录,不仅需要官方的、国家的大视野,也需要民间的、个人的小视野,这些民间记录的历史或许能成为将来研究这个时代有益的甚至必不可少的补充。

五是女性传记。特指由女性作者写作的女性传主的传记。以女性为传主而由男性作者写的传记,在中国汉代已经出现,如司马迁《史记》中的《吕后本纪》以及刘向的《古列女传》,这不在本节讨论范围内。因为在男性为主体的社会中,男性作者写女性的传记多数出于男权思想的支配。

我们所指的女性传记,在西方国家较早出现的是英国女作家

---

① 王宏波:《平民传记出版:时代洪流中泛起的人性浪花》,《传记文学》2022 年第 2 期。

玛丽·海丝(1760—1843)的《妇女传记》,作者“站在女性立场,赞美女性,为女性的利益而写作”。到了20世纪,英国著名女作家艾德琳·弗吉尼亚·伍尔芙(1882—1941)的《奥兰多传》是现代女性传记的代表作。[①] 还有法国艾芙·居里(居里夫人的女儿)的《居里夫人传》,写国际上第一位获得诺贝尔奖的女性、法国物理学家居里夫人。在有关居里夫人传的各种版本中,这一种比较经典并广受认可。

中国现代女性传记主要以自传的形式出现。如上海锦江饭店创办人董竹君(1900—1997)写的《我的一个世纪》,是作者在八十多岁时用了八年多时间写的一部四十多万字的自传。该书由三联书店于2008年出版,是一部优秀女性的奋斗史。作者的一生经历,浓缩了一个国家的历史。

中国残联第七届主席团主席张海迪同时也是一位女作家,她的自述文章《是颗流星,就要把光留给人间》载于1983年2月1日《中国青年报》。张海迪,1955年秋天在济南出生。五岁患脊髓病,胸以下全部瘫痪。从那时起,张海迪开始了她独特的生命探索。她以顽强的毅力和恒心与疾病作斗争,经受了严峻的考验,对人生始终充满信心。她虽然没有机会走进校门,却发奋学习,学完了小学、中学全部课程,自学了大学英语、日语、德语和世界语,并攻读了硕士研究生课程。1983年,张海迪开始从事文学创作,先后翻译了《海边诊所》等数十万字的英语小说,编著了《向天空敞开的窗口》《生命的追问》《轮椅上的梦》等作品。

当代写作女性传记著名的有石楠(1938年生,安徽太湖人),她于1982年发表《画魂——张玉良传》(后改为《画魂:潘玉良传》)。石楠根据潘玉良从小妾到名画家的坎坷一生,还原了潘玉良一生与命运作斗争,成为中国近代史上著名画家的过程,作品出

---

① 杨正润:《现代传记学》,南京大学出版社,2009年版,第266—267页。

版后引起了巨大的社会反响。此后，她又创作了《寒柳——柳如是传》《舒绣文传》等作品。

第三节 按传记内容性质分类

前面两节都从传记的外部因素，即体裁或传主身份来划分传记的类别。我们对传记进一步研究，也可以从传记内部因素即传记内容性质分类。

一是历史传记，指现代的史传。这类传记的内容偏重历史的真实性，作者注重叙述传主完整的人生经历，也包含某种细节，可以为读者提供比较详细的传主生活背景和相关资料。但作者不着力刻画传主的个性，不注重追求文学性，如朱东润的《陈子龙及其时代》。这部传记强调传主生活的时代，较详细地还原了明末时期动荡的政治局面，叙写了传主从文士到志士最后到斗士的完整经历。

2000 年天津百花文艺出版社推出 20 世纪四大传记，即吴晗的《朱元璋传》、朱东润的《张居正大传》、梁启超的《李鸿章传》和林语堂的《苏东坡传》。其中吴晗的《朱元璋传》是一部有较高学术价值的历史传记，它以翔实的史料、自然流畅的语言，将朱元璋从一个底层民间小和尚成长为开国皇帝的一生作了全面的描述，并通过评价朱元璋的功过是非，展现了一段历史的兴衰变迁，书中有的章节颇具文学色彩。梁启超的《李鸿章传》(原题《李鸿章》)作于 1901 年，叙写了晚清权臣李鸿章的一生，并以李鸿章为核心人物来探讨晚清近四十年的政治是非。这部传记可以当近代史资料来阅读。

当代历史传记，如许道勋、赵克尧的《唐太宗传》，2002 年由人民出版社出版。唐太宗李世民开创了历史上著名的贞观之治，为后来的开元盛世奠定了重要的基础。作品以时间为序，运用比较丰富的史料,对李世民随李渊发动晋阳起兵到自己开创贞观之治的整个历史过程,包括一生的军事、政治活动和宫闱生活等,都作了详细的叙述,同时评价了李世民的历史功绩与作用,探讨了当时的社会状况与阶级关系。读这本历史传记,对了解盛唐历史、理解盛唐诗歌有明显助益。

二是文学传记,指注重文学性和艺术性,用文学笔法和语言来描写和刻画传主的传记。与历史传记注重历史背景和历史事件不同,文学传记只是把历史事件作为传主活动的社会背景,偏重揭示传主的个性和刻画内心世界,塑造真实丰满的人物形象,具有浓厚的文学色彩,因而也更具可读性。

朱东润的《张居正大传》和林语堂的《苏东坡传》这两本传记便具有文学性。《张居正大传》1941 年开始创作,1943 年撰写完成。在该书的序中,朱东润说明为张居正立传,是因为张居正是“划时代的人物”。全书结尾最后一句:“前进啊,每一个中华民族的儿女!”《张居正大传》把作者民族利益至上的爱国之情以及“为现代服务”的传记宗旨表现得淋漓尽致。①

关于本书的文学性,朱东润特别指出:“对话是传记文学的精神,有了对话,读者便会感觉书中的人物一一如在眼前。”作者认为“传记文学是文学,同时也是史。因为传记文学是史,所以在记载方面,应当追求真相,和小说家那一番凭空结构的作风,绝不相同”。鉴于此,朱东润“在写本书的时候,只要是有根据的对话,我是充分利用的,但是我担保没有一句凭空想象的话”。② 由此可见朱东润传记写作对史学性和文学性的严谨把握。《张居正大传》确实是现代传记文学具有开创性的作品。

---

① 陈兰村、叶志良主编:《20 世纪中国传记文学论》,天津人民出版社 1998 年,第 114 页。

② 朱东润:《朱东润传记作品全集》第一卷,上海东方出版中心 1999 年,第 13 页。

《苏东坡传》是林语堂的传记文学代表作。原版是英文，1947年出版；汉译本为张振玉译，1978年由时代文艺出版社出版。这部传记有三方面的风格特点。首先，《苏东坡传》是对北宋著名文学家苏轼人物心灵的诠释，把人物传记写成了传主的心灵史诗。其次，传记中具有丰富的知识，如第十七章对瑜伽与炼丹的介绍。再其次，《苏东坡传》体现了幽默的语言艺术。如第十四章《逮捕与审判》写“乌台诗案”，直接插入作者自己的感觉：“我有一种想法，我觉得苏东坡会以因写诗而被捕、受审为有趣。他一定以在法庭上的讲解文学上的典故为乐事。”[①]所以，林语堂《苏东坡传》确实是20世纪中国传记文学的经典之一。

三是学术传记，又称评传。学术是指有系统的专门学问。“学术传记是人文同科学的结合、传记同学术的结合。这里所说的‘学术’，包括两个方面的含义，首先是对传主专业成就进行学术研究，探析他在自己领域所从事的工作或他思想的发展，对他所取得的成就和地位作出恰如其分的评价，同时还应当说明他取得成就的客观的和主观的原因。”[②]学术传记是传记的一个分支。匡亚明主编的《中国思想家评传丛书》就是典型的学术性传记。

陈兰村的《蒋风评传》，作家出版社2010年出版，也是学术性传记。蒋风是我国当代著名的儿童文学家，曾任浙江师范大学校长。这本为蒋风写的传记侧重对蒋风的儿童文学成就进行系统评价，同时介绍他作为校长的工作和为人品格。蒋风七十年坚持研究儿童文学，致力于儿童文学理论研究，是中国当代儿童文学理论的奠基人。他所培养的儿童文学人才已成为中国当代儿童文学理论界的中坚力量。蒋风的学术道路对年轻学人具有示范作用：经

---

① 陈兰村、叶志良主编：《20世纪中国传记文学论》，天津人民出版社1998年，第131页。

② 杨正润：《现代传记学》，南京大学出版社2009年，第288页。

历坎坷不放弃，敢于向命运挑战；勇于学术创新，一心想着儿童；亲手传帮带，培育后来人。

好的评传应该既有可思性，又有可读性。这是说，评传必须要有学术含量，传记里的人物故事也应该比较吸引人，文字流畅，读得下去。

四是小传、影视传记。首先是小传，指篇幅短小的传记。一千字左右的短篇传记可以称作小传。小传是传记文的一种，略记人物的生平事迹。中国古代就有小传，如唐李商隐有《李贺小传》、宋陆游有《姚平仲小传》等。现代介绍某个作家，在该作家的著作中也会有作者介绍或者作家小传。

其次是影视传记。随着现代影视科技的发展，把传记与影视结合，用影视把传记搬上银幕，出现了影视传记，或叫传记片。这类传记片的人物是真实的，如美国的《巴顿将军》，传主是第二次世界大战时的美国将军。又如现在很多革命将帅传记片，传主都是观众熟悉的将帅。优秀的传记片与优秀的传记作品一样，教育和娱乐兼顾，为大众所喜爱。

与影视传记类似的还有图像传记，即图像与传记的结合，也可以称画传。图像可以是传主的照片或图像。如陈光磊、陈振新编撰的《追望大道——陈望道画传》，于 2005 年 5 月由上海书店出版社、复旦大学出版社联合出版刊行。该画传有照片图像二百多幅，形象地展现了陈望道先生光辉的一生。画传不同于一般的影集，而是经作者按传主生平编辑并附有简要文字说明的著述。相较而言，画传比单纯的文字传记更能直观展现传主的外貌和生平图景。

当前传记形式的扩展，出现了以地名、城市名或某部书名为名的传记。如《长城传》《苏州传》《诗经传》。这些以传命名的作品，已经不是传统的写人物生平经历的作品，而只是借传之名来叙写某个物体的某种演变过程。这种新出现的以传为名的作品，不在本书讨论范围。

第四节　作者写自己的自传

从传记作者与传记主人公的关系分类，大致可分两大类，即他传和自传。他传，指的是作者与传主不是同一个人，作者为他人所作的传记，可以叫他传。这类传记最常见，容易区分，本节不讨论。自传指的是作者与传主是同一个人，作者写的就是自己的生平经历。自传的情况较复杂，形式比较多。典型的自传，是用散文书写自己较完整的生平。自传还可以包含回忆录、游记、日记等形式。具体介绍如下。

一是自传。简要地说，自传是个人自叙生平的一种写作样式，它属于传记的一类。完整意义上的自传应该包含四个方面的意思。第一，生平事迹要真实。第二，材料要写出自我的性格，尤其要画出自己的灵魂。第三，对自己的社会生活较客观和公允地呈现与评价。第四，要有文学性，尤其是语言要准确精美。

自传，古代也叫自序，如《史记·太史公自序》相当于司马迁的自传。称自传的，如唐代陆羽的《陆文学自传》。现代的自传，如古典文学研究家、传记文学家、复旦大学教授朱东润的《朱东润自传》。

朱东润1896年生于江苏泰兴，八十岁时创作了这部自传。这部自传偏重叙述自己的学术经历，特别是自己传记文学观的形成过程，将学术生涯与人生经历结合起来叙述，在学术的背后呈现自己的家国情怀，语言平易自然，多亲切口语。这部自传是一个现代中国爱国知识分子的经典自传。他人品高尚，具有家国情怀，坚守读书人的历史责任；他中西兼容，具有世界性学术视野。他深入研究过中西传记文学，为中国的传记文学开辟了一条新路。他不仅留下了对传记文学研究的理论著作，而且亲身实践写出了八部传记文学著作。他预见传记文学是一个有前途的文学部门，并为后世学者指明了传记文学研究和创作的方向。

二是口述史。口述史在近几十年逐渐兴起，1990 年北京大学出版社出版了“口述传记”丛书。口述史包含了传记或自传的基本要素，往往由本人口述，他人记录整理。我们可以按口述的内容来确定作品的范围。如果口述者讲的主要是本人的生平经历，属于自传的范围；如果口述的内容偏重某个事件或以讲别人的事为主，那么就归为单纯的口述历史。

属于自传性质的口述史著作，如《启功口述史》。启功是著名的书法家和文物鉴赏家，他的口述涉及晚清皇室的历史，具有史学价值。书中还讲了启功的求学、工作经历以及家庭生活，展现了启功风趣乐观的个性和幽默活泼的语言。

又如王尚文口述、童志斌整理的《王尚文口述》，是一部很有学术价值的口述史，而且可以归属自传性质。该书由国内著名的语文教育家、浙江师范大学教授王尚文口述，由浙江师范大学附属中学校长童志斌整理。全书内容以对话的形式呈现，犹如与读者促膝长谈。王尚文是语文教学的长期实践者与教育理论的坚定探索者。他从教后对“人文论”“语文教改第三浪潮”“语感论”“语文教学课程教学论”等语文教育理论问题都有自己深入独到的思考见解。他从中学到大学，任教语文六十余年，著作等身。读其书，如闻其声，如见其人。对有志于语文教学与研究的朋友，很值得一读。

从理论上探讨口述史的著作，如周新国主编的《中国口述史的理论与实践》。

三是回忆录。作者用回忆的形式，回顾自己走过的生活道路。可以是回忆自己某些生活片段、某些重大事件，也可以回忆他人他事；可以自己写作，也可以由别人整理。李宗仁于 1958 年开始口述他三十余年的戎马生涯，由历史学者唐德刚整理撰写了《李宗仁回忆录》。

回忆录与自传二者侧重点和叙述方式不同。从侧重点说，回忆录一般回忆自己的重要经历，这与自传重叠；但回忆录也可以侧重回忆自己所敬爱所尊重的某个人，或集中讲自己参与甚至听说的某个重大的历史事件，这与自传不同，只能属于某种历史资料。从叙述方式来说，回忆录一般是第一人称叙述；自传主要叙述自己的生平事迹和著作，一般用第一人称，偶尔有用第三人称的。

四是游记。游记作为记游的文学作品，内容上至少应包含三个要素：第一是“所至”，即作者游程；第二是“所见”，包括作者耳闻目睹的山水景物、名胜古迹、风土人情、历史掌故、现实生活等；第三是“所感”，即作者的观感，由作者所见所闻而引发的所思所想。可以说，“所至”是骨骼，“所见”是血肉，“所感”是灵魂，三者缺一不可。只要具有这三个要素，便算游记。

游记如果具备自传的基本要素，那就属于自传的范围。游记成为自传有三个基本要素：第一，要写出自己相对完整的真实生平；第二，能写出自己的性格和灵魂；第三，对自己所处的时代社会、人际关系有较客观的记叙与评价。如果游记不具备自传这三个基本要素，那就不兼具有自传性质，只能算是独立的游记。

游记作品只有具备了自传的基本要素，才具有自传意义。徐霞客的游记就具有明显的自传意义。《徐霞客游记》自叙了一段较完整的生平事迹，较完整地保留了一个明末旅游者奇特的旅游考察经历，塑造了一个古代野外科学考察者的不朽形象。游记里虽没有明确点出徐霞客的性格，但实际上写出了他的热爱旅游、大胆探险、耐苦乐观。

《徐霞客游记》除了写徐霞客的生平经历，还写了他与别人的关系，如同游者静闻以及旅途上交往的僧人、朋友、地方官员、普通百姓等。他还写了当时的社会面貌和某些社会矛盾，如明末的战乱等。游记的文学特征很鲜明，能写出主人公的独特感受，所用语言也很活泼。《徐霞客游记》基本具备自传的要素，具有自传意义。①

① 陈兰村:《奇人灵魂与山水对话——论"徐霞客游记"的自传意义》,《湖北荆门职业技术学院学报》2005 年第 5 期。

第三章　传记作品的育人功能

在古代，传记既是历史的一种编写体裁，同时也是文学最早的表现形式，传记作品的育人功能，与传记文学的自身功能是一致的。传记作品的语文育人功能是多方面的，这是由传记作品的多重功能决定的。传记作品最基本的育人功能有四个：历史记忆功能、教育激励功能、文学欣赏功能、其他学术功能。

第一节　历史记忆功能

传记具有历史性，它本身就是历史的一种编写体裁。传记具有历史记忆的功能，尤其是让中小学生获得基本的历史知识。

一、历史是无数传记的结晶

苏格兰散文家和历史学家托马斯·卡莱尔（1795—1881）指出："历史是无数传记的结晶。"在美国思想家、文学家、诗人拉尔夫·沃尔多·爱默生（1803—1882）看来，传记的作用似乎在历史之上。他说："确切地说，没有历史，只有传记。"①这方面，我国的古代史可资证明。我国的二十四史都采用纪传体，都有本纪和列传。传记的持续存在，使得中国的历史记载从不间断，这在世界上是少有的。传记在增强中华民族凝聚力、传承和发扬中华民族精

① 赵白生：《传记文学理论》，北京大学出版社2003年版，第1页。

神等方面起到了巨大的作用。历代史书都重视人物列传的编写。

二、传记的历史记忆功能

传记尤其是史传，不仅记载了重大历史事件，而且记叙了众多历史人物的生命历程，对后世仍有启示意义。比如《三国志》对人才、谋略的突出描绘，反映了陈寿对个人价值实现的充分重视。从《三国志》中可以看到三国之主身边都有一批谋士，这些谋士在某种程度上决定了三国事业的成败。《三国志》人物传记几乎每篇都围绕人与人智谋的问题展开。三国之主对人才均极为重视。“大概曹操以权术相驭，刘备以性情相契，孙氏兄弟以意气相投，后世尚可推见其心迹也。”①

传记不讲大道理，而是把一个一个鲜活的人物摆在你面前。传记里有胜利，也有挫折。不管是华盛顿还是卢梭，刘邦抑或陶渊明，在史传当中都少不了有其文字记载。他们的一生或有丰功伟绩，或有错误失败，但都给后人留下了宝贵的历史经验。

三、同一历史人物的传记与小说有别

读者在读同一历史人物的传记和文学作品的时候，应该明确二者是迥然不同的。历史求真，小说求美。可靠的传记是信史，可以引用；文学小说只供欣赏，不能当真史料引用。如《三国志》与《三国演义》写的同一人物，其真实性便大不一样。《三国志》是西晋史学家陈寿撰写的史书，《三国演义》作者是元末明初的著名小说家罗贯中。《三国志》是历史，《三国演义》是小说。《三国志》原文以及后来裴松之的注释所引史料接近史实，而《三国演义》有不少虚构杜撰。如二书均写诸葛亮在赤壁之战中的表现，《三国演义》多了草船借箭、借东风等情节，史书不见相关记载。鲁迅在《中

① （清）赵翼：《廿二史札记校证》，中华书局 2013 年版，第 140 页。

国小说史略》评论说“诸葛多智近妖”，很好地说明正史传记与虚构小说之间的不同。

第二节 教育激励功能

传记的写作是为了纪念先辈，更是为了启迪后人。不同年龄段的人都可以从传记中汲取营养充实自己，丰富自己的人生经验。读者可以从优秀的传记作品中了解传主或同时代他人的工作生活状况。

一、传记是培养人才的教材

中国古代的语文教材大致分三类：第一类是教育小孩的启蒙读物，如《急就篇》等；第二类是供青少年学习经学的读物，如四书五经以及文选类读物，如《昭明文选》等；第三类是作文指导书，如宋代吕祖谦编的《古文关键》等。古代的语文教育相当重视与历史教育的结合，因此古代的历史著作《春秋》三传（即左丘明《春秋左氏传》、公羊高《春秋公羊传》、穀梁赤《春秋穀梁传》）三本典籍的合称，以及后来的《史记》《汉书》等史籍，也都是古代读书人的教材。汉代司马迁就读过《春秋公羊传》。三国时吴国孙权教吕蒙读书的故事，见于《三国志·吴志·吕蒙传》注引《江表传》。吕蒙听了孙权的教诲就去看书，他读的书就是《史记》《汉书》还有《东观汉记》等书。其实，他读的就是传记。吕蒙因学习传记有进步，自称让人刮目相待。这也说明，古代传记曾经是培养人才的重要教材。梁启超少年时也熟读《史记》，对古代传记相当熟悉。现代的中小学语文课本中，多少也都会选入一些《史记》等史书中的人物传记作为课文。说明从古代到近现代，优秀的传记作品一直被作为教材。

二、传记是为人处世的镜子

李世民说过“以人为镜”的名言。贞观十七年(643),直言敢谏的魏徵病死。李世民很难过,他流着眼泪说:“夫以铜为镜,可以正衣冠;以史为镜,可以知兴替;以人为镜,可以知得失。魏徵没,朕亡一镜矣!”意思说,用铜做镜子,可以整理好一个人的穿戴;用历史作为镜子,可以知道历史上的兴盛衰亡;用别人作自己的镜子,可以知道自己每一天的是非得失。唐太宗很重视历史,也重视别人的批评。他重视历史,建立史馆修史,正式建立修史制度。唐初先后完成《梁书》《陈书》《北齐书》《北周书》《隋书》《晋书》《南史》《北史》八部纪传体史书,唐太宗得悉前五种史书纂修完成,十分高兴地说:“将欲览前王之得失,为在身之龟镜。”①

三、传记是受伤者的抚慰剂

阅读优秀的传记作品时,看到有些传主的生平事迹,读者无形中会联想自己、对照自己,起到激励安慰的作用。唐代韩愈《原毁》篇云:“闻古之人有舜者,其为人也,仁义人也。求其所以为舜者,责于己曰:‘彼,人也;予,人也。彼能是,而我乃不能是!’”早夜以思,去其不如舜者,就其如舜者。”意思是听说古代叫舜的圣人,是个仁义的人。探究舜成为圣人的道理,君子就责备自己说:“他是个人,我也是个人,他能这样,我却不能做到这样!”君子早晚都在思考,改掉那不如舜的行为,以此反省激励自己。这种精神同样适用于阅读优秀传记作品。读者如果看到传主的优秀事迹,也可以反思传主能做到,我为什么不能做到呢?如能这样激励自己,传记无形中就起到了自我教育的作用。

有的传记对读者还有安慰作用。如罗曼·罗兰的《贝多芬

① 王钦若等编:《册府元龟》卷554,凤凰出版社2006年版。

传》。贝多芬的一生充满了苦痛挫折,他双耳失聪,终身未婚。罗曼·罗兰给他写传,说他是用痛苦来谱写音乐,用痛苦来谱写欢乐。贝多芬是痛苦的,他所作的音乐却带给大家无尽的美好欢乐。他给人类留下很多经典的曲子,像《命运交响曲》等等。罗曼·罗兰的《贝多芬传》前言说:"所有不幸的人啊! 切勿过于哀怨,人类中最优秀的人和你们同在。汲取他们的勇气做我们的养料吧! 倘若我们太弱,就把我们的头枕在他们膝上休息一会吧,他们会安慰我们。"读者如果觉得命途多舛,可以与贝多芬相比,就会发现自己这点不幸和困难就不算什么了。

四、传记是奋斗的动力

奋斗的志气,会给人带来前进的动力。以数学家华罗庚的传记为例。顾迈南的《华罗庚传》记载,华罗庚因有志气而获得人生的成功。由传记可知,华罗庚只有初中毕业,却花了五年时间在家里自学数学。华罗庚家里开了一个小杂货店,华罗庚父亲年纪大了,希望儿子不要出去再读书了,把这个店管好。所以华罗庚初中毕业以后,白天要在店里面站柜台,帮父亲打理小店生意。华罗庚只能利用业余时间来实现人生理想。店里没有顾客的时候,华罗庚就专心看书,晚上也拼命看书,研究数学。他用五年时间学习了高中与大学的数学课程,为他以后从事数学研究打下了坚实基础。

他为什么这么刻苦去自学数学呢? 这跟他的志向有关系。华罗庚从小爱好数学,希望在数学上做出成绩。但是家里人无法理解。当时他本人也看不到前途,就知道草稿纸写了很多,也不能换钱。但后来他在外面发表文章,引起了社会的关注与重视,并有人聘请他到大学里去做研究。正是因为有志气,华罗庚在数学领域取得了成绩。

五、传记是生涯教育的绝佳材料

生涯，是指从事某种活动或职业的生活。每一个人从幼年到成年都有自己的生活。如何选择适合自己的最优生活，包括最适合自己的职业，这需要从小进行生涯教育。中小学的生涯教育目前刚起步，尚无完善的经验。但按照我们的理解，学校可以有意识地指导学生增强对自我发展的认识与理解，使学生在成长过程中学会选择，主动适应环境变化。

传记能提供多方面的人生经验，因而在进行传记作品阅读教学活动时，可以适当结合生涯教育。奥地利小说家、传记作家斯蒂芬·茨威格(1881—1942)的《巴尔扎克传》是一部极好的作家传记，中学生很值得读。巴尔扎克(1799—1850)是19世纪法国伟大的批判现实主义作家，他最后选择文学创作道路的经历值得我们借鉴。传记中写道："29岁的巴尔扎克已经明白自己擅长什么和自己想要干什么，他也明了必须具有什么样的必要条件，才能取得决定性成功。那就是决然专注于一个目标，不把努力分散浪费到各个不同的兴趣上去，意志的力量方能创造出惊人的奇迹。""十年徒劳摸索之后，巴尔扎克终于发现自己真正的职业，是做自己时代的历史学家。""他梦想着一次大手笔的投机活动，梦想着拥有一个富有的女人，梦想着命运出现意想不到的转机。然而，上天不许他溜走，让他进行创作，他的巨大潜力只能在文学上建功立业。"①巴尔扎克年轻时曾经有过不少不切实际的职业梦想，但经历种种失败后，他最终选择了文学创作的道路。只有选择自己适合并喜欢的职业，才是正确的选择。巴尔扎克的职业选择经历令人深思。

① 陈兰村主编：《中外优秀传记选读》，语文出版社2007年版，第72、76、77页。

第三节　文学欣赏功能

文学欣赏是人们在阅读文学作品时的一种审美精神活动。它以语言文字为媒介塑造艺术形象，反映现实生活，表现人们的精神世界。读者通过语言媒介，获得对文学作品中艺术形象的具体感受和体验，获得审美的愉悦和享受，从而使精神境界得到升华。

传记作品本身也具有文学属性，可供读者欣赏，给予读者精神愉悦；或使读者精神受到震撼，提升自己的人生境界。优秀的传记作品具有独特的审美欣赏功能，可以跟优秀的小说、诗歌作品媲美，在读者的生命中留下重要的印痕。

一、传记让读者获得全新生活体验

作家王蒙说："人生在某种意义上不就是一个体验的过程吗？所以人的精神生活除了立即变成行动，立刻变成了物质的成果以外，也有像小说这样的，假定的，虚拟的，有可能使人的情感得到一种引导，得到一种补偿，而避免这种情感长期淤积而造成爆炸性的后果。"①传记虽然不同于小说，但写出了传主独有的生活经历，读者从中可以感受到传主的生活体验。陈胜起义很遥远了，我们无法见到，也无法听到了。出于求知或出于好奇心，我们又想知道。怎么办？我们读了《陈涉世家》，就如同亲身参与了他们的起义过程，看到他们的身影，听到他们当时的讲话。

这些文学形象使我们思考并逐渐明白秦代农民起义领袖陈胜、吴广为什么要起义？他们又是如何起义的？最终是怎样的结局？司马迁为什么要给他们写传记？我们不仅有了文学体验，精神上受到震撼，情感上受到感染，而且更从理性上提高了有关

---

① 舒乙、傅光明主编：《在文学馆听讲座》，华艺出版社 2003 年版，第 21 页。

认识。

胡适在自传性作品《四十自述》里说传记文学可以“给史家做材料，给文学开生路”。胡适是五四时期非常有名的文化人，他非常推崇读传记。他曾经阅读过一个法国化学家的传记《巴斯特传》，他读这个传记一直到晚上深夜，自己的眼泪都流下来把书打湿了。一个外国人的传记，使得中国的文化人都大受感动。可见，好的传记完全可以当作文学作品来欣赏阅读。

二、优秀传记作品让读者获得精神享受

目前学界对传记美学的研究尚待深入。我们可以根据传记的特性，同时对照一般文学美学的原理来理解传记的美。优秀的传记作品具有浓厚的文学色彩、生动的传主形象、有趣的情节、幽默的语言，有文学所具有的各种美的元素。读者读这样的传记，不会感觉有什么说教，只感受到发自内心的美的愉悦。

如林语堂的《苏东坡传》文学性很强，可以帮助我们理解苏轼的诗、词、赋。作品本身的语言也很幽默。如第一章结尾：“倘若不嫌‘民主’一词今日用得太俗滥的话，我们可以说苏东坡是一个极讲民主精神的人，因为他与各行各业都有来往，帝王、诗人、公卿、隐士、药师、酒馆主人，不识字的农妇。”第十四章《逮捕与审判》写乌台诗案：“我有一种想法，我觉得苏东坡会因为写诗而被捕、受审为有趣，他一定以在法庭上的讲解文学上的典故为乐事。”①

作者这些叙述性的文字既切合苏东坡的身份和个性，又引发读者思考。这是在表扬苏东坡呢，还是作者自己对苏东坡内心的猜测？语言含蓄里有调侃，总能在不动声色中引发读者的会心一笑。

---

① 陈兰村、叶志良主编：《20世纪中国传记文学论》，天津人民出版社1998年版，第131页。

三、传记文学对读者的无形影响

读者平时多读传记作品，给自己脑子里装进生活知识。正像一个水库，平时蓄满了水，说不定遇到旱季或临时需水时，水库就发挥作用了。这里讲一个传记文学帮了传记作家儿子大忙的故事。传记作家叶永烈曾讲过他在美国读书的儿子去某著名汽车公司应聘，主考官上来就问："你知道巴顿将军吗？"叶永烈儿子平时就熟读《巴顿将军》，于是侃侃而谈，从巴顿将军的赫赫战功直到因车祸而死，最后一句是："这与汽车有关。"这一句回答是关键，儿子应聘成功。他激动地向父亲报告："传记文学帮了我的大忙！"叶永烈用这个故事来说明传记文学对他儿子人生的深刻影响。①

第四节　其他学术功能

一、好的学术传记是专业入门书

王元的《华罗庚》一书，结合华罗庚的生平，介绍了中国数学发展的简要过程。对爱好数学或想要了解数学史的人，这本传记就是一本很好的入门书。王元的《华罗庚传》是最经典的中国科学家传记之一。"这本书通过写华罗庚带出了半部中国现代数学史。"中国科学院自然科学史研究所研究员张柏春如是说。美国数学学会曾印发这部书的英文简化版给会员阅读。王元既是华罗庚的学生，也是著名数学家，因此能够准确评价华罗庚工作的世界意义。作为科学家，王元本身要求特别严谨。为了写《华罗庚》，王元花了十年以上时间收集资料。

又如畅销传记《束星北档案》，副标题是"一个天才物理学家的

① 李征、陈剑：《告诉孩子：书是甜蜜的》，《新闻晚报》2007年08月20日。

命运”。作者刘海军翻阅了主人公千余万字的档案，采访了包括王淦昌、苏步青在内的一百多位相关人物，前后收集材料时间长达十年以上。读者不仅从书中看到一个被称为中国爱因斯坦的物理学家的命运，还可以从中学习到许多的物理知识。

再如陈兰村的《蒋风评传》，叙述了中国著名儿童文学家蒋风先生的一生。同时，通过对传主从事儿童文学创作、理论研究、儿童文学教育的经历叙述，带出了一部中国现代的儿童文学发展史。读者如对儿童文学有兴趣，或有志于研究儿童文学，这本传记就是研究儿童文学的入门书。

二、传记是专业读者之必需

如果读者对政治军事比较感兴趣，可以读政治、军事的名人传记；读者学音乐、美术，可以阅读音乐家、美术家的传记；读者学建筑，可以阅读著名建筑大师的传记；读者学医，可以阅读名医的传记。

传记文学中包含专业化的经验。比如法国作家萨杜尔的《卓别林的一生》，叙写卓别林的电影表演艺术，主要体现在他无声电影中塑造的夏尔洛形象上。夏尔洛的形象，是一个头上戴着圆顶帽，手里拿着手杖，走起路来像鸭子一样的小矮个儿，是一个想冒充绅士的穷汉子。夏尔洛的形象在卓别林表演的许多部无声电影中均有出现。这种定型化的打扮，让人很自然地联想起那个头戴老式鸭舌帽、身穿旧中山装、走路迈猫步的小品演员赵本山，这个舞台形象鲜活地再现了改革开放初期的普通农民的真实面貌。

再如妇产科大夫林巧稚的传记《林巧稚》。林巧稚把一生都献给了妇产科事业。她在大学读书是怎么读的？以后怎么走上医生岗位的？像这样的传记，对学医的人来说很有帮助。西方护士界有一个很有名的人叫南丁格尔，有人写了《南丁格尔传》。通过这本传记，你就可以了解南丁格尔如何从事护士工作。

多读点传记，尤其是伟人传记，你就能够更好地认识世界，认识生活，给自己充电。

三、传记阅读效果取决于读者接受动机

读者要去借某本名人传记或者去买某本名人传记，一定有自己特定的动机。阅读动机不同，阅读效果当然不一样。

阅读动机主要分为四种。一是出于审美动机。就是读者把传记当作小说一样来读。二是读者想间接体验。比如说现在是和平年代了，战争年代都已经过去了，过去的革命战争怎么过来的，读者看看将军们的回忆录和传记，就可以了解他们是怎么打仗的。这些经历读者平常都无法直接去体验，就可以通过阅读传记作品获得间接的了解与体验。三是求知受教育。如一般学生阅读传记，就是长见识，受教育。四是纯粹的批评研究。学者对某部传记进行评论，进行学术研究，首先要阅读有关的传记。

第四章　传记作品的人格教育功能与机制

在培养学生的语文核心素养的同时，语文教学应该进行人格教育。而语文教材中传记作品的教学，是整个语文课程的重要组成部分，承担着人格教育的重任。传记作品蕴含着独特的人格教育资源，富含优秀的人格范例。相比其他文体的课文，传记作品进行人格教育有着其独特的优势。教师有责任提炼传记作品中的人格教育元素，引导学生把传记作品的内涵转化成学生自己的心灵感悟，让传记作品发挥其育人价值。

第一节　以传记进行人格教育的必要性与可行性

一、什么是人格教育

什么是人格？从法律或道德的角度说，人格是人按照法律、道德或其他社会准则应享有的权利或资格。从心理学角度说，人格是一种心理现象，它反映一个人的整体精神面貌。从伦理学的角度说，人格指人的一种自我意识，意识到自身应该有区别于动物的特有品格和行为。所以，人格是做人的尊严、价值和品格的综合。人格问题，实际就是指我们要把自己塑造成怎样的人的问题。

所谓健全人格，也称为健康人格。在西方，有的研究者会通过制订不同的标准对个体的人格进行测量，来评判个体的人格是否健康。例如，高尔顿·乌伊拉德·奥尔波特（1897—1967，美国著名心理学家，人格特质理论创始人）认为“成熟人格具有一个发展过程，判断个体人格是否健康和成熟具有六个标准：自我扩展能力、与他人交往的能力、自我接纳能力与安全感、实际的现实知觉、自我客观化和统一的人生哲学”。① 健全的人格实际是指构成人格的诸要素，如气质、能力、性格、理想、信念、人生观等各方面要素。

什么是人格教育？人格教育，通俗来说就是将孩子培养成真正的人，就是教孩子学会做人。这里的人，是指一个具有良好品德、独立意识，拥有良好人际关系并且善于合作的个体，是一个既独立又合群的社会人。家庭和学校都要进行这样一种人格教育。

不同的人格在现实生活中客观存在。现实生活中我们发现，有的人性格开朗，能与人积极合作、愉快地交流，不断进取完善自我；有的人对人对事消极对待。二者是健全人格与不健全人格的不同表现。那么，健全人格由何而来呢？依据课程方案与各学科课程标准开展教育活动是培养健全人格的重要途径。根据中学生人格发展的特点和语文课程的内容特点，借助语文学科丰富的人格教育资源，通过语文教学促进学生养成语文的运用能力，并培养学生积极向上的健全人格，这是中小学生语文教学的应有之义。

人格教育的内容因学生成长阶段与学段的不同而不同。小学阶段，结合相关课文融入人格教育，可以着重培养学生良好的学习习惯、卫生健康习惯，培养孩子的爱国心、责任感。初高中阶段着重培养学生自尊、自信、自强等优秀人格品质。人格是人才素质的核心，培养塑造健全的人格是教育的最终目标。

二、以传记进行人格教育的必要性

中学语文课程标准要求培养学生健全的人格。《普通高中教

---

① 梁宁建：《心理学导论》，上海教育出版社 2006 年版，第 533 页。

育语文课程标准》(2017 版)指出要培养学生良好的政治素质、道德品质和健全的人格;《义务教育语文课程标准》(2021 版)也提出要培养学生健全的人格。从语文课程本身来看,语文教材中含有大量的人格教育资源,在教学中挖掘并运用这些资源,不仅有利于促进学生健康人格的发展,也有利于达成语文教育的育人目标。

人格教育是素质教育的核心,是灵魂。中小学教育归根到底是要培养合格的德智体美劳全面发展的人,培养高素质的人才。素质教育的核心和灵魂就是人格教育。从中学语文教学的实际情况看,强调人格教育是工作之必需。据笔者从中学教学实践中了解到现在传记作品教学并未突出其在人格培养方面的独特价值,传记作品自身的特点在教学中没有得到充分发挥,这与有些教师对传记文体的不重视、知识储备不足有关。语文教师应该加强传记作品的阅读和传记文体知识的储备,充分发挥传记作品的人格教育功能。

人格具有“可塑性”特点,对中小学生进行人格培养大有必要。人格在形成的过程中不但依赖于遗传因素,也受外部环境的影响,具有可塑性。青少年正处在成长阶段,对中小学生实施人格培养相当有必要。

人格教育是古今教育界提倡的教育理念。在古代,孔子第一次明确把“君子”作为理想人格。孔子对学生子夏说:“女为君子儒,无为小人儒。”①意思是让子夏做个君子式的儒者,不要去做小人式的儒者。孔子在《论语·子罕》中说:“智者不惑,仁者不忧,勇者不惧。”②智、仁、勇是对君子品质的精要概述。近代教育家蔡元培先生在自己的著作《中国人的修养》中强调培养学生健康的人格,并提出德、智、体、美四育并举的教育方针,影响深远。

---

① 杨伯峻:《论语译注》,中华书局 1980 年版,第 59 页。

② 杨伯峻:《论语译注》,中华书局 1980 年版,第 95 页。

笔者曾发表过《传记文学与人格素质教育》一文。论文以中学课程改革中开设传记选修课为话题，论述传记文学与人格素质教育的关系，提出高中开设传记选修课的要求，主张优秀的传记是人格素质教育的形象教材，要发挥传记的教育功能和激励功能。

程红兵在《程红兵与语文人格教育》中提出了语文人格教育的概念，专门论述语文教育中的人格。所谓语文人格教育，就是语文教师在语文教学活动中有意识、有计划地结合语文知识传授、语文能力培养，对学生实施人格教育的活动。这一活动是在语文教师指导下，师生共同创设育人环境，在语文知识、语文技能习得的过程中，实现健康人格塑造。我们认为，语文课程加强人格教育是必须一直坚持的正确方向。

三、传记进行人格教育的可行性

传记作品教学中注重学生人格的培养，有利于实现传记作品的教学目标。与其他科目相比，语文教材中优秀人物的传记作品，其中所蕴含的精神力量是其他类型的文本无法相比的。

传记作品教学在中学生人格培养方面具有独特优势。传记作品在人教版教材中占有不小的比例，教材中选编的传记作品具有显著的历史与文学特色。传记作品教学，能够使学生学习汉语知识、文体知识、写作知识，也体现出对中学生进行人格教育的价值：人教版高中语文教材中选编的古代传记作品节选自《左传》《史记》《汉书》等史书中，且所选篇目都是优秀人物传记或极具文学魅力的历史片段记载。优秀人物传记中传主的人生命运、性格特点、精神品格和传记作者表达出的情感意志，是其他类型的作品不能相比的。可见，传记作品教学在中学生人格培养方面具有不可替代的作用和价值。

传记作品课进行人格教育与思政课，相比二者在教学的内容和教学方法都有明显不同。从教学内容说，思政课即思想政治课，主要学习社会主义的政治知识，同时从理性角度要求学生具有良好的思想品德和各种正确的行为习惯，树立自己对社会的责任感，将来成为合格的社会主义公民。传记作品中的人格教育，从其教学内容说，主要是传记中传主的高尚人格和丰富的精神内涵，同时从情感体验的角度让学生体验传主的人格行为和内心活动，进一步对照自己，反思自身，从而从精神上升华为自己的人格。

传记作品教学中的人格教育是正面培养学生自觉的感受，是情感教育。传记作品教学属于语文课的文学教育。中小学语文课是一门汉语与文学的复合课。语文教育家王尚文说："语文课负有语言教育和文学教育两重任务，不可偏废，也不应混合。"[①]王尚文《走进语文教学之门》第一章第五节的标题为"语文课程是'汉语''文学'的复合"。他指出，文学教育的主要内容当然是优秀文学作品的品味、鉴赏，也应有必要的文学知识为其辅助，但它主要不是文学知识教学，也不是文学评论教学，重在对文学作品中人的生命体验的发现，贵在对自我、对他人的认识、理解，在潜移默化中使自己变得更好。

从王尚文对语文课的任务的论述中，我们可以得到启发，语文课里的传记作品应当负有文学教育的任务。而"文学作品教学的目的是让学生为文学而感动，因作品而动情，并让学生学会阅读文学作品。它最终是要生成和发展学生的文学素养，即培养学生敏锐的文学感觉、纯正的文学情趣。"不能"模糊了文学作品教学与道德教育、思想教育、公民教育的界限"。[②] 同样的道理，传记是文学的一类，传记作品的教学的目的也是要让学生为传记的传主而感动，因作品而动情。传记作品教学要体验传主的生活，而不是先找

---

① 王尚文口述，童志斌整理：《守望语文的星空》，广西教育出版社 2020 年版，第 127 页。

② 王尚文：《走进语文教学之门》，上海教育出版社 2007 年版，第 95、103、303 页。

课文的主题思想,再去理解和分析。

第二节 传记中的人格教育资源

传记作品的阅读与教学可以达到人格教育的目的。胡适在演讲中谈到自己读西方传记的感受时说:“我感觉到传记可以帮助人格的教育。我国并不是没有圣人贤人,只是传记文学不发达,所以未能有所发扬。这是我们一个很大的损失。”①胡适从自身阅读传记的感受出发,强调了传记可以帮助人格教育,这个观点是对的。但他认为我国“传记文学不发达”,这个观点不准确。我国的史传文学和杂传文学相当发达,具有悠久的历史,包含丰富的人格教育资源。

传记作品是语文课程实施人格教育的重要资源。中国古代传记以《史记》为典范。陈兰村《中国传记文学发展史》指出“司马迁不仅以自己的亲身行动表现了伟大的人格,而且更进一步在《史记》中寄托了自己的人格理想”。② 所谓人格理想,即指某个人或某个阶层所期望的高尚的人格境界。司马迁的人格理想,在《史记》中突出表现为他所赞赏的四种人格类型:

一是自尊型人格。自尊是人对自我尊严的珍惜意识。司马迁肯定和赞赏的具有自尊型人格的人物,具有强烈的自尊心,在主体的自尊心受到伤害时会作出异常激烈的反应。如《李将军列传》写了汉代名将李广,一生与匈奴作战,最后因受卫青的排挤,终不能复对刀笔吏而引刀自刭。他的死,表示了对当时朝廷赏罚不公的无声抗议,捍卫了自己的人格尊严。《陈涉世家》记述陈胜吴广的反秦起义过程。陈胜,人穷志不穷。他受暴秦的压迫,为了保持一

① 姚鹏、范桥编:《胡适讲演》,中国广播电视出版社 1992 年版,第 186 页。

② 陈兰村:《中国传记文学发展史》,语文出版社 2012 年版,第 69-70 页。

个人起码的生存权，走上反抗道路。

二是自强型人格。自强一词，来源于《易经·乾卦·象传》："天行健，君子以自强不息。"意思是天体运行不止，君子也应该努力向上，绝不懈怠。《史记》中有一类人，他们在生活道路上受挫，人格受到莫大的侮辱，但他们没有自我沉沦，而是发奋有为，表现了奋力进取的精神。司马迁本身就是这样的人，因而他对自强型人格尤为赞赏。夏禹、勾践、虞卿、韩信等人都有自强不息的精神。《史记·夏本纪》记载夏禹"伤先人父鲧功之不成受诛，乃劳身焦思，居外十三年，过家门不敢入"，终于获得治水成功。

三是侠义型人格。侠是指见义勇为的人。义是人际关系中一种抽象的道德义务、行为准则。如《史记·游侠列传》中的朱家、郭解等人，他们都是好交游而勇于急人之难的人。司马迁在《史记·游侠列传》开头赞扬他们："其言必信，其行必果，已诺必诚，不爱其躯，赴士之厄困。既已存亡死生矣，而不矜其能，羞伐其德，盖亦有足多者焉。"这段话是说游侠说话一定守信用，做事一定果敢。这是游侠的道德观，也是游侠的人格写照。

四是爱国型人格。一个人意识到个人与国家命运紧密相连，愿意为维护国家尊严而献身，就是一种爱国型人格。屈原、蔺相如等人就具有爱国型人格。《屈原列传》所写的屈原是中国文学史上爱国诗人的典型。屈原忠君但不愚忠，他是将存君与兴国联系在一起的。楚王昏庸，他不仅怨恨，而且加以抨击，司马迁赞赏的正是屈原这种清醒的爱国精神。

自尊、自强、侠义、爱国四种类型的人格各有侧重，但也相互联系。自尊是人格的基础，自强是人格的动力，侠义是自我与别人的关系中的利他意识，爱国是自我与国家关系中的责任意识。[①] 阅读《史记》等优秀传记，我们可以了解并学习古人在人格上自尊自

---

① 陈兰村：《中国传记文学发展史》，语文出版社 2012 年版，第 72 页。

爱、自强不息、关心他人、爱国爱民的优秀传统。

第三节 以高尚人格战胜困难挫折

中小学生的人格培养，一个重要的方面是要让学生明白身处自然、面对社会，人的一生总会遇到各种困难和挫折，要紧的是在这样的时候，应该从内心认识自我，认识外界环境，不忘自己应该自强不息，不忘自己是个中国人，不忘保持自己高尚的人格。具有高尚人格的人自身会产生一种精神力量，使自己在面临困难和挫折时，坚持下去，勇于克服困难和挫折，成为生活的强者。优秀传记中，不乏以高尚的人格战胜困难的人物。

一、取经成功的唐代高僧玄奘

唐代高僧玄奘的传记《大慈恩寺三藏法师传》，记述玄奘少年出家，“意欲远绍如来，近光遗法”。他为到西方取经，不畏旅途艰难，不达目的决不罢休。有一次不幸迷路，途中又不慎把水倒掉。是前进还是往回走呢？他“自念我先发愿，若不至天竺终不东归一步，今何故来？宁可就西而死，岂归东而生！于是旋辔，专念观音，西北而进”。[①] 他能够坚守西行出发时许下的誓愿，不到天竺不东归。这就是做人的诚信与坚定的意志，是人格力量的表现。后来他终于走出沙漠，取经的志向、高尚的人格使他心无所惧，一往无前。

鲁迅杂文《中国人失掉自信力了吗》说：“我们从古以来，就有埋头苦干的人，有拼命硬干的人，有为民请命的人，有舍身求法的人……虽是等于为帝王将相作家谱的所谓‘正史’，也往往掩不住

① （唐）慧立、彦悰：《大慈恩寺三藏法师传》，中华书局 2000 年版，第 17 页。

他们的光耀,这就是中国的脊梁。"[1]这里提到舍身求法的人,舍身是佛教用语,意思是牺牲自身肉体;舍身求法,指古代有些僧人不顾自己安危远道取经的事,玄奘就是其中一位。

二、坚贞不屈的汉代使臣苏武

古代以高尚的人格力量战胜困难的不止玄奘一人。《汉书·苏武传》记述苏武出使匈奴,被流放至北海牧羊,扣留十九年的经过。他始终不屈,充分体现了人格尊严,最终返回汉朝。传记写他杖汉节牧羊:"武既至海上,廪食不至,掘野鼠去中实而食之。杖汉节牧羊,卧起操持,节旄尽落。"[2]汉节是表示汉朝使者身份的信物。苏武杖汉节牧羊,表示他虽被匈奴所控制,但始终不忘自己是代表汉朝的使者,坚持汉臣的气节操守。苏武的爱国精神被人们世代传颂。

三、自觉保持知识分子担当和尊严的大学教授朱东润

当代知识分子中更不乏用坚强的人格力量战胜困难的范例,朱东润教授就是其中的一位。《朱东润自传》写了朱东润八十年的人生经历。他是个有志气的知识分子。"文革"中他本人受迫害,妻子自杀,但他认定暴风雨总会过去。他为亡妻写了传记《李方舟传》,后记中引用《道德经》说:"夫暴风不终朝,骤雨不终日,孰为此者天地?天地尚不可长且久,而况于人乎?"[3]这段话的意思是说,狂风暴雨持续不了一整天。谁使它这样的?是天地。天地的狂暴都不能持久,何况人呢?

他接着说:"暴风骤雨好像很可怕,其实并不可怕。因为不久

---

① 鲁迅:《鲁迅全集》卷六,人民文学出版社 2000 年版。

② (东汉)班固:《汉书》卷五十四《苏武传》,中华书局 1962 年版,第 2459 页。

③ 朱东润:《李方舟传》,上海远东出版社 1996 年版,第 109 页。

以后，暴风过了，骤雨过了，天还是照样的天，地还是照样的地，可怕在哪里呢？”①结果正如他所言。朱东润在遇到人生大困难时，他从《老子》书中找到精神支持，自觉保持了知识分子的担当和尊严。

上面所举的传记作品，都是有助于进行人格教育的传记作品。阅读优秀传记作品，就是一种培养高尚人格的有效途径。

第四节 以高尚人格处理人际关系

中小学生的人格培养，重要的一点是要让学生明白生活在社会中必定要与别人打交道。如何处理好人际关系是每个人都会碰到的问题。优秀的传记作品有许多优秀的传主，他们能冷静认识自我，认识他人，能正确处理各种复杂的人际关系，值得我们细品和借鉴。

一、待人接物，保持自尊和自信

人是生活在社会中集体中的，不论是读书或工作，都免不了与各种人打交道。怎样处理好各种人际关系呢？我们可以从优秀的传记作品中找到一些可供借鉴的经验。

与人打交道，要有自尊和自信，同时符合自己的职业性质和角色身份的要求。现代著名作家茅盾，本名沈德鸿。茅盾在《我走过的道路》里说自己年轻时只北大预科毕业，无力升学，拿着亲戚的介绍信到上海商务印书馆找工作。介绍自己的名字时，接待人员不是很热情。问他鸿字是不是江鸟鸿？他回答是“鸿鹄之志”的“鸿”。这样的回答，充分显示出青年茅盾的志气和自信。我们年轻人在求职时，也要克服自卑和羞怯的心理，大大方方去应聘，自

---

① 朱东润：《李方舟传》，上海远东出版社 1996 年版，第 109 页。

信自如展现自己。

二、同学相处，报以真诚热情

在学校里与同学相处，应该互相关心、乐于助人，这是处理同学关系的最好方法。《林巧稚》一书中写过这样一个故事："正当巧稚为着一个单词苦心推敲的时候，考场里忽然咕咚一声，接着是一片喧哗声。原来是一个女同学晕倒在地。监考先生……使对在场的考生说：'她是厦门来的，你们谁认识她？'……（巧稚）随即举起手来说：'我是厦门鼓浪屿的，她和我住一个房间！'……（监考先生）然后对她说：'那好，你把她送到医务室里去！'林巧稚抱起那位晕倒的女生送到医务室，就这样结束了升学考试，回到鼓浪屿。对于能否录取，她并无信心。有一天父亲对她说：'你做得对！放下了自己的题目不做，去抢救一个不相干的人，这表现了你有一颗纯洁的心和高尚的灵魂。'"①事后，北平私立协和医科大学寄来了录取通知书。林巧稚虽然没有答完考卷，仍得到了足以录取的分数，非常了不起。这既是高尚人格的体现，也是典型的助人事例！

三、面对师长，敬重而不畏惧

对师长，对上级，要敬重而不畏惧。顾迈南的《华罗庚传》里写华罗庚初中毕业失学后，继续得到初中读书时两位老师王维克和韩大受的热心帮助，在金坛中学当会计，华罗庚也很尊敬他们。当时一位大名鼎鼎的苏家驹教授公开发表了一篇数学论文，华罗庚发现苏教授的解题方法不正确，他便去跟王维克老师商量，可否写文章纠正教授的错误。王老师回答是当然可以。后来华罗庚的论文在上海《科学》杂志刊载，当时他只有十八岁。华罗庚作为学生，他尊敬自己的老师，也尊敬教授。华罗庚与教授在学术上是平等

---

① 陈兰村主编：《中外优秀传记选读》，语文出版社 2007 年版。

的。正所谓"吾爱吾师,吾更爱真理",他处理得很妥当。

四、与朋友交,君子坦荡荡

如何交友?这是任何人生活中一定会遇到的问题。一个人想在社会立住脚,离不开他人的支持和帮助,因而友情显得尤其重要。俞伯牙与钟子期、马克思与恩格斯,古今中外留下了许多关于知音的故事。

《史记》中司马迁多次写到交友的事例。正面如《管晏列传》中写春秋时期的管鲍之交。全文最精彩的部分,是借管仲之口,叙述他与鲍叔牙两人深厚的友谊。早先,管仲与鲍叔牙一起经商,赚了钱,管仲总是多分给自己,鲍叔牙知道管仲经济贫困,毫不计较。管仲曾多次为鲍叔牙办事,却常常把事情办砸了,鲍叔牙知道这是时机不好。管仲多次做官,多次被罢免,鲍叔牙认为是管仲时运不好。公子纠战败,管仲未以死殉节,鲍叔牙知道他是心中另有大志。这一部分通过几件事实的叙述,有力地强化了鲍叔对管仲的理解、支持和帮助。"生我者父母,知我者鲍子也"[①]一句话,把鲍叔对管仲的深厚情谊及管仲对鲍叔的感激之情,充分地表现了出来。

反面的如《孙子吴起列传》写春秋时代的孙膑与庞涓的交恶。二人原来都是孙武的学生,庞涓在魏国当将军,"自以为能不及孙膑","恐其贤于己,疾之","以法刑断其两足而黥之"。[②] 后来,孙膑在齐国为将,他靠自己的智慧,帮助齐国田忌在与诸公子赛马中获胜。他的办法是"以君之下驷与彼上驷,取君上驷与彼中驷,取君中驷与彼下驷",结果"田忌一不胜而再胜"。[③] 他又设计在马陵

① (西汉)司马迁:《史记》,中华书局1982年版,第2131页。
② (西汉)司马迁:《史记》,中华书局1982年版,第2162页。
③ (西汉)司马迁:《史记》卷六十二,中华书局1982年版,第2163页。

（今河北大名）伏兵，预先“斫大树白而书之曰：‘庞涓死于此树之下。’”后来庞涓中计大败，果然在大树下自刎。① 庞涓因疾（妒忌）而害同学，最终害了自己。这些古代交友中的正反人物故事，对我们今天如何交友仍有借鉴意义。

知识分子之间平时如何相处？文人相轻，自古有之。如何避免以自己之长看别人之短，如何包容别人？《朱东润自传》提供了借鉴。朱东润在与不同性格的同事相处时保持君子之交，坚持自己的做人原则，决不介入派别斗争。他既能客观地看到同事的长处，也不小看自己，对自己的学问保有充分自信。在“文革”中造反派批斗他要他低头，他就是不低头。他正确处理与同事刘大杰教授的关系。他虽然对刘先生八面玲珑的为人素有微词，但他肯定刘先生的学术成就，在刘生病时多次去看望。在刘先生晚年被批评时，朱先生也诚恳地为刘说话。

在如何处理人际关系方面，优秀传记中提供了很多例子，阅读之后可以使我们鉴往知来，少走人生弯路。

① （西汉）司马迁：《史记》，中华书局 1982 年版，第 2164 页。

第五章　传记作品的阅读策略

教师教授传记作品，应该如何引导学生开展阅读？根据语文课程是工具性与人文性统一的基本理念以及王尚文语文课程复合论主张，语文课要同时进行汉语教育和文学教育。传记作品的教学应该是汉语教育与文学教育的有机统一。

第一节　课内阅读，读懂传记作品

阅读包括细读、诵读等方式，是语文学习的基本方法之一。传记作品的阅读教学，主要是教师引导学生细读课文。传记作品教学的最终目的是让学生学会阅读传记文学作品。具体而言，教学时应该注意以下三方面。

一、注重文体，把握传记事实

传记靠事实说话，学生应该注意厘清传主生活的环境事实与传主本身的经历事实。教师可以从传记入手，培养学生对事实的概括能力和思维能力。

例如阅读《史记·廉颇蔺相如列传》，这是赵国四大忠臣良将廉颇、蔺相如、赵奢、李牧的合传。中学课文选入的主要是廉颇和蔺相如经历的部分。他们两人所处的环境事实是赵国与秦国矛盾重重，赵国逐渐被秦国灭亡。传记主体是廉颇、蔺相如的生活经历事实。

传记开头写廉、蔺二人地位悬殊，廉是上卿，蔺只是宦官舍人，这为二人之后的矛盾冲突埋下伏笔。传记主要讲了三个故事。第一个故事是完璧归赵。蔺相如出师秦国，完璧归赵，不辱使命。第二个故事是渑池之会。蔺相如不卑不亢，又一次取得外交胜利。相如因此升为上卿，位在廉颇之上。第三个故事是将相和。由于蔺相如的谦让，终获得廉颇的尊敬。廉颇负荆请罪，上演了著名的将相和。传记最后的“太史公曰”，赞扬了蔺相如“一奋其气，威信敌国；退而让颇，名重泰山。其处智勇，可谓兼之矣”。①

抓住这三个故事也就清楚了廉、蔺二人的经历与品质。读了“太史公曰”，读者能更清晰地认识二人的智勇品格和爱国精神，同时也能了解古代史传中合传的形式。这样的阅读既锻炼了读者的思维能力，也让读者了解相关的传记知识。

二、读懂对话，明白说话意图

语文课阅读教学要读懂作品，尤其要注意人物对话，关键是要弄明白双方说话的意图。从历次教学大纲到语文课程标准，语文课都有相同的要求：培养学生正确理解和运用语言文字的能力。阅读是培养汉语素养的重要途径之一。所谓汉语素养是指“出于真诚对话的愿望，准确理解对方的话语形式与话语意图，精确妥帖地运用祖国语言文字表情达意，以进行最有效的交流”。② 这里特别要注意意图两字。“正确理解”就是通过人物话语，准确把握说话者的说话意图，正确运用就是为了实现自己的意图而有设计地说话。意图是汉语素养的关键词。我们阅读传记作品，一定要特别注意人物对话双方的意图。

《中外优秀传记选读》，选入了两弹元勋邓稼先传记的片段，标

---

① （西汉）司马迁：《史记》，中华书局 1982 年版，第 2452 页。

② 王尚文：《走进语文教学之门》，上海教育出版社 2007 年版，第 165 页。

题为《国家要放个大炮仗》。课文的第二部分详述邓稼先接受研制原子弹重任的过程。这一部分有大量的对话描写。钱三强找邓稼先谈话，让邓稼先负责原子弹理论研究工作：

> 钱教授的心里十分在意，谈话时相当谨慎和费神。钱所长问道："国家要放个大炮仗，调你去做这项工作，怎样？"说完了，钱三强的目光很快地掠过邓稼先的面颊。"大炮仗？"邓稼先马上明白这是原子弹，心里咯噔一下。……他一时想不清楚。但是他合乎领导的估计，服从了组织的调动。

邓稼先当晚在床上翻来覆去睡不着，后来他终于向妻子开口了：

> 他说："我要调动工作了。""调到哪里呢？""这不知道。""干什么工作？""不知道，也不能说。""那么，到了新的工作地方，给我来一封信，告诉我回信的信箱，行吧？""大概这些也都不行吧？"①

以上两次对话可以看出邓稼先去参加原子弹研究任务是多么严肃、保密和艰巨。钱三强谈话前的谨慎与费心，谈话中关于工作意义和工作任务的含蓄表达，一向机灵的邓稼先很快就明白了。邓稼先回家后在想着如何对妻子说。妻子许鹿希则宁愿自己默默承担一切，支持丈夫。邓稼先明白，搞原子弹研制工作，就必须从此隐姓埋名，不能发表学术论文，不能公开作报告，不能出国，不能和某些朋友随便交往，上不告父母，下不告妻子儿女。立志报效国家，就是邓稼先的一切。我们读懂了他们之间的对话，就读懂了邓稼先。课文对三人对话前后的心理活动的描述，有助于我们读懂他们说话的意图，理解他们高尚的人品和爱国精神。

所以，读者读懂传记作品中人物对话的意图，才能真正走进人

---

① 陈兰村主编：《中外优秀传记选读》，语文出版社 2007 年版，第 36 页。

物内心世界，实现与人物的心灵对话。

三、体会情意，提升鉴赏能力

文学重在以情感人，优秀的传记作品不仅以传主的事迹感动读者，而且在记叙传主生活真实的过程中，直接或间接地抒发作者的内心情感。我们在阅读传记作品时，应注重体会作品表达的情感，提高自身的文学鉴赏力。

如果传记作者是传主的亲属，那就更容易理解作者对传主的感情。如艾芙·居里的《居里夫人传》，作者艾芙·居里就是居里夫人的女儿。作者把对传主的感情融进作品之中，恰当地表达了自己对母亲的感情。如对母亲的工作环境给健康带来的损害所流露出的心痛，对母亲顽强的工作精神由衷的赞叹，对父母在科学试验期间的和谐生活的赞美。作者对传主的感情投入可以引起读者的内心共鸣。

即便传记作者与传主并无亲缘或其他关系，作者只要恰当地表达对传主的感情，同样会加强读者对传主的关注与重视。如司马迁在《史记》中记叙人物的经历和文章最后的"太史公曰"都会流露出自己的感情。这种抒情倾向，增添了《史记》的文学色彩。如《史记·李将军列传》末尾的太史公曰：

> 传曰"其身正，不令而行；其身不正，虽令不从。"其李将军之谓也？余睹李将军悛悛如鄙人，口不能道辞。及死之日，天下知与不知，皆为尽哀。彼其忠实心诚信于士大夫也。谚曰"桃李不言，下自成蹊"。此言虽小，可以谕大也。①

司马迁用叙事和比喻评赞李广，语言朴实少修饰，在平淡中蕴含了作者对传主的极大敬意，引起读者对李将军的敬佩与同情。

---

① （西汉）司马迁：《史记》，中华书局 1982 年版，第 2878 页。

作者的真挚抒情可以增加作品的感染力。

第二节　课外阅读，引导学生爱读传记

学生课内阅读传记作品受时间限制，阅读量是远远不够的。课内的阅读指导可以让学生窥见传记作品阅读的门径，课外阅读传记让学生在汉语素养上受益。

一、引导学生爱读优秀传记作品

我们可以借用“大语文教育”思想来审视课外传记作品的阅读指导。“大语文教育”是河北省特级教师张孝纯（1926—1992）于1982年提出的一种带有突破性的语文教育思想。他主张语文教育以课堂教学为轴心，向学生生活的各个领域开拓、延伸，全方位地与他们的学校生活、家庭生活和社会生活有机结合起来，并把教语文同教做人有机结合起来，把传授语文知识同发展语文能力、发展智力素质和非智力素质有机地结合起来，把听、说、读、写、思五方面的训练有机结合起来，使学生能够接受全面的、整体的、强有力的培养和训练，最终让学生拥有比较全面的语文能力。

培养孩子阅读经典名著要从小引导，循序渐进。比如，在小学低年级阶段可以让孩子阅读根据名著改编的中外名人故事连环画，小学高年级可以让孩子阅读一些专门给少年儿童阅读的名著简写版，进入初中就应该让孩子接触原著。同时要注意，不但要阅读，而且要写读书笔记或者书评。

要让学生懂得课堂小天地，天地大课堂。语文学习不是只靠课堂就能学好的，生活也是语文学习的课堂，要引导孩子开展丰富多彩的语文实践活动。逛书店、旅游、看展览、做采访、搞调查……让孩子在丰富多彩的世界里，感受奇妙的大自然，了解先进人物的故事。

二、吸引学生重点阅读传记名著

首先，教师要向学生讲明阅读优秀传记的好处。阅读是一种拓宽生命空间的行为，学生从中能够获取知识，感悟生命。阅读一本好书，就像打开一扇窗，让我们得以看到繁花似锦的春天。传记作品讲述传主的生平经历，以文学的方式刻画人物形象，展现人物的精神面貌。传记家们以严谨而不失生动的语言，带领我们重返历史现场，让一个个性格鲜明的人物走进我们的生活。学生阅读他们的故事，与他们交谈对话，了解他们如何在选择中成长，如何于平凡中铸就伟大。同时，学生透过他人的经历，能够发现另外的生活方式，并在阅读中理解自己的人生。

其次，教师要举出实例让学生认识到多读传记的效用。教师可以谈自己读传记作品的收获，也可以谈谈学生因阅读传记而提高的例子。教师用这些实例教育学生，更接地气。在具体教学策略方面，教师应进行区别于其他文体教学的实践，激发学生对传记作品的读写兴趣。学生本来就有求知的欲望、对英雄人物的崇敬心理，这是学生学习传记作品的内在动力。老师的责任就是把他们的内动力激发和引导出来，使之乐于投入传记作品的阅读中。

最后，教师可以提供传记作品阅读书目，在书目介绍后由学生自主选择。教师可以根据学生的实际情况，收集适合自己学生阅读的传记书目，张贴在教室墙上，也可以选择一些相关书目的书评介绍给学生，或者让学生互相推荐优秀的传记作品书籍。

我们平时可以注意传记文学家推荐的优秀传记作品书目，也可以将《传记文学》等杂志刊登的传记作品推荐给学生，让学生在书海中遨游。

三、立足实际选读优秀传记作品

让学生阅读传记作品，不能一刀切，而应根据学生的实际选择合适的传记书目。据了解，金华市女子中学曾经开展女性名人传记的教育。该校根据学校都是女生的实际情况，在不排斥男性名人传记的情况下，探索用女性传记教育女中的学生。这里所说的女性传记，是指以女性人物为主人公的传记作品。作为教材或向女生推荐的女性传记，应该是优秀的女性传记。这里所说的"优秀"包含两个含义：一方面指女性人物本人是社会上的优秀人物，即在道德人格上是优秀的，或在某方面为社会为国家做过贡献；另一方面，作品本身在艺术上也应该是优秀的，富有可读性的。

从历史上看，用女性人物传记教育女性，在中国古代就有先例。我国西汉时期著名学者刘向在汉成帝永始元年（公元前16年）编撰的《列女传》就是用来教育汉朝宫廷女性的。刘向一生仕途坎坷，难有作为。他企图通过编写《列女传》等书，为汉朝王教尽一份力。我们提刘向《列女传》这本书，不是主张完全照搬《列女传》的内容来教育今天的女性，而是借鉴其对女性教育的用意与做法。文学以潜移默化的方式启迪人们认识社会道德准则和言行规范，女性传记作为文学样式的一种，其教化作用与讽喻功能也是相当明显的。

从现实来看，有不少优秀的女性传记可以用来教育中学生。如法国艾芙·居里的《居里夫人传》，在有关居里夫人的各种传记版本当中，这部是比较经典的。又如《南丁格尔传》，通过这本书读者可以充分了解作为现代护理的奠基人、现代护理学校的创办人、医院管理改革家、护理学教育家和慈善家的南丁格尔。此书以娴熟的笔法、精妙的结构为我们再现了当时的历史情景和南丁格尔的光辉形象、英勇业绩和崇高思想。她的不屈精神和其护理教育、医院改革、管理改革的思想至今对我们的工作仍具有极好的借鉴意义。

国内的女性传记也不少。如吴崇其《林巧稚》写中国著名的妇产科大夫林巧稚；张清平《林徽因传》不仅写了一代才女、我国第一代女建筑学家林徽因的生命历程和心路历程，同时还生动地勾勒出梁思成、徐志摩、金岳霖、沈从文等一批高级知识分子群体高雅的志趣品格、多彩的生活经历，从而折射出他们所生活的时代的影子，给读者积极的人生启示。《林徽因传》是一部优美动人的文学传记，以细腻的笔触记述了林徽因女士的美好人生。

第三节　阅读优秀传记作品，提高文学素养

优秀的传记作品包含两方面的要素：传记人物具有崇高的道德品质，作品本身具有很高的文学性、艺术性。这样的传记作品可以让读者受到文学的熏陶，提升自己的精神境界，特别值得阅读。

一、传记作品是文学教育的好教材

传记作品作为文学的一个门类，它是如何影响读者的精神世界的呢？王尚文《走进语文教学之门》指出："文学总是从感情上进而从精神上提升读者，读者阅读的过程就是感知、感染、感悟的过程。由感知文学形式，而进入文学世界，受到文学形象、文学境界的感染，对生活、生命有新的感悟，从而净化感情、澡雪精神最终重塑心灵。其实，感知、感染、感悟，从一定程度、一定意义上说就是一个过程。……所谓感悟，就是对人生、人性有了新的觉解……"[①]这就是文学的教育功能。优秀的传记作品也是这样影响读者，潜移默化地陶冶读者。优秀的传记作品是文学教育的好教材。

文学教育的目的是要唤醒学生对文学的爱好，培养学生的素养。所谓文学素养，首先就是能够区分文本是文学与非文学的能力。传记作品传主是否具有文学形象性，语言是否有文学色彩。

① 王尚文：《走进语文教学之门》，上海教育出版社 2007 年版，第 277 页。

能够用这两个简单的标准来把握作品的文学性，就说明读者已经拥有了一定的传记文学素养。如法国人罗曼·罗兰的《贝多芬传》是传记文学作品，而某些人物大事记、人物年表，没有人物形象，语言也没有文学色彩，因而不是传记文学。

文学素养还表现为读者有高尚的文学趣味。阅读优秀传记作品能够使读者感到心情愉悦，愿意多花时间去阅读传记作品，从中感受阅读的乐趣。所谓高尚的文学趣味，指读者心理上追求健康向上的文学作品。不可否认，在传记作品中也会有些宣扬拜金主义、低级趣味的作品，曾经出现过一些所谓"明星传记"，就对社会尤其对青少年产生了消极的影响。

二、阅读传记作品要让学生动情

这里说的动情，就是学生阅读了优秀传记作品后，其心灵受到作品的情的触动。传记作家创作传记的目的就是传达感情，以情动人。传记文学作品的教学实际是一种情感教学：让优秀的传记作品唤起学生的情，进一步丰富学生的情，提升学生的心灵境界，最终达到读书育人的目的。

《徐悲鸿的一生》是一部充满感情的优秀传记作品，作者廖静文是中国现代著名画家徐悲鸿的夫人。徐悲鸿去世后，作者就着手准备创作《徐悲鸿的一生》。她到徐悲鸿的故乡宜兴去查看县志，探访亲友，搜集有关徐悲鸿的资料。最后在徐悲鸿去世29年时终于完成了这部传记。她在后记中称："在写作此书时，悲鸿的音容笑貌，宛然在目。我常常情不自禁地放下笔来，伏案而泣，我对悲鸿的爱是深沉的，永生难忘。"正是这种深沉的爱支持她完成了创作。读者在阅读这部传记时会时时处处感受到作者对徐悲鸿的真情。

这部传记作品中徐悲鸿对廖静文的感情也会触动读者的心弦。徐悲鸿与前妻蒋碧薇断绝关系，独自一人过了七年，直到与廖静文相恋。抗战期间徐悲鸿在重庆,廖静文在贵阳。有一年除夕,徐悲鸿告诉廖静文要从重庆到贵阳去见她,一同过年。传记这样写廖静文在家等待的情形:从上午到下午,到黄昏,夜里"十点敲过了,十一点也敲过了,外面还在下着阵阵冷雨,街上已没有了行人。""他不会来了。"廖静文的姐姐说。"不,他一定会来的。"廖静文坚决地说。突然,我的沉思被一阵有节奏的叩门声打断了。我猛地跳了起来。这是他,徐悲鸿先生!只有他这样敲门!我像发狂一样跑去开门。已是深夜十二点了,徐悲鸿先生出现在我面前。他那蓝布棉袍的上上下下都溅满了泥浆。他站在火炉前,伸出冻得冰冷的手指在火上反复地烤着。"静,"他温和地说,"我从重庆出来时,乘的是一辆开往贵阳的邮车,半路上在深山里抛了锚。我只好换乘长途公共汽车,没有想到公共汽车又坏了。我便又换乘一辆敞篷货车,不料,那辆货车在离贵阳四十华里的地方又抛锚了。怎么办呢?可今晚是除夕呀!我必须赶到你面前,所以步行来了。"①

徐悲鸿为了兑现自己的诺言,一个人在黑夜、雨水、泥浆中步行了四十华里。他的行动感动了廖静文和她的姐姐。除夕夜徐悲鸿的一天的艰难行程也实实在在地感动了读者,他能获得廖静文的爱情是理所当然的。

第四节　借鉴古法促进传记阅读

阅读优秀传记是关乎人一生的事情。古人读书之道,给我们阅读传记作品采用何种策略带来了诸多启示。② 古人明白读书的重要性,会抓住一切可以利用的时间坚持读书,用各种适合自己的

① 廖静文:《徐悲鸿的一生》,中国青年出版社 1982 年版,第 265—267 页。
② 陈兰村:《品味古人的读书之道》,《教育研究与评论》2021 年第 6 期。

方法读书，持续积累知识。古人相信要读万卷书，行万里路。读书要精选，读书要思考，读书要与调查、实践结合，还要靠自觉和自学。读书的目的在于提高自己的品德修养，最终为社会所用。

一、借鉴孔子“学而知之”

孔子是儒家创始人，是古代读书人的榜样，也是我们今人读书的楷模。孔子十分重视读书及在政治、道德等方面的重要意义。他虽然承认有“生而知之者”，但更强调“学而知之”。他说自己就是学而知之者：“我非生而知之者，好古，敏以求之者也。”①孔子承认自己的知识就是通过勤勉读书学习得到的，认为读书学习是增长才干、提高个人素养的重要途径。

孔子到老都在读书之路上努力追求。孔子晚年的时候非常喜欢读《易经》。《史记·孔子世家》记载孔子“读《易》，韦编三绝”。②春秋时期的书，主要是以竹子为材料制作的，称为竹简。一部书的制成，往往要耗去许多竹简，再用牢固的绳子按次序编连起来，便于阅读。用熟牛皮绳编连的叫韦编，像《易经》这样厚重的书，就是由许许多多竹简通过熟牛皮绳编连起来的。孔子把这部书反反复复地读了许多遍，感觉通晓了很多道理，掌握了很多知识。因为翻阅的次数太多，久而久之，串联竹简的牛皮绳子都被磨断了，不得不多次换上新的才能再使用。也因此，韦编三绝作为勤学读书的典故流传至今。我们今天读优秀的传记作品需要反复阅读。

二、“日读三百字”以积累

在相对固定的时间里读书，不一定要读太多。读得太多，记不住，也消化不了。那么读多少合适呢？当然要根据个人的具体接

---

① 《论语》，中华书局2013年版，第81页。

② (西汉)司马迁：《史记》，中华书局1982年版，第1937页。

受能力而定。古人读的都是文言文，会提出每天读书的量化数字。清人阮葵生在《茶余客话》中提出了“日读三百字”的说法，认为每日读书的数量可以此数为宜。他还引姜宸英的话表达读书不需要追求多，只要严格设立课程，不要让学生做了又停了的道理。这样，每日每月有所积累，所积聚的自然会很富有，而且不会忘记。

汉代东方朔给皇帝呈送书面意见时说自己十二岁开始学习，三年时间积累的文学、史学的都足够用了。十五岁时开始学习剑法，十六岁时开始学习《诗》《书》，熟读了二十二万字。十九岁时开始学习兵法，里面的作战的阵法、行军鼓乐，也读了二十二万字。我共读了四十四万字，这时我正二十二岁。从十六岁到二十二岁共六年，每年得七万三千余字。每天所诵读才得二百字。这是中等天资者的阅读量。

“日读三百字”实际上是向我们传递了读书、学习知识要日积月累的道理，以达到所蓄自富的目标，确保学习的持久。我们阅读优秀的传记作品，从中可以借鉴古人读书的经验。

读书的数量和知识积累有联系，但没有必然的关系。要使读书的积累与知识的积累同步，还离不开读者自己的消化吸收。做到消化吸收，古人也有方法。做笔记就是方法之一。俗话说好记性不如烂笔头。读书有心得体会，最好及时记下备忘。元末明初人陶宗仪的《辍耕录》就是一本著名的读书笔记。陶宗仪学识渊博，元末避乱隐居，耕读之余，有所感受，即随手札记于树叶之上，贮于罐中，后由其门生整理成书，共三十卷。陶宗仪“积叶成书”的故事是文学史上的佳话。我们阅读优秀传记作品，同样可以在有体会时做点笔记，积少成多。

三、“精熟一部书”以增效

读书要读出效果，需讲求方法，清人梁章钜在其《退庵随笔》中提出了“精熟一部书”的方法。他认为读书讲求记忆力，但记忆力难以勉强。要训练记忆力，需要用精通熟悉一部书的方法。梁章钜所说的读书方法确实很有道理。精通熟悉一部好书，进而触类旁通，这对我们今天学习传记作品仍有很大的借鉴意义。

读书的直接目的是求知识，求学问。什么叫学问？学问可以理解为系统的知识，也可以理解为学习和询问。这个解释实际指出了读书是学与问的结合。孔子提倡不耻下问、虚心上进的学习态度。他说："知之为知之，不知为不知，是知也。"①《易·乾》说："君子学以聚之，问以辩之。"②意思是君子以学习来积累知识，以多问来明辨是非。积累的知识，没经过自己的消化吸收，杂乱一堆，那是无用的。通过提问质疑明辨是非，才能取精去废，为我所用。

《国朝汉学师承记》中有考据学家阎若璩求学好问的故事。阎若璩在所住屋子的柱子上题写道："一物不知，以为深耻，遭人而问，少有宁日。"③意思是如果有一事物不知道，应当深感羞耻。遇到别人质疑多问，很少有安定的日子。阎若璩题于柱上的话，都是针对自己提出的。前一句说明自己的知识积累还太少，所以会有羞耻感，后一句说明自己不能马上答疑，思想有负担，还需要花时间查阅和思考，所以日子会过得不安定。阎若璩强调作为读书人在学问上要积极进取，要不断探求真知。他以此鞭策自己发奋学习，经过多年孜孜不倦地研读，终于成为大学者。

清代著名学者戴震，梁启超称之为"前清学者第一人"。戴震是以提问法提升读书效用的代表人物。清代文字学家段玉裁在《戴东原先生年谱》里记载了戴震读书喜欢向老师提问的故事。戴震十岁时才会说话，大概是聪明积蓄积得太久的缘故吧。但是他

---

① 《论语》，中华书局2015年版，第21页。

② 《周易》，中华书局2018年版，第22页。

③ （清）江藩：《国朝汉学师承记》，中华书局1983年版，第6页。

记忆力超凡，跟随老师读书时看一遍就能背下来，每天背几千字不肯停止。老师教《大学章句》到《右经一章》以后，戴震问老师："凭什么知道这是孔子的话，而由曾子记述？又凭什么知道这是曾子的意思，又是他的学生记下来的呢？"老师回答："这是朱熹说的。"戴震又问："朱熹是什么时候的人？"老师回答："宋朝人。"戴震再问："孔子、曾子是什么时候的人？"老师说："周朝人。"戴震继续问："周朝和宋朝相隔多少年"老师说："差不多两千年了。"戴震不罢休地追问："既然这样，那么朱熹怎么知道？"老师没有什么可以拿来回答，说："这不是一个平常的孩子呵！"戴震读书"过目成诵，日数千言不肯休"①，说明他的记忆力特别强，而且非常勤学深思。但他读书的最大特点还是敢于向老师发问，会"难"老师。难，是质问的意思。他根据自己对《大学章句》的思考连续向老师发问，老师最后发现他不是平常的孩子。戴震拥有良好的学习习惯，勤学好问，善于动脑，踊跃质疑，这是他成功的秘诀。他勤于思考、敢于提问的精神值得我们学习。

四、"庶几无愧"为目的

古人一般认为读书是为了参加科举考试，将来好做官光耀门楣。也有不少人认为读书是为了提高自己的道德修养，成为有道德的人，成为对社会有用的人。

宋代末年民族英雄文天祥就义前的绝笔写道："孔曰成仁，孟曰取义，唯其义尽，所以仁至。读圣贤书，所学何事，而今而后，庶几无愧。"②意思是，孔子说杀身成仁，孟子说舍生取义，因为已经尽了人臣的责任，所以达成了仁德。读古代圣贤的书，所学的不是成仁取义的事又是什么事呢？从今以后，我差不多就没有愧疚了。

---

① （清）戴震：《戴震文集》，中华书局 1980 年版，第 216 页。

② （元）脱脱等：《宋史》卷四百一十八，中华书局 1985 年版，第 12540 页。

文天祥明白读圣贤书的目的就是实践儒家的人生哲理,至死可以问心无愧。

梁启超是近代著名学者,他的经历表明,读书是寻求真理、不断探索的过程,读书内容要随时代而改变。他在《三十自述》里叙述了自己读书的经历,或许对我们读书有启发。梁启超自幼聪明,才智过人。他四五岁开始学习,十二岁考上秀才,十七岁考中举人。在考上秀才前后,一心学习八股文。考中举人后,一心学习训诂和诗文。他不断更新知识,以适应时代变化。读书不可裹足不前,而应与时俱进,这是梁启超的经历告诉我们的。

第六章　传记作品的写作尝试

传记学与写作教学关系十分密切。在传记教学中，可以尝试指导学生写作传记作品，训练和提升学生的作文水平。学生学习语文，如何提高写作能力，是人们非常关心和重视的问题。根据笔者自己的教学实践以及来自一些教师写作教学的经验，我们认为指导学生写传记，可以起到提升学生写作能力的积极效用。

尝试写作传记的过程归纳起来可分以下四步：第一步，树立写好传记的信心，做好写作传记的准备；第二步，学习传记的基本知识，掌握初步的传记写作方法；第三步，准确生动地运用叙述语言和人物语言；第四步，学习写作传记评论。

第一节　做好传记写作的准备

一、树立写好传记的信心

没有写过传记，一开始学生可能有畏难情绪，这很正常。我们教师要让每个学生克服对写传记的畏难情绪，树立能写好传记的信心。其实经过学习传记作品，对传记文体有所了解，再去实践，就迈开了写作的第一步。过去有个解放军战士高玉宝，识字不多，却写出了自传体长篇小说《高玉宝》，在国内外引起很大反响。现代著名作家杜鹏程原来只初中学历，写出了长篇小说《保卫延安》。这本书被列入《教育部基础教育课程教材发展中心中小学生阅读指导目录(2020 年版)》。高玉宝、杜鹏程成功的事实告诉我们写传记并不神秘。只要有生活,有写作的素材,有写作的愿望,在写作过程中肯吃苦,不怕多次修改,一定可以成功。

学生可以从这些写作成功的作家身上获得启示,树立自己也能写好传记的信心。传记写作与语文学习是一个道理,多读多写,多积累多实践,就会有所掌握。

二、选择熟悉有意义的人物

学生在写传记前,选择什么人作传主,肯定要认真考虑。司马迁写《史记》就经历过选择并确定传主的过程。因为给什么人立传,要着重突出哪些方面,是传记写作的大问题,必须严肃对待,慎重斟酌。《史记》学者可永雪说:“选择确定传主,注重入选人物的代表性和典型性。”“传记文学写人,写哪个人(即以谁为传主)要选择,写这个人的哪些事(即人物事迹)要选择,就是通过哪些行动细节来表现,也都要选择。从某种意义上说,传记文学就是一门选择的艺术。”“司马迁选择传主的标准,不只着眼于人物的官职大小、社会地位,更重要的是看他的行为表现和社会作用。”①

后代的传记写作与时代的文学风尚有一定的关系。如明代中后期出现市民传记,具有世俗化倾向。如归有光的《可茶小传》、袁宏道的《徐文长传》等。

2010 年 1 月笔者写作的《蒋风评传》由作家出版社正式出版。我为什么要选择著名儿童文学家、浙江师范大学老校长蒋风老师做传主,为他写传记?我在“后记”里说了三点:一是我想对传记写作进行一次实践。我在浙师大教中国古代文学,后来重点给本科生和硕士研究生讲中国古代传记文学史,比较多的是教学和研究

① 可永雪:《史记文学成就论衡》,中央民族大学出版社 2012 年版,第 108—109 页。

传记文学史与传记理论，但没有传记写作的实践。我想通过写一本传记，看看能否把理论与实践结合，对传记写作做一尝试。二是写谁好呢？经过反复比较，考虑写老校长蒋风教授比较合适。他在儿童文学的研究上在国内外都有很高的知名度；他又住在我家附近，采访方便，所以想为他写传记。三是蒋风曾任浙师大校长，也值得一写。蒋风老师曾经担任过四年的浙江师院和后来改名的浙江师范大学的校长，浙江师范大学的名字就是在他任内被认定批准的。蒋风教授是浙江师范大学第一位从本校普通教师中产生的校长，此前他在校内除了教书，没有担任过行政职务。他担任校长的成绩或不足客观存在，这都可以为以后的学校领导作借鉴。

三、掌握第一手材料

学生在动手写作前，应该从调查入手，掌握传主的第一手材料。传主口头的、书面的各种相关的资料，传记作者都应该尽力查找掌握。笔者参加中外传记研究会几次年会上，听上海作家叶永烈多次说自己写传记的体会是三分写作，七分调查。又听山西作家韩石山介绍他写《徐志摩传》的经过：为了掌握 20 世纪 30 年代前徐志摩生活的背景资料，花很多钱买之前的《申报》。浙江传记作家、宁波大学戴光中教授为了写学者马临的传记，曾经到香港住了一个月，与马临以及他的亲友家人接触了解，写出了《马临传》。以写中国外交官传记著名的浙江财经大学宗道一教授著有《周南口述：遥想当年羽扇纶巾》，他退休前几乎利用每年暑假时间到外交部访问。他早年在浙江师范大学中文系读书时，就酷爱外交新闻，曾在图书馆把历年的《人民日报》翻了一遍，并做了笔记。所以他对外交部许多干部履历很熟悉，写起来得心应手。

笔者自己写《蒋风评传》也用了很长时间准备，先阅读了蒋老师的各种著作，后来扩大到他的研究生的著作，了解国内儿童文学理论的发展情况。我还拜访了蒋老师当校长时期的几位校领导，了解他们对蒋校长的评价。我也多次去蒋老师家里拜访。掌握了许多资料后，我才着手编写蒋风大事年表，大致厘清了传主的经历。

这些实例都说明，写作传记首要的是做调查研究，掌握传主第一手材料。学生学习写传记，同样先要做调查。

四、初拟写作提纲

学生拥有材料之后，接下来就要对材料做一番整理。按时间排列先后，考虑什么是重点要写的。我们初写传记，列提纲尤其重要。最简短的提纲，可以列三到四段。怎么开头，能引人入胜，先声夺人。中间正文写哪几件大事，穿插哪几个小事，这些经历中如何体现人物的个性，结束应该写什么，人物怎样结局，作者和旁人有何评论……都应该加以关注。提纲可详可略。如学生动作快，时间能把握，可以详细点，甚至把每段大致字数也标出来；如果学生动作慢，困难多，则可以先写个简单点的提纲。

第二节　初学传记的写作方法

传记是记述真实人物生平经历的文体，属于历史与文学交叉的一种文学样式，具有历史和文学的双重性。传主的生平经历要求真实，不能虚构；文学要求美，具有可读性。传记要给读者以思想的启示和美的享受：人物要典型，情节要生动，语言要流畅。初学传记写作，可以用典范的传记作品引路，领悟传记写人记事的初步技巧，再从传记内容和形式两方面入手来渐次提升。

一、以典范的传记作品引路

笔者以前在大学语文自考辅导班上课尝试过，先示范介绍《史记·项羽本纪》（节选）半节课，次日就让学员用四十分钟时间，先写一个小提纲，再写一篇本人或他人一千字的小传，结果都能完成。这些学员基本是乡镇干部、企业职员、卫生院医护人员，没有大学学历，平时也没有很多写作训练。因都是成人，接受很快。如果是学生，教师讲解典范传记作品的时间可以适当增加。教师可在课上询问学生实际相关知识的实际情况；也可以先让学生自学一篇传记课文，再讨论一下这篇传记作品是怎样开头，中间写了什么，最后怎样结尾。

初学传记写作可以允许学生模仿范文的结构。可以让学生把正在学习的典范传记课文内容编成提纲，板书展示。同时在课堂内讨论某位学生写的提纲，大家相互修改。经过从课文到提纲的练习后，再由学生自己写作传记提纲，最终根据提纲写成传记。

二、构思传记内容

传记作品的内容可从四个方面考虑：第一，传主与时代的关系：即传主所处的时代和家庭背景。大环境，指传主出生和成人的时代和地点。小环境，指传主的家庭情况等。

第二，传主与自身的关系：即本人的个性和主要经历。如果是学生写自传，可以写自己的学习爱好，成绩如何？自己对班级集体有什么贡献？班级里有无很好的同学朋友，对最喜欢的老师的印象等等。如果是写他传，可以写传主的学历或其他学习经历：传主的个性怎样？传主进入社会后的重要大事是什么（从事什么职业，中间的困难与波折、后来的发展，对社会的贡献等）？

第三，传主与他人的关系，即人际关系。伟主主要与哪些人打交道，得到别人哪些支持与帮助？或者受到怎样的打击？自己又是怎样处理人际关系的？

第四，传主的人生体会和执笔者对传主的评论。传主自己对已走过的人生道路有何感慨或体会？别人对传主有何评论？执笔者对传主也可以发表评论。这些内容也可以作为列提纲的参考。

三、确定传记形式

他传是作者来为别人写传记，自传是为自己写传记。传记的形式为内容服务，可以根据需要适当变化。人称上，他传一般用第三人称来记叙，自传以第一人称记述为主。结构上，可以按时间顺序来写传主的人生经历，中间也可以适当插叙或补叙。文字如果篇幅较长，可以再写小标题，以突出记叙的重点。取材上，传主的生平事实以写相对重要的大事为主，同时也可以穿插小事。大事与小事结合，两者同时要注意展现其性格特点。记述上，要注意写传主与别人的对话，或引用传主自己的日记、感言等第一手材料。这样容易把传主写得有立体感，生动形象。传记写作不宜从头到尾平铺直叙，可以穿插细节，或关键处加点抒情，增加行文生动性与可读性。

四、提炼传记主题

什么是传记的主题？一篇好的文章都要有一个好的主题，同样，好的传记作品也都要有好的主题。什么是主题呢？主题就是作者在文章中通过各种材料所表达的中心思想。它贯穿于文章的全部内容中，体现作者写作的主要意图，包含着作者对文章中反映的人和事的基本认识、理解和评价。传记作品的主题，就是作者为他人或为自己立传时所表现出来的主要思想，包含作者对传主的个性和事迹的认识、理解和评价。因作品主题主要是指作者通过作品所表现的思想或透露的一种情感和意向，所以也可以称为主题思想,一般简称主题。可以说,主题是传记作品的灵魂。

写传记提炼和确定主题很关键。在传记写作中,我们确定了传主以后,又搜集了传主足够的材料,接下去就要提炼主题,使作品有一个鲜明的主题,人物有一个统一的性格。具体说,就是作者要思考写传主的哪些事迹,其中又要着力写人物的哪一个方面,准备把人物写成一个什么样的人。这就是传记作者提炼和确定传记主题的过程。因为一个人的经历肯定很丰富,人生过程中所碰到的人和大大小小的事肯定很多,一个人的性格也可能是多方面的,我们写作时不能眉毛胡子一把抓,把一堆材料全都写上去。

一旦主题确定下来,选材就有了取舍的标准,我们面对传主的各种素材就可以进行选择。有助于表现主题和表现人物的材料要保留,无助于主题和表现人物的材料要舍得要放弃。《史记·李将军列传》写汉代将军李广,主题是要歌颂"李广才气,天下无双"。①李广的才气特征主要表现为善射和仁爱。善射是他的射箭特技,仁爱是他的性格特征。作者选材,主要就从这两个特征来作取舍。他的善射,具体表现为能够准确判断敌情,还以善射脱险,显出机智和勇敢;或以善射稳住阵脚,能指挥若定;他还曾经出猎把草中石头当虎射,竟然中石没镞。他对士卒仁爱,使得他深受士卒爱戴。司马迁写李广这个人物很成功,主题突出,形象鲜明,使李广飞将军的英名一直被后人传颂。比如唐朝诗人王昌龄的《出塞》:"但使龙城飞将在,不教胡马度阴山。"②

总之,传记有了明确的主题,作品便有了灵魂,人物有了一个统一的性格,才能给读者以阅读启示。

---

① (西汉)司马迁:《史记》,中华书局 1982 年版,第 2868 页。

② (清)彭定求等:《全唐诗》,中华书局 1960 年版,第 1444 页。

第三节 学会正确运用叙述语言和人物语言

学会正确运用叙述语言和人物语言是写好传记作品的起码条件。孔子曾说过“言之无文,行而不远。”[①]孔子的意思是文章没有文采,就不能流传很远。那么,如何才能让作品有文采?这就牵涉到语言的品质问题。一个传记作品可以从内容衡量它是否真实,是否正确,描述是否条理清楚等等,这些属于作品的内容品质。如果从传记作品的遣词造句、谋篇布局考察语言表达方面的高下优劣,则属于语言的品质问题。

一、语言运用讲究语文品质

“语文品质”是作者语文能力、语文水平的客观表现。[②]传记写作也存在语文品质问题。

王尚文教授提出了语文品质的基本要求和审美层次。基本要求有四个方面:就文章本身字词句段之间的关系而言,是“清通”;就文章与外部世界的关系而言,首先是“适切”,即文章表达的意涵与作者的言语意图要贴合;其次是“准确”,指文章所表达的与表达对象的实际情况要一致;第三,是“得体”,指文章的语气、言语色彩等要契合文章作者与读者的实际关系。关于审美层次,则包括洁净美、情态美、节奏美等。[③]这个语文品质的标准同样适用于传记写作。

---

① 郭沂校注:《孔子集语校注》,中华书局 2017 年版,第 715 页。

② 王尚文:《语文品质谈》,华东师范大学出版社 2018 年版,第 4 页。

③ 王尚文:《语文品质谈》,华东师范大学出版社 2018 年版,第 6 页。

二、运用具有个性的叙述语言

叙述语言是指叙事作品中作者在说明事件、叙述故事、刻画人物、描绘环境、发表议论、抒发感情时的语言。这种语言在叙事性文学作品中占有重要地位,反映作者对描写事物的态度与评价,也体现着作者的语言个性。

传记作品与其他叙事性文学一样,既要有可思性,又要有可读性。我们理解,可读性就是要让叙述语言有文采,要运用描写手法。笔者创作的《蒋风评传》虽然是学术性传记,但也要讲究文学色彩,进行适当的文学描写。读者首先一定会好奇,蒋风老师是个什么样的人?

中国古代传统小说描写人物外貌多是格式化,如写美女总是柳叶眉、樱桃口、瓜子脸等;写英雄总是粗眉大眼、国字脸等,缺少人物个性。我们看法国人罗曼·罗兰的《贝多芬传》,作者开头就写贝多芬的外貌,说贝多芬的脸像狮子的脸,鼻子短,头发似梅杜萨头上的乱蛇在舞动。对照我们看到过的贝多芬石膏塑像,作者的描写既生动又准确,记人印象深刻。罗曼·罗兰以形写神,突出贝多芬桀骜不驯的雄狮般的性格和与生活、命运抗争的悲壮精神。我想学习外国传记这样的写法,尝试写蒋风老师。《蒋风评传》开头引子部分有这样的文字:

> 在浙江师范大学的校园和教工住宿的丽泽花园小区,人们经常可以看到一位灰白头发高个子的老教授。他从年轻时到年过80,一直腰背挺拔,1.81米的个子到了老年仍没有矮下去,走起路来步履轻快,精神抖擞。年轻时,头发浓密乌黑,晚年头发灰白,但没有脱发。与高个子的身体比例十分相称,他的脸也是长形的。戴一副深度近视眼镜,眼睛不大,但总是透露出睿智的光芒,使见到他的人容易觉察到这是一位有学

者风度的长者。

他平时与人接触一般不苟言笑，但通常的表情是很从容安定的。腰板挺直的外貌显得有点庄重严肃的样子，实际上他是个非常温和敦厚的人。熟人与他说话，他总是带着微笑静静地听你说，微笑很温润。他与人说话时是一种听起来柔和的男中音，有种可爱而令人亲近的语调。他的记忆力很强，思路清晰。到85岁时，对往事仍能完整叙述，条理清楚。他自己开玩笑说："我大概不会患老年痴呆症的。因我继续在看书，写点东西，脑子一直在锻炼。"他就是原浙江师范大学校长，著名儿童文学家蒋风教授。①

这样的描写，用意是写得形象些，体现传记的文学色彩。

三、写好对话激活人物

人物语言指特定人物在特定场景中表现其心态意识的话语。在经典的文学作品中，人物语言不仅具有个性化，而且能闻其声如见其人。《红楼梦》第三回写黛玉刚进贾府，正和贾母等谈论着自己的体弱多病和吃药等事，"一语未了，只听后院中有人笑声，说：'我来迟了，不曾迎接远客！'黛玉纳罕道：'这些人个个皆敛声屏气，恭肃严整如此，这来者系谁，这样放诞无礼？'"②王熙凤未露面，先闻其声，正表现出她在这个贵族大家庭中的特殊地位和泼辣个性。而黛玉的纳罕，正是其内心独白，对来者身份的吃惊。传记作品中同样需要写好人物语言、人物对话。

司马迁的《史记》非常重视人物语言，有学者根据王伯祥选注的《史记选》，统计分析作品中叙述语言、人物语言和作者的论赞在作品中的比例，其中人物语言平均占42.7%。如《项羽本纪》，全

---

① 陈兰村：《蒋风评传》，作家出版社2010年版，第1页。

② （清）曹雪芹：《红楼梦》，中华书局2009年版，第19页。

文总字数 8994 字，叙事语言 6045 字，人物语言 2763 字，论赞 186 字，人物语言占全文之比是 30.7％。①

《史记》人物语言最大的特点就是个性化语言，每个人物的话都吻合他的身份与个性。如《高祖本纪》写刘邦的语言很多，虽在不同场合，都能显示刘邦声口。刘邦个性豁达大度，对事理看得透。请看写他临终与医生、与老婆吕后两段对话：

> 病甚，吕后迎良医。医入见，高祖问医。医曰：“病可治。”于是高祖嫚骂之曰：“吾以布衣提三尺剑取天下，此非天命乎？命乃在天，虽扁鹊何益？”……已而吕后问：“陛下百岁后，萧相国即死，令谁代之？”上曰：“曹参可。”问其次，上曰：“王陵可。然陵少戆，陈平可以助之。陈平智有余，然难以独任。周勃重厚少文，然安刘者必勃也，可令为太尉。”吕后复问其次，上曰：“此后亦非而所知也。”②

刘邦不信医生的话，表现他的自信。与吕后对话，表现他对臣下的了解之深。最后告诉吕后，你也管不了那么长远。这些对话无一不透露出刘邦放达的性格。

作者在写人物对话时，可以从人物对话中暗示作者的倾向。就《史记》写刘邦语言看，司马迁对刘邦作为帝王建立汉朝有肯定，但对他性格中另外一面是不满的，如轻易骂士人是“竖儒”，在叙写时也加以讽刺。

四、吸纳生动有趣的民间语言

我们读司马迁的《史记》时，会碰到司马迁运用民间语言的情

---

① 可永雪：《史记文学成就论说》，内蒙古教育出版社 2001 年版，第 350－351 页。

② （西汉）司马迁：《史记》，中华书局 1982 年版，第 391－392 页。

况，如口语、成语、谚语、民谣等，读来通俗有趣。《陈涉世家》写陈涉称王以后，当年与他一起耕地的同伴来找他：

> 扣宫门曰："吾欲见涉。"宫门令欲缚之。自辩数，乃置，不肯为通。陈王出，遮道而呼涉。陈王闻之，乃召见，载与俱归。入宫，见殿屋帷帐，客曰："夥颐！涉之为王沈沈者！"楚人谓多为夥，故天下传之。夥涉为王，由陈涉始。①

客人说的"夥颐！涉之为王沈沈者！"意思是说真多呀！大王的宫殿真是富丽堂皇啊！夥颐，是楚国方言，表示多。沈沈是俗语，形容宫室高大深邃，富丽堂皇。楚地人把多叫作夥，所以天下流传夥涉为王的俗语，就是从陈涉开始的。司马迁适时地运用方言俗语，把这个陈涉昔日老友说话的神情语气都传达出来了，增加了作品的现场感，富有趣味。

司马迁在传记中还善于利用民间歌谣谚语来作比喻，或用来写出人情世故，有的流传后世固定为成语。如《淮南衡山列传》，写汉文帝与弟淮南厉王刘长的矛盾而致刘长绝食而死。司马迁写道：

> 孝文十二年，民有作歌歌淮南厉王曰："一尺布，尚可缝；一斗粟，尚可舂。兄弟二人不能相容。"②

这首民间歌谣的意思是：一尺布尚可缝衣而共穿，一斗粟尚可舂米而共吃，偏偏兄弟二人却不能相容。作者用民谣来讽刺帝王家争斗之凶残，形象贴切。我们在创作传记时，可以多吸取民间语言的积极长处。

---

① (西汉)司马迁：《史记》，中华书局 1982 年版，第 1960 页。

② (西汉)司马迁：《史记》，中华书局 1982 年版，第 3080 页。

第四节　传记评论写作与传记教育的融合发展

引导学生学习写作传记评论，也是传记教学的重要内容之一。传记评论是一种以传记作家、作品和传记创作思潮为评论对象的理论文章。通过写作传记评论文章，表达对作家、作品或某种传记创作现象的美学认识和评价，可以启发和帮助传记创作者提高水平，帮助读者进一步理解传记作品。但由于传记评论需要有一定专业知识，故真正高水平的评论文章需要专业评论者去写。而作为初学写作者，则可以从评论某个作品入手，从写读后感做起，然后慢慢进入到学习难度大一些的传记评论文章。所以专业评论可以与一般读者的读后感结合，共同推进传记教育和教学，实现传记评论的写作与传记教育的融合发展。

传记评论是推进传记创作与传记接受向正确方向发展的动力。传记创作要健康发展，传记作品要为读者所正确接受，可以借助传记评论进行正面引导。我们学习写作传记评论文章，可以正确评价传记作品，对优秀的传记作品指出其成功之处加以鼓励，对质量不高、影响不佳的作品提出批评。

一、传记读后感的基本写法

对当代传记作品写读后感或评论文章的基本步骤如下：

第一步，阅读。这是写作者占有材料，掌握评论对象的必需的一步。评论写作者对要评论的传记作品，或某个作家所有的传记作品，或社会上不同作家写的但是同类题材的传记作品要多读，读的过程就是思考研究的过程。写作者读的过程中可以点面结合，全面读与重点读相结合，从总体印象中看出已有传记的优点或问题，逐步形成自己的观点。

第二步，选题。评论写作者把自己的观点清晰地确定下来，这既可以是读后感的题目，也是文章的中心。

第三步，写作。即写自己读了某部传记作品后的感想，或发表评论。写作者一般先要介绍或概括一下所读的传记或被评论的传记作品的内容，让读者了解作品的传主是个怎样的人，作品主要写传主哪些经历，作品要表达怎样的思想情感，表达得好不好，对被评论的传记提出总的和具体的评价意见。

第四步，定稿。写作完成后写作者要检查一下自己的文章，确认自己的观点是否鲜明，论据是否站得住，文章前后语句是否符合逻辑，所用的道理、所表达的感情、所用的文字这三者是否结合好。

我们在写读后感或传记评论文章时，关键的准备工作是先熟悉一下传记的批评标准，如政治思想标准、艺术标准。我们读了某个传记作品或某个作家的传记以后，需要检查一下其内容是否符合我们国家的政治制度，是正面积极的还是消极负面的，进而提出我们的看法。还可以看看该传记艺术上是否符合传记必须遵守的真实性原则，如果不符合历史真实，那就要指出其中的虚假问题。对传主形象的刻画是否真实和生动，作品结构是否清晰完整，所用的语言是否完美，有什么特色或缺点……针对这些，评论写作者都可以发表意见。

为训练中小学生的传记评论能力，可以在班主任或语文老师指导下，预先让同学们读一读某几本绘本传记或人物传记，然后举行小组讨论会或班会，让大家自由发言，再由班主任或语文老师总结。之后可以把发言好的同学的稿子加工成读后感或评论文章，出一期专题墙报或专栏，同学们互相交流，巩固学习效果。

二、专业传记评论的常见类型

《专业评论是文艺评论的“定海神针”》一文提出：“文艺评论需要专业化、权威化，这样才能对文艺创作具有指导性，对文艺欣赏、传播具有导向性和引领性。”[①]这一观点同样适用于传记评论,传记评论也需要专业化、权威化。

传记评论家的评论往往就某个单一具体传记作品或某个历史时期的某类传记作品作综合性评论。这类文章需要精读某部传记或通读大量同类传记作品,写出带有时代感且概括性极强的长篇论文。国内具有影响力的传记评论家以全展教授为代表,他已出版的传记评论专著有:《中国当代传记文学概观》《传记文学:阐释与批评》《传记文学:观察与思考》。他的评论著作,品位高,视觉宽,气势恢宏,能从多角度多层次评论当代传记作品以及相关研究著作,具有独创见解。举例如下:

(一)评论单一传记作品

全展对当代的传记作品具有十分强烈的敏感性,对优秀的作品大力肯定,而对劣质的作品也会不留情面地予以批评。例如《如见其影,如闻其声——读李白传》一文对安旗教授的《李白传》热情推荐,“这部18万字的文学性传记,文采丰茂,流畅自然,为我们写出了一个须眉皆现,栩栩如生的李白。”“在这本文学传记中,我们看到了李白是一个有思想、有感情、有生活、有性格的人。”“即使不是专门从事研究的普通文学爱好者,读来也会兴趣盎然,深受启迪。”[②]

被全展教授严词批评的传记也不少。如《哗众取宠:郭沫若的女性世界》一文尖锐地批评了星村著的《郭沫若的女性世界》,指出这部作者自称是具有忏悔录价值的纪实作品,实际上是个扭曲历史、哗众取宠、东拼西凑、胡编瞎扯的大杂烩。从作者的主体意向与文本的实际描写来看有严重失误。

---

① 盘剑:《专业评论是文艺评论的“定海神针”》,《中国社会科学报》2021年9月28日。

② 全展:《传记文学:阐释与批评》,湖北人民出版社2007年版,第260页。

全展这类评论文章都很短，但能抓住被评论的传记的要领要害，给读者以提醒。一方面给传记文坛树立榜样作品，另一方面批语有问题的传记作品，为传记文坛留出干净的地盘。

(二)评论一定历史时期内传记作品或某种同类传记

全展教授擅长写这类传记评论，往往是鸿篇巨制，高屋建瓴，给人耳目一新、深受震撼的感觉。如《新中国70年传记文学创作：立天地之心传民族之魂》文章开头写道："中华人民共和国成立70年来，文学园地百花盛开，姹紫嫣红。传记文学以其文献性、传奇性、艺术性和跨学科性等特点而独具魅力，产生了巨大的社会作用。伴随着新中国70年的风雨鸡鸣和沧桑记忆，传记文学在承传与变异、认同与超越、写人与造神、歌颂与批判的两难选择中，上下求索，多方参照，几度坎坷，几度辉煌，走过了一条极不平坦的发展道路，终以多元开放的创作态势构成一个色彩斑斓的艺术世界，融汇到汪洋恣肆的世界传记文学的大潮之中。"这篇长文分三方面展开：一是文体勃兴，蔚为大观。作者具体阐述了新中国成立70年来传记创作的繁荣以及作者与研究队伍的壮大过程。"据专家统计，1949年至1983年34年里国内出版各类人物传记图书共计3400多部，而1984年至1990年则出版了3700多部。进入20世纪90年代，传记文学更以每年1000部的数量激增。"这部分列出了众多具体传记作家、研究者和作品的名字。二是培根铸魂，记史雕像。从革命英雄传记、革命回忆录、"潜在写作"到多元化的传记形式，新中国70年来的传记文学一直坚持用优秀作品塑造立体的精神雕像，在培根铸魂方面功不可没。作者具体展示了各类传主形象。第三块，反思历史，镜鉴未来。改革开放之后，随着整个民族的历史反思走向自觉，传记文学也逐步强化了反思意识，并表现为政治反思和文化反思两个方向。通过文学方式的反思，反映出了特定时代的人物命运，描述了个人生活与时代不可须臾而分的关系。这篇长文是新中国传记文学史的缩影，提供了宝贵而丰富的史料。[①]

三、古代传记的评论

对古代传记的评论可以从历史的角度评论，考察作品产生的时代环境以及传记文学史上有何新的创造和特色，占有何种地位。

要联系古代的时代环境评论传主的作为以及作者的倾向。对古代传记的评论与现当代传记一样，要在阅读原作的基础上发表感想看法。评论者可以对原作中传主的思想品德功过是非进行评论，可以阐述作品对自己的启发，可以联系现实的某种社会现象加以对比，或肯定，或批评。笔者读明初宋濂《李疑传》很有感慨，就把感想写进《中国传记文学发展史》：

> 以民间普通人的扶危济困为主要特征的平民义士型人格模式，这是宋濂传记文中最有创造意义的人格模式。如《李疑传》中所写的李疑，是明初在南京开小客栈的店主，以“尚义”与“周人之急”名于时。这篇作品中作者重点写了李疑乐于助人的两件事：其一是收留和服侍一个重病垂危的外地人，直至其死后为之送殡；其二是把一个快要分娩的罪犯之妻接回家中，“使其母子免受风露而俱死”。可贵的是李疑做这些扶危济困的好事，不要报答，完全出于人格的自觉。当那个重病人临终前要报答他时，他说：“患难相恤，人理宜尔，何以报为？”李疑的“尚义”，已深深突破了封建伦理的范围，而体现了普通平民之间的患难相助的优良风尚，表现了平民义士的高尚人格。[②]

被《明史》称为“开国文臣之首”的宋濂，能注意到当时南京开

---

① 全展：《新中国70年传记文学创作：立天地之心传民族之魂》，《文艺报》2019年11月18日。

② 陈兰村：《中国传记文学发展史》，语文出版社2012年版，第291页。

小客栈的李疑为人尚义的好品质，专为他写传记，这事本身就说明宋濂对民间普通人的关注和感情，对李疑加以表彰。

写古代传记评论与写当代传记评论不同处，主要是传主所处时代不同。评论的着眼点应该放在古代的背景来对传主的事迹进行考察，从而作出恰当的评价。

要从传记文学发展史的角度给予评论。对某一时期古代传记的评价，要从传记文学发展史的角度评价，考察其有何特色，便于读者把握其所处的历史地位。如笔者《中国传记文学发展史》第六章标题为《明代市民传记的兴起与传记文学观的新突破》，提出了市民传记的概念。第二节标题为《明代中后期市民传记的世俗化倾向》，这一节开头指出明代中后期传记文学的发展从总体上出现了一些新的特点：散传的繁荣，市民传记的兴起，野史传记空前发达。接着论述了市民传记世俗化的具体表现。第一，传主具有平民性。第二，传记题材重视日常生活和真情实感。第三，明中后期，尤其是后期，有些传记反映了人们追求个性自由和肯定生活欲望的倾向。第二节最后论述了市民传记世俗化的积极意义与局限。笔者认为这样的评论有新意又有依据，论点能站得住。

第七章　传记教学的历史与现实

传记教学是以传记为载体，以传记人物经历为榜样，面向学生进行的公共教学和学校教学活动。有史以来，从部落到国家层面都很重视传记教学，以纪念祖先、教育后代、团结族人、巩固国家。近现代社会变革，传记总是发挥着导向作用。改革开放以来，传记教学正式进入课堂，新的传记创作和传记研究成果不断涌现，传记教学得到进一步的推动。回顾传记教学发展的历史，对推进新时代传记教学具有重要现实意义

第一节　中国古代的传记教学

从传记文学理论看，传记文学具有文学欣赏、历史记忆、教育激励等多重功能。考察中国传记文学的发展史，会发现伴随传记文体的传记教学自古有之，只是传记教学的具体内容和教学方式在各个历史时期侧重点不同。我们将传记教学的历史分为三个时期：第一，从西周至清代灭亡，可以称古代时期；第二，自辛亥革命至 1949 年新中国成立，称近现代时期；第三，1949 年新中国成立至今，称新中国时期。

一、传记教学自古有之

传记源于历史，在最初的历史中孕育了传记文学的因素。远古时代，人们在部族或部落里生活，长者在空闲时谈论祖先或本部

族本部落的英雄业绩，代代相传，便成为古代远祖的英雄传说。这就是最初的传记教学，是部族或部落长者不自觉的口头传记教学。梁启超在《中国历史研究法》中说："以今存之《诗经》三百篇论，其属于纯粹的史诗体裁者尚多篇，例如《生民》篇……《公刘》篇。"白寿彝教授《史记新论》中也说《生民》《公刘》"这两篇是歌颂古代英雄传说，是传记体"①。《生民》《公刘》等是最早的传记文学萌芽，也是最初的传记文学教材。它们产生于西周初年，即公元前十一世纪，距今已有三千多年。从最初的英雄传说发展为史诗，发展为传记，就与尊重祖先、纪念先人、教育后人、团结族人的文化传统密不可分。

在长达三千多年的封建社会里，统治者已很重视历史，也重视传记教学。先秦时期出现《左传》《国语》《战国策》《晏子春秋》等历史散文著作，书中已出现了传记文学雏形。汉代司马迁写作《史记》，开创了纪传体史书体裁，出现了成熟的史传。这种史传体裁以记述人物传记为主，从此，封建社会历代的所谓正史都以《史记》纪传体为样板，这意味着从民间到国家层面的传记教材也一直传承下来。

《史记》及以下诸多正史几乎是近代以前文人的必读书。《三国志·吴志·吕蒙传》注引《江表传》记载，吴国君主孙权教部下吕蒙读书，既谈了自己读书受益的体会，又教吕蒙和蒋钦二人要急读"《孙子》《六韬》《左传》《国语》及三史。"这里的"三史"指《史记》《汉书》《东观汉记》。孙权向吕蒙他们开出的书目中，《左传》《国语》及三史共五部都是历史书，并以传记为主。后来吕蒙听孙权的话读书大有长进，鲁肃见吕蒙夸奖他："非复吴下阿蒙。"吕蒙也很自负地说："士别三日，即更刮目相待。"在《江表传》里吕蒙还提到蜀国大将关羽"斯人长而好学，读《左传》略皆上口"，可见当时关羽也读

---

① 陈兰村：《中国传记文学发展史》，语文出版社 1999 年版，第 3 页。

《左传》。[①] 以上事例说明，古代统治者对以传记为主要载体的传记教学一直重视。教学方式是尊长开出书目，让下属后辈自学。这里也透露，三国时政治家军事家的传记教学内容注重从前人吸取政治军事智慧，实践于当时斗争之中。

二、自唐至清传记教学持续发展

唐代至清代，科举取士制度实行千余年，也影响了中国教育上千年。考试科目是考生学习的指挥棒，唐代科举考试如进士科开始重视考诗赋，但后来也注重考史学。雷闻说："唐穆宗时终于有了常科'三史科'的设立，原属制举'一史'也变为常举，它们既是礼部贡举的科目，也是吏部科目选的科目。对于史科及第者，朝廷往往进行优奖。"[②]所谓三史，在六朝指《史记》《汉书》《东观汉记》三部史书，但到唐代，范晔《后汉书》逐渐取代《东观汉记》。唐代后期礼部、吏部考试科目要考三史，这三史都是纪传体史书，考生也就必须要认真阅读学习这些书中的传记作品了。

唐代朝廷还重视编写史传，内容偏重维护本朝利益，突出当朝的主流思想。李世民正式设立史馆制度。修史工作由宰相领导，修史正式成为国家层面的大事。唐初设馆修史，共修八部纪传体史书，即《晋书》《隋书》《南史》《北史》《梁书》《陈书》《北齐书》《周书》，成绩显著。官修正史的目的，也可看作是传记教育的内容：借鉴前朝尤其是隋朝亡国的历史教训，探索帝王将相对中国统一事业的作用。[③]《旧唐书·魏徵传》载，魏徵死后，李世民称赞魏徵说："夫以铜为镜，可以正衣冠；以古为镜，可以知兴替；以人为镜，可以明得失。"[④]李世民的话，说出了古代清醒的统治者对历史、对

---

① (西晋)陈寿：《三国志》卷五十四，中华书局 1982 年版，第 1275 页。

② 雷闻：《唐代的"三史"与三史科》，《史学史研究》2001 年第 1 期。

③ 陈兰村：《中国传记文学发展史》，语文出版社 1999 年版，第 157—158 页。

④ (后晋)刘昫等撰：《旧唐书》，中华书局 1975 年版，第 2561 页。

传记教学借鉴意义的明确认识。唐以后至清代，正史仍以人物传记为主要形式，这是国家层面传记教学的主要工作。

唐代开始便有了书院的教育形式，到宋代书院鼎盛，明清仍存。书院教学内容有儒家经典和历史著作，历史著作即包含了传记内容。宋代书院普遍将《史记》《汉书》和《后汉书》作为专门的历史教学材料。朱熹曾言："先读《史记》及《左氏》，却看《西汉》《东汉》及《三国志》，次看《通鉴》。"①朱熹的意思是说史传作品阅读有先后次第，从便于学生理解的角度出发，先读较为形象、贯穿人物事例的纪传体史书，再读相对理性的编年体史书。

从魏晋开始直至明清，个人创作的传记作品大量出现，形式有杂传、别传、碑传、散传等。其中不乏具有教育意义的传记作品，如唐代韩愈的《张中丞传后叙》，表彰在安史之乱中抗击叛军的张巡、许远的英雄业绩，表达了作者反对藩镇割据、维护中央集权的主张。以此，张巡的事迹被后世文人广为传颂。这样类似主题的传记在凝聚民心、维护国家统一大业中起到了积极作用。诸如人文始祖黄帝，为治水三过家门而不入的大禹，儒家代表孔子，爱国诗人屈原，抗匈名将李广，出使不辱使命的苏武，舍身求法的法显、玄奘，抵御外侮的民族英雄岳飞、文天祥、于谦、戚继光、林则徐，为民请命的清官包拯、海瑞等等，他们的英名与光辉事迹，一直在教育后人树立民族自信心，为维护祖国的统一而奋斗。

三、古代传记教学的特点

第一，从《生民》《公刘》等成为最初的传记文学教材始，传记的教学方式是口头传授，内容就有尊祖、教育族人的意义。

第二，从唐代开始至清代，历代组织编写正史，成为国家层面正史传记教材编写的主体。《史记》及以下历代正史几乎是近代以

---

① (宋)黎靖德:《朱子语类》，中华书局 1986 年，第 195 页。

前文人的必读书,其中一些传记人物长期成为后世文人写诗文、戏曲、小说的题材,更扩大了教学效果。许多有作为的帝王将相、英雄人物,因此保存在民间信仰、民间口头记忆里。

第三,魏晋以后至清代,文人个人创作的传记以别传、碑传、行状等形式大量出现,对正史传记教材起了补充的作用。

第四,唐宋兴起的书院教学机构,相当于官助民办的学校。书院的教学内容中已包含了传记教学,采用讲授法、问难法、自学与指导结合的方式进行教学。

第二节　近现代的传记教学

这里所说的近现代指从 1911 年辛亥革命起至 1949 年新中国成立以前的时期。这个时期的传记教学,主要表现为由古代传记文学向现代传记文学转变。传记的创作与教学的主体由原来的史馆转变为个人。代表性人物有梁启超、胡适、许寿裳。朱东润从事传记研究、创作、教育事业则从 1939 年延伸到 1988 年他去世那年,长达 50 来年。他既属于这个时期,又超越这个时期。这个时期的传记教学内容配合辛亥革命、资产阶级维新运动、抗日战争、解放战争,表达了相应的社会关切,为社会进步鼓与呼。

一、梁启超:现代传记创作与教学开拓者

梁启超的传记创作与传记教学,明显地起到了古代传记文学向现代传记文学发展的桥梁作用。他的传记作品可分三个方面:(一)中国古代名人,如《祖国大航海家郑和传》;(二)外国名人,如《意大利建国三杰传》;(三)同时代名人,如《戊戌六君子传》。梁启超的传记创作,反映了他把传记引向启迪民智、社会改革方面的努力。梁启超创办《新民丛报》,宣传新民思想,为开启民智鼓与呼。1922 年起他在清华学校兼课,先后到北京、济南、苏州、上海等地

讲学。1925年应聘任清华国学研究院导师。他虽然没有开设专门的传记课，但是在讲历史的过程中包含了人物传记内容。

梁启超提倡读传记，他在《国学入门书要目及其读法》一文中谈到二十四史读法时强调读名人传记。[①] 他自己的新民体传记文，在当时通过报纸对知识分子群体产生了很大的影响。郭沫若在《少年时代》中有一段回忆："那时候，梁任公已经成了保皇党了。我们心里都鄙屑他，但却喜欢他的著书。他著的《意大利建国三杰传》，他译的《经国美谈》，以轻灵的笔调描写那亡命的志士，建国的英雄，真是令人心醉。……二十年前的青少年——换句话说，就是当时有产阶级的子弟——无论是赞成或反对，可以说没有一个没有受过他的思想或文字的洗礼的。"[②]由此可知，梁启超的传记作品和他对名人传记的提倡，在当时发挥了显著的传记教育作用。

二、胡适：现代传记文学倡导者、实践者

胡适曾经在北京、上海、台湾多地通过公开演讲，不遗余力地提倡传记文学。1953年1月12日演讲中，他提出"传记可以帮助人格教育"。[③] 胡适积极劝人写传记，尤其极力劝人写自传或作新传。他曾经为二十余种传记作序，还对中外传记做评论。由于胡适对传记文学的大力提倡，二十世纪三十年代前后，中国出现了一个写自传的小高潮，出现了郁达夫的《达夫自传》、郭沫若的《沫若自传》、沈从文的《从文自传》等一批传记作品都在这一时期产生。

1919年，胡适为一个素不相识的女学生写了长达七千字的《李超传》，借此向社会控诉封建礼教，表达了支持妇女反封建、求解放的愿望，《李超传》在当时的《新潮》杂志发表后产生了极大的

---

① 梁启超：《饮冰室合集》饮冰室专集之七十一，中华书局1989年版，第12页。

② 陈兰村、叶志良：《20世纪中国传记文学论》，天津人民出版社1998年版，第25页。

③ 姚鹏、范桥：《胡适讲演》，中国广播电视出版社1992年版，第237页。

社会影响。通过妇女被压迫而死的事实,让人们认识到封建礼教的本质,从而更加同情妇女的解放斗争。

胡适还写过《四十自述》《胡适口述自传》《丁文江的传记》等,他的传记在内容上注意宣扬爱国精神。他早在读书时就在《竞业旬报》第34期发表《爱国》一文,阐述其爱国主张。他早年的传记创作也贯彻了爱国主题,如《姚烈士传》《贞德传》《中国爱国女杰王昭君传》《丁文江的传记》等。①

胡适的传记对传主的选择范围比梁启超更为扩大,古今中外,名人平民都可以成为传主。总的说,胡适作为现代传记的开风气者,努力提倡,亲自实践,对推动现代传记文学创作和传记教学的发展功不可没。

三、朱东润:成果丰硕的现代传记文学家

从民国到新中国,朱东润对传记文学的研究、创作和教育的贡献是多方面的。

1939年,朱东润43岁。年初到达内迁四川乐山的武汉大学教书。1941年,他发表了《传叙文学与人格》《关于传叙文学的几个名辞》《传叙文学与史传之别》等作品,后来又写有《论自传及法显行传》《〈张居正大传〉序》等重要文章。他同时从事传记写作,著有《张居正大传》《陆游传》《杜甫叙论》《陈子龙及其时代》等,努力开拓中国传记文学的道路。《张居正大传》写在抗战艰苦时期。这本传记最后一句话"前进啊,每一个中华民族的儿女",可见他的传记创作与时代息息相关。

1939年,朱东润在武大开设了传记文学研究课程,1947年又在无锡国专兼课时开设传记文学课程。1960年,他又在复旦大学

① 陈兰村、叶志良:《20世纪中国传记文学论》,天津人民出版社1998年版,第19页。

开设传记文学专题课。1961 年 8 月 5 日，他在《文汇报》发文《漫谈传记文学》，提出了传记文学今后的几项工作，为传记研究者、创作者指出了努力的方向。二十世纪八十年代，朱东润在国内又率先招收传记文学硕士生、传记文学博士生，为传记文学人才培养作出了重要贡献。

四、现代传记教学的特点

第一，传记教学由古代模式逐渐向现代传记教学形态转变。古代传记教学，传记多是在历史外壳包裹下进行，近现代传记教学正式以传记研究的名义出现。一些著名的学者、教授、作家成为传记作家。

第二，传记教材的形式从短篇发展到长篇，传记内容从记述反封建人士扩展到正面颂扬抗日战争和解放战争中的军民。

第三，传记教学的对象由传统的知识分子群体发展到国统区、解放区军民，范围更为广泛更为直接。

第四，传记的教学者由现代传记的提倡者逐渐向传记教学的讲授者发展，传记课已逐步进入部分大学的课堂。

第三节 1949 年后的传记教学

1949 年中华人民共和国成立后，传记创作稳步发展，传记教学在不同阶段获得持续的发展。

一、新中国成立初期的传记教学

传记作品中革命英烈和先进共产党员的形象塑造，对广大人民群众产生了深远影响。优秀的传记作品通过报刊、通过图书馆到了读者手里；有的作为范文选入课本，成为各级学生的教材。这类优秀传记数量众多，我们只选影响特别大的三类传记加以说明。

第一类，大量描写革命先烈的优秀传记文学作品。“如缪敏的《方志敏战斗的一生》，读者结合读方志敏烈士的遗著《可爱的中国》，对方志敏烈士留下深刻印象，他的英名和他的爱国精神永远铭刻在中国革命史上。还有如杨植霖、乔明甫的《王若飞在狱中》，石英的《吉鸿昌》，张麟、舒扬的《赵一曼》，梁星的《刘胡兰小传》，柯蓝、赵自的《不死的王孝和》，丁洪、赵寰的《真正的战士——董存瑞的故事》，韩希梁的《黄继光》，白友、董介眉的《邱少云》，沈西蒙的《杨根思》，肖琦的《罗盛教》等。”①

而且这些传记作品往往配合拍摄了相关的英雄电影。这些烈士们为国牺牲的故事与精神也牢牢镌刻在青少年心里。“兵工功臣吴运铎 1953 年完成的自传《把一切献给党》，写活了一个真正生命不息、战斗不止、无私奉献的共产党人。作品极大地激励了亿万中国青年全身心地投入到社会主义建设之中。”②

第二类，写雷锋的传记故事书。雷锋经过书籍、影视、画册、战友的报告、宣传画等形式的宣传，为人民服务的精神流传至今。

第三类，关于焦裕禄的传记。1966 年 2 月 7 日，《人民日报》头版头条刊发了新华社记者穆青、冯健、周原采写的长篇通讯《县委书记的榜样——焦裕禄》。同年出版了多部集体编著的人物通讯或传记，主要有《县委书记的榜样——焦裕禄》《伟大的战士焦裕禄》《毛主席的好学生——焦裕禄同志》《焦裕禄》等。共产党好干部焦裕禄一心扑在工作上，甘于奉献、勇于牺牲，永远活在全国人民的心里。

二、改革开放后的传记教学

改革开放后，各种传记如雨后春笋般涌现，形成了传记热。

---

① 全展：《建党百年共产党人传记的发展进程》，《中国传记评论》第一辑，第 4 页。

② 全展：《建党百年共产党人传记的发展进程》，《中国传记评论》第一辑，第 4－5 页。

《光明日报》1994 年 8 月 3 日报道“传记：当代文学的新热点”，敏感地察觉到传记文学出现了前所未有的勃兴局面。其中教育意义大、影响深的作品有以下两类。

第一类，领袖传记。如国家领导人的传记，均有很多种。王朝柱的《开国领袖毛泽东》《周恩来在上海》，庞瑞垠的《早年周恩来》，都有极大的社会影响。中央党校编写的习近平系列传记，包括《习近平的七年知青岁月》《习近平在正定》《习近平在厦门》《习近平在宁德》《习近平在福州》《习近平在福建》《习近平在浙江》等，让读者了解习近平如何从一名知青成长为国家领导人，读来十分亲切，深受读者欢迎。

第二类，著名科学家传记。人民群众把科学家视为英雄。一批科学家的传记问世，如《钱学森传》、《魂牵心系原子梦：钱三强传》、《两弹元勋邓稼先》、《袁隆平传》、《钟南山：苍天在上》。科学家们的精神雕像，真正起到了为中国人民增光添彩的作用。

第三类，业余或专业作家写的名人传记或自传。如张胜《从战争中走来：两代军人的对话》，这是张胜为他父亲张爱萍将军写的传记，作品对具体历史事件、历史人物作了细致的阐释，还对某些历史现象有所评判，创作上有所创新。再如《彭德怀全传》，该书材料翔实，记录了彭德怀光辉而坎坷的一生，史料学术价值高，能给读者以深思和启迪。又如《启功口述历史》是一本成功的自传性质作品。

三、1949 年后传记教学的特点

第一，传记教学内容随着传记出版数量的增加，可以指向与不同传主相关的不同领域。传记出版数量激增，出现各种传记刊物和传记研究机构。新出版的大量传记作品成为各级学校传记教学的课内外教材。

21 世纪以来，我国每年出版的各种形式的长篇传记在六千部到一万部之间，与长篇小说出版数量大体相当。发表传记作品为主的刊物有《传记文学》《名人传记》《人物》等。全国性的传记研究学术团体有中国传记文学学会(1991)、中外传记研究会(1993)、国际传记文学学会(1999)相继成立；单位传记研究机构有浙江师范大学传记中心(1993)、北京大学世界传记文学中心(1998)、山东青岛中国海洋大学传记与小说研究团队(2003)、上海交通大学传记中心(2012)等，这些传记研究机构的成立有力地推动了传记教学的发展。

第二，传记教学进入大中学校课堂。1992 年，浙江师范大学传记文学研究方向的硕士点成立。在此先后，传记文学研究硕士点博士点在复旦大学、北京大学、北京师范大学、南京大学、青岛中国海洋大学等多所高校开设。

高校一批高质量的传记文学教材、研究成果出版，如韩兆琦主编《中国传记文学史》、陈兰村主编《中国传记文学发展史》、赵白生著《传记文学理论》、杨正润著《现代传记学》、全展《中国当代传记文学概观》《传记文学：阐释与批评》《传记文学：观察与思考》等等。传记研究的三个层面传记文学史、传记理论、传记批评都有了丰硕的成果，这为培养高素质的传记人才、提升传记理论水平、进一步开展全面的传记教育提供了动力。

第三，传记形式丰富多彩，公共传记教育的空间得到扩充。现在的传记有称传、传记、大传、小传、评传；有画传、影传；有自传、自述、回忆录等等，还有新潮的电子传记、有声读物。传记文学的品种比以前任何时代都多样化，简直美不胜收。而公共传记教育的空间设施在各地政府关心下新建或扩充，如各种革命英烈、名人纪念馆对相关人物的展出或介绍。

第四节 推进传记教学的现实意义

回顾中国从古至今的传记教学发展过程，我们可以深刻认识到传记教学对人们增强民族自信、文化自信有着特殊的精神价值。今天进一步推进传记教学的实施，有着特别深远的现实意义。

一、推进传记教学以提升民族自信和文化自信

鲁迅的《中国人失掉自信力了吗》一文作于九一八事变三周年之际，反驳了当时社会对抗日前途的悲观论调以及中国人失掉了自信力的错误言论，有力地鼓舞了国人的民族自信心和抗日斗志。现在我们正处在比以往任何时期更接近民族复兴的时代，我们也应该鼓励作家把当代的中华民族的脊梁人物写成传记，或把已出版的写当代优秀的国家栋梁、民族脊梁人物的传记作为教材，让全国人民学习。

二、推进有组织的传记教学以促进传记创作

宣传部门、教育部门可以开展社会公共传记教学和学校传记教学。出版新闻单位应该有意识多出优秀的传记作品同时，提倡和支持传记批评家浇花锄草，加强各地历史名人和革命纪念馆对相关人物传记的展出与介绍，大力推动公认的中华民族脊梁人物、革命英雄传记进课本。教育领导部门和社会科学研究领导部门，可以加强对传记教学相关的教材、研究成果的鉴定、推广，培育优秀的传记教育产品。

三、推进传记教学以促进学校素质教育

学校教育的首要任务是要立德树人，而传记教学可以成为素质教育的重要抓手。

素质教育，从本质来说就是以提高国民素质为目标的教育。其核心是以全面提高人的基本素质为根本目的，注重培养人的主体性和主动精神，注重开发人的潜能，注重形成人的健全人格。素质教育是社会发展的实际需要，也是人的全面发展的需要。人的基本素质包含思想道德素质、文化素质、科学素质和身体心理素质等，这四方面辩证统一。而传记教学在提高思想道德素质和文化素质方面作用非常大。

传记教学对公众的教育作用很大，发挥传记教育的作用，可以提高人们的思想道德水平，让优秀传记成为精神力量，增强民族自信、文化自信。

传记教学以传记文本为载体，以优秀人物经历为榜样，进行公共教育和学校教育。中国传记教学自古有之，古代社会由朝廷组织编写的正史传记，是知识群体学习的教材。近现代传记教学以学者、作家为创作主体。一九四九年后，传记教学在宣扬革命英烈和各类先进人物方面发挥了巨大的教育作用。今天进一步推进传记教学的实施，有深远的现实意义。

第八章　语文课程与教材中的传记文学

人类任何精神形式，包括那些最远离基础、最形而上的形式，也都可以发现它们与物质世界的联系，包含着在生活中实现某种目的。① 在各种文类中，古典传记文学作品作为具有较强实用性的一种，广泛入选各时期各版本的高中语文必修与选修教材。本章对高中古典传记文学作品和外国传记文学作品其本身的地位与功能进行综合分析，针对现行统编版教材以及以往使用范围较广的人教版、苏教版必修教材与选修教材，分别梳理并统计古典传记文学作品和外国传记文学作品的篇目，并作简要分析，以此佐证古典传记文学作品和外国传记文学作品在高中语文课程中的重要地位。同时，顺应近年来高考改革的趋势，针对近十年高考试卷的试题，整理汇总与古典传记文学作品和外国传记文学作品相关的试题篇目，进一步肯定古典传记文学作品和外国传记文学作品教学是语文阅读教学的肯綮。在此基础上，追溯古典传记文学作品和外国传记文学作品本身所具备的独特功能，挖掘其不可替代的阅读教学价值。

① 杨正润：《现代传记学》，南京大学出版社 2009 年版，第 191 页。

第一节　语文课程与教材中的传记文学作品

一、语文课程中的古典传记文学作品

（一）从课程标准看

普通高中教育是面向大众的、与九年制义务教育相衔接的基础教育。高中语文教育承载着立德树人、培育德智体美劳全面发展的社会主义建设者和接班人的重要责任。

自2003年《普通高中语文课程标准（实验）》出版以来，课程标准在实践检验的过程中，虽不断调整、更新课程内容和目标，变革学习方式与评价方式，古典传记文学作品仍以其连续的篇幅、丰富的题材、形象的人物张扬着道德生命，发挥着审美价值。统编版语文教材总主编温儒敏更是直接指出青少年应该多读一些传记类书籍，从历史人物或者成功的人物身上学习宝贵的生活道理、人生哲学。①

古典传记文学作品在高中语文阅读教学中不可或缺的重要性在各个版本的课程标准中均有所体现。从下表来看，古典传记文学作品在高中语文课程标准中的地位，更是可见一斑。

---

① 陈兰村，许晓平：《传记作品的独特魅力与教学探索》，《语文建设》2021年第11期。

表 8.1 各版本高中语文课程标准中对古典传记文学作品教学的叙述

版本	教学内容及要求
《普通高中语文课程标准(实验)(2003 年版)》	阅读古今中外的人物传记、回忆录等作品,能把握基本事实,了解传主的人生轨迹,从中获得有益的人生启示,并形成有一定深度的思考和判断。认识传记作品的基本特性,尝试人物传记的写作。
《普通高中语文课程标准(2017 年版)》	引导学生阅读中华传统文化经典作品,积累文言阅读经验,培养民族审美趣味,增进对中华优秀传统文化的理解,提升对中华民族文化的认同感、自豪感,增强文化自信,更好地继承和弘扬中华优秀传统文化。
《普通高中语文课程标准(2017 年版 2020 年修订)》	精读古今中外优秀的文学作品,感受作品中的艺术形象,理解欣赏作品的语言表达,把握作品的内涵,理解作者的创作意图。结合自己的生活经验和阅读写作经历,发挥想象,加深对作品的理解,力求有自己的发现。

由表 8.1 不难发现,尽管现行的课程标准中已不再出现专门设置的“新闻与传记”选修教学板块,但古典传记文学作品本身的重要地位并未消弭,而是作为中华传统文化经典作品、古代优秀的文学作品纳入专门的学习任务群之中。

(二)从教材内容看

《国务院办公厅关于新时代推进普通高中育人方式改革的指导意见》中指出预计于 2022 年前落实教育部统一编写的教材,即统编版教材。虽然统编版教材是大势所趋,但考虑到这一章并非单纯的教材研究,所以将实行统编版教材之前使用范围较广的人教版与苏教版教材用于补充,分别对统编版、人教版、苏教版这三个版本的高中语文必修与选修教材中的古典传记文学作品进行汇总梳理。在此基础上做简要分析，以呈现古典传记文学作品在教材内容编写中的重要地位。依据绪论中对古典传记文学作品所做的界定，选文需兼顾历史真实性与文学艺术性，《左传》等草草呈现传主形象的编年体史书不纳入统计范围。同时，考虑到教育是一个连贯的过程，各学段的教学内容往往起到承前启后的重要作用，初中人教版、苏教版教材在较大范围内投入使用，并为学生后续的高中语文学习打下了扎实的基础。因此，这一章对初中各个版本语文教材中的古典传记文学作品也进行了梳理，关注初中与高中教材衔接过程中存在的必然联系。

表 8.2　各版本初中语文教材中的古典传记文学作品

教材版本	册数或册名	篇名	出处	入选状态	作者
统编版	八年级上册	《周亚夫军细柳》	《史记·绛侯周勃世家》	节选	司马迁
	九年级上册	《陈涉世家》	《史记·陈涉世家》	节选	司马迁
苏教版	九年级上册	《陈涉世家》	《史记·陈涉世家》	节选	司马迁
鄂教版	九年级下册	《李将军列传》	《史记·李将军列传》	节选	司马迁

由表 8.2 可知，无论是人教版、苏教版还是鄂教版的初中语文教材，对古典传记文学作品篇目都有所涉及，数量上不及高中教材，选文也多为节选，总体阅读难度系数较低，在培养学生对古典传记作品的阅读兴趣方面起到了积极作用。

表 8.3 统编版高中语文教材中的古典传记文学作品

类型	册名	单元	篇名	朝代	作者
必修	下册	第一单元	《鸿门宴》	西汉	司马迁
选择性必修	中册	第三单元	《屈原列传》	西汉	司马迁
		第三单元	《苏武传》	东汉	班固
选择性必修	下册	第三单元	《种树郭橐驼传》	唐	柳宗元

由表 8.3 可知，统编版高中语文教材中古典传记文学作品共计四篇，基本集中于选择性必修，在必修下册中仅占据一篇。古典传记文学作品篇目看似不多，但实际上必修教材仅有两册，本身所入选课文数量较之以往版本教材有所削减，而《鸿门宴》仍能跻身于其中，足以证明古典传记文学作品地位之重要。此外，选择性必修教材作为 2019 年初次进入高中课堂的新事物，虽缀了“选择”两字，但本质仍是必修教材，面向的是参加高考的所有高中学生，适应了学生个人发展与升学考试的要求。①《屈原列传》《苏武传》《种树郭橐驼传》能在两册选择性必修教材中占据一席之地，可见古典传记文学作品具备非同寻常的教育价值。

就其单元要求而言，统编版必修下册第一单元重在帮助学生了解经典选篇的思想内涵，认识其文化价值。其中特别强调阅读史传这一文体时，要关注文章叙事曲折有序、写人生动传神的特点。选择性必修中册第三单元要求回到历史现场，鉴赏作品的叙事艺术和说理艺术，领会其中体现的历史观念、家国情怀和担当精神。选择性必修下册第三单元要求学生在古代名篇佳作中，增进对中华优秀传统文化的理解，重在把握课文的思想情感及其承载的文化观念，领会作者在审美上的独特追求，理解作者如何通过特定的语言形式抒发情感，形成独特的美感。必修教材意欲通过古

① 顾之川：《高中语文选择性必修怎么修》，《语文建设》2020 年第 19 期。

典传记文学作品的阅读教学，解决思辨性阅读与表达的任务；而选择性必修教材解决的是中华传统文化经典研习的任务。[①] 两者虽各有侧重，但无一例外都肯定了古典传记文学作品是阅读教学中必不可少的重要一环。

表 8.4　人教版高中语文教材(2007 年版)中的古典传记文学作品

类型	册数或册名	单元名	篇名	朝代	作者或出处
必修	必修一	第二单元	《鸿门宴》	西汉	司马迁
	必修二	无			
	必修三	无			
	必修四	第四单元	《廉颇蔺相如列传》	西汉	司马迁
			《苏武传》	东汉	班固
			《张衡传》	南朝	范晔
	必修五	无			
选修	中国古代诗歌散文欣赏	第四单元：创造形象 诗文有别	《项羽之死》	西汉	司马迁
			《大铁椎传》	清	魏禧
		第六单元：文无定格 贵在鲜活	《种树郭橐驼传》	唐	柳宗元

由表 8.4 可知，在人教版高中语文教材必修和选修中，古典传记文学作品共计七篇，分布较为集中，以必修四第四单元为例，该单元专门学习古代人物传记，指出传记的主人公或以政绩，或以品德，或以才干，令后人景仰追慕。既要求学生把握传记主人身上的闪光之处，又要体会传记作者对其的感情倾向，还需关注多样的叙事手法，体味文章的风格与韵味。可以说，该单元强调了古典传记

① 王本华：《以"研习"为主，打通统编高中语文必修与选择性必修教材——统编高中语文选择性必修教材介绍》，《课程.教材.教法》2021 年第 11 期。

文学作品的文体特征，将古典文学作品当作传记进行教学。

而剩余的古典传记文学作品则根据阅读方法和欣赏角度的需要，分散在必修和选修的不同单元。如《鸿门宴》被视作古代记叙散文，厘清文章的叙述脉络成了学习的重难点，《项羽之死》《大铁椎传》《种树郭橐驼传》则旨在通过分析文章的故事情节，赏析生动的人物形象。以上提及的四篇古典传记文学作品在教材中虽未点明传记文体，但阅读的大体方向也基本遵循了品读古代传记的正确路径。

表 8.5　苏教版高中语文教材中的古典传记文学作品

类型	册次	单元名	篇名	朝代	作者
必修	必修三	寻觅文言津梁	《廉颇蔺相如列传》	西汉	司马迁
			《鸿门宴》	西汉	司马迁
选修	《史记》选读	学究天人贯古今——《史记》的体例	《夏本纪》	西汉	司马迁
			《鲁周公世家》		
		不虚美不隐恶——《史记》的史家传统	《高祖本纪》	西汉	司马迁
			《李将军列传》		
		读其书想见其为人——《史记》的理想人格	《孔子世家》	西汉	司马迁
			《管仲列传》		
			《屈原列传》		
		摹形传神千载如生——《史记》的人物刻画艺术	《项羽本纪》	西汉	司马迁
			《廉颇蔺相如列传》		
			《滑稽列传》		
			《刺客列传》		
		擅叙事理 其文疏荡——《史记》的叙事艺术	《秦始皇本纪》	西汉	司马迁
			《赵世家》		
			《魏公子列传》		
			《淮阴侯列传》		

值得一提的是，人教版选修教材中专设了一本《中外传记作品选读》教学用书，其中虽涉及李白、杜甫等古代名人，但所选篇目均为现代传记。

由表 8.5 可知，苏教版高中语文教材中的古典传记文学作品共计十七篇，其中仅有两篇在必修教材中，而余下十五篇均分布在选修教材中。需要说明的是，考虑到本纪世家在司马迁的笔下往往相互照应，虽然仍存在编年的要素，但区别于纯粹纪年的《六国年表》，《高祖本纪》《秦始皇本纪》等篇目重在叙述帝王的重要事迹，大多呈现出帝王传记的特征①。如在《项羽本纪》中，楚霸王项羽是毋庸置疑的主人公，司马迁凭借生花妙笔将粗犷而又仁慈的矛盾气质、勇武盖世的英雄气概融合在项羽身上，记叙了项羽生平的重要事迹，将其归入古典传记文学作品是合乎情理的。同理，《孔子世家》亦然。此外，尽管编入苏教版高中语文教材中的古典传记文学作品在三个版本中数量最多，且均选自西汉司马迁的《史记》，有助于帮助学生进一步了解《史记》的编排体例，但较之统编版和人教版教材而言来源相对单一。

前文汇总了统编版、人教版以及苏教版三个版本高中语文教材中的古典传记文学作品，就篇目数量来看，分别为四篇、七篇和十七篇。看似现行统编版教材大大削减了古典传记文学作品的地位，然而实际上，统编版选择性必修教材也是高考的命题范围和依据，不同于原本培养兴趣、开阔眼界的选修教材，承担着检验学业质量与水平的责任。因此，在数量对比时，应采用人教版与苏教版中的必修教材相比较。由此观之，统编版、人教版、苏教版中古典传记文学作品的篇目数量分别为四篇、四篇和两篇，可以说，随着教育改革与教材的不断更新，古典传记文学作品始终占据着一席之地。

① 夏德靠：《从"帝王传记"到"帝王大事记"——〈史记〉〈汉书〉"本纪"叙事异同简论》，《四川师范大学学报》(社会科学版)2019 年第 6 期。

表 8.6 三个版本高中语文教材的古典传记文学作品篇目梳理

古典传记文学作品	统编版	人教版	苏教版
《鸿门宴》	√	√	√
《屈原列传》	√		√
《苏武传》	√	√	
《种树郭橐驼传》	√	√	
《廉颇蔺相如列传》		√	√

如表 8.6 所示，三个版本高中语文教材的古典传记文学作品仅有《鸿门宴》这一篇同时入选。除《鸿门宴》外，统编版中所剩三篇古典传记文学作品，或纳入苏教版，或纳入人教版，其重要性不容小觑。值得一提的是，被两版以上教材采纳的古典传记名篇多选自司马迁的《史记》，也无怪乎苏教版选修教材专门为其编纂了一本《史记》选读了。

沿着初中至高中的发展路径，各版本的初中语文教材以及高中语文教材中的古典传记文学作品绝大部分出自司马迁的《史记》，也不乏其余传记作者对典型人物进行单独作传的个例，如柳宗元的《种树郭橐驼传》。总的来说，古典传记文学作品在高中语文教材编排中有如下特点：一是数量多，二是分布广，三是大多选自《史记》。

（三）从语文考试评价看

鉴于古典传记文学作品在语文阅读教学中的重要地位，无怪乎它在语文高考中被纳入重点考察的内容。自 2017 年《考试说明》中对实用类文本阅读的要求由原本的“传记、新闻”变更为“新闻、传记”后，前后顺序的调整使得原本传记作品在实用类文本中一家独大的状况发生了变化，但这并不意味着传记的时代将一去不复返。实际上，古典传记文学作品仍时常入选文言阅读的试题。

在 2021 年全国新课标高考语文考试大纲中，对古诗文阅读中

“分析综合”“鉴赏评价”的考查要求分别为“C”和“D”。在“分析综合”中，分析概括作者在文中的观点态度本身就是古典传记文学作品阅读教学的重要内容。与此同时，“评价鉴赏”板块还要求学生能够赏析文学作品中的人物形象、语言和表达技巧，评价作者的思想态度。换言之，古典传记文学作品本身便能检验学生的知识、技能的掌握情况。

随着高考改革进程的加快，2021 年江苏取消了自主命题，采用全国卷，《浙江省人民政府关于进一步做好高考综合改革试点工作的通知》指出浙江也将于 2023 年起使用全国卷进行语文高考。随着江苏、浙江改用全国卷，余下自主命题的省份仅剩北京、天津、上海。因此，笔者将针对近五年来的全国卷以及未来几年仍会采用自命题的省份，进行语文高考文言文选文的汇总统计，具体见下表。

表 8.7　2018—2022 年高考语文试卷中的古典传记文学作品

试卷	2018 年	2019 年	2020 年	2021	2022 年
全国甲卷	《后汉书·王涣传》(范晔)	《史记·商君列传(节选)》(司马迁)	《宋史·王安中传》(脱脱等)	《明史·马文升传》(张廷玉)	
全国乙卷	《晋书·鲁芝传》(房玄龄等)	《史记·屈原贾生列传(节选)》(司马迁)	《宋史·苏轼传》(脱脱等)		
全国丙卷	《宋史·范纯礼传》(脱脱等)	《史记·孙子吴起列传(节选)》(司马迁)	《晋书·王彪之传》(房玄龄等人)		
上海卷	《孙光祀集·周鼎传》(孙光祀)	《槜李往哲列传·项经传》(戚元佐)	《宋若水传》(朱熹)	《吴仅传》(郑獬)	《汉书·贾谊传》
北京卷					《韩亿传》苏舜钦

从近五年古典传记文学作品入选高考语文文言文考查篇目的情况来看，毫无疑问其在高考试题中的占比较大，相关试题分值也在二十分左右。高考试题改革逐步采用全国卷已然是大势所趋，而古典传记文学作品接连入选文言试题，可谓是备受青睐的对象。即使是在自命题的上海市，2018 年至 2021 年也是连着四年出现，也称得上是卷上常客。由此可见，在一定程度上，古典传记文学作品较之其他文言文作品能更直观地反映学生对传主形象以及传记作品思想情感的理解和掌握情况。

二、语文课程中的外国传记文学作品

(一)语文教材外国传记课文的分布

在现有的普遍认知中，初中和高中学段的语文学习存在着较大的差异性，其中包括内容广度、理解深度的差异，初中语文教学更为注重学生知识的广度，高中语文教学则在知识广度的基础上，重视学生的理解与领悟，高中语文教学是初中语文教学的衔接与深化。因此，考虑到初高中阶段的衔接和连续性，这一章将对整个中学阶段进行研究。

2017 年秋季和 2019 年秋季，初高中语文的新教材相继在全国一些省份落地生根，并且近年来新教材的实施范围逐渐扩大。与之前版本的语文教材不同的是，新版教材由教育部组织编写，在全国统一使用，因而也被称为部编版或统编版教材。为了贴近现状和服务教学，在本部分的研究中，笔者首先将统编版教材纳入考虑，梳理其中的外国传记作品，探索中学语文外国传记作品的教学。但又考虑到统编版教材(尤其是高中语文教材)实行的时间较短，在全国各地的教学研讨中也同样是一个还在探索和商榷的话题，所以以统编版之前使用范围较广的苏教版与人教版作为补充，从而对外国传记作品的教学有更好的把握。

依据绪论中所作界定，教材中出现的外国传记作品均为汉译作品，是由外国作家创作并被翻译成现代汉语的作品。其内容除了标准的自传和他传外，也包括了书信集、日记、游记等范畴。下面以表格的形式对相关教材中的外国传记作品进行呈现。

表 8.8　统编版初中语文教材中的外国传记作品

类型	学段	单元	篇名	作者
必修	七上	第三单元	《再塑生命的人》	[美]海伦·凯勒
		第四单元	《走一步，再走一步》	[美]莫顿·亨特
	七下	第六单元	《伟大的悲剧》	[奥地利]史蒂芬·茨威格
	八上	第二单元	《列夫·托尔斯泰》	[奥地利]史蒂芬·茨威格
			《美丽的颜色》	[法]艾芙·居里

由表 8.8 可知，统编版初中语文教材中的外国传记作品共计五篇。从学段分布来看，其中七年级有三篇，八年级有两篇，且分布在同一个单元，九年级没有外国传记作品。从阅读课文的分类来看，其中四篇是自读课文，只有《伟大的悲剧》是教读课文。从入选的作家来看，其中两篇是出自茨威格，他与海伦·凯勒皆是作家身份，而另外两位作者莫顿·亨特和艾芙·居里则分别为心理学家和音乐教育家，甚至莫顿·亨特还曾是一位空军飞行员。

这些篇目以儿童成长认知需要等为划分标准，分散在各个单元，以七年级上册为例，《再塑生命的人》被放在第三单元，本单元主要是描写不同儿童在不同时代、不同国家的成长生活经历，学生通过学习本单元的课文能够了解一些少年儿童的成长经历与学习状况，能够产生一定的共鸣，丰富自己的成长体验。而实际上，该单元除了《再塑生命的人》外，还有两篇文章，《从百草园到三味书屋》无疑是符合这一主题的，另一篇《〈论语〉十二章》则较为牵强；《走一步，再走一步》被放在第四单元，该单元的课文注重对学生进行精神层面的熏陶。经过第三单元的学习，学生对自己的校园生活、成长经历有更深刻的认识，学生沉浸在对童年生活的回忆之中。第四单元则尝试上升高度，引起学生对人生意义的思考，丰富学生的人生感悟。虽然划分的标准不同，但这两篇课文又存在着千丝万缕的联系，通过一篇篇课文的学习，学生在体会他人经历的过程中丰富自己的见识，产生自己独一无二的感受，形成属于自己的宝贵财富。

值得注意的是，上述五篇课文，后三篇毫无疑问是属于传记作品，前两篇是否也属于传记则没有那么明确，为此笔者将进一步说明。《再塑生命的人》节选自海伦·凯勒的著作《假如给我三天光明》，该作品一般被认为是散文作品，但同时也是一部自传体散文。主要叙述了在莎莉文老师的教导下，双目失明、双耳失聪的作者从抗拒一切事物、暴躁、易怒的小孩转变为渴望求知、关心事物的人，作者从黑暗、寂静的角落中解脱出来，奔向新的光明。这篇文章是作者有意地将自己的成长经历展现给读者，符合“作者对自我存在价值的解释和叙述自我成长的历史”①这一自传作品的核心，可以归为传记作品。《走一步，再走一步》一般被归为回忆性散文，主要讲述了体弱怯懦的作者在朋友怂恿下爬上悬崖却因难以克服心理恐惧卡在半途，几近崩溃，后来在父亲的一声声鼓励下，逐步克服恐惧，战胜自我，最终爬下悬崖的故事。这是作者的亲身经历，是作者成年后却难以忘怀的一段过去体验，在叙述上，作者采用回忆过去的方式，并结合当下自身的独特感悟进行文学创作，从这一角度看，与一般的传记创作并无二致。

---

① 杨正润：《传记文学史纲》，江苏教育出版社 1994 年版，第 30 页。

表 8.9 人教版初中语文教材中的外国传记作品

类型	学段	单元	篇名	作者
必修	七上	第一单元	《走一步,再走一步》	[美]莫顿·亨特
		第二单元	《我的信念》	[法]玛丽·居里
	七下	第五单元	《伟大的悲剧》	[奥地利]史蒂芬·茨威格
	八下	第一单元	《列夫·托尔斯泰》	[奥地利]史蒂芬·茨威格
			《再塑生命》	[美]海伦·凯勒

由表 8.9 可知,人教版初中语文教材中的外国传记作品共计5篇。相较于统编版教材,节选自海伦作品的课文篇名有所不同(人教版为《再塑生命》,统编版则为《再塑生命的人》),但并无内容上的差异;人教版选用了居里夫人的自传作品的《我的信念》,统编版则选用了居里夫人女儿撰写的《居里夫人传》中的部分内容并命名为《美丽的颜色》。《我的信念》主要围绕着居里夫人的工作环境、工作态度、工作理念三个方面进行呈现,体现了居里夫人为了科学事业锲而不舍的信念,而《美丽的颜色》则是以第三视角展现了居里夫妇如何在棚屋这样艰苦的条件下努力工作,通过艰苦的奋斗最终成功提炼出镭的过程。除了篇目的增减和变动,与统编版较为相似的是,人教版中的外国传记各篇目的单元分布同样也较为分散。

表 8.10 苏教版初中语文教材中的外国传记作品

类型	学段	单元	篇名	作者
必修	七下	第一单元	《童年的朋友》	[俄]高尔基

由表 8.10 可知,苏教版初中语文教材的选编思路与统编版、人教版相差较大,仅仅只有一篇外国传记作品被选入。这篇《童年的朋友》是高尔基送给深爱着自己的祖母的赞歌。它以一个孩子的童真视角,描摹了祖母的外观(如头发、嘴唇、眼珠、鼻子等)、声

音以及动作。在作者心中,祖母如一只可爱、温存的猫。作者以轻快的笔锋,绘就了一个像朋友一般又可敬可亲可爱的祖母形象。

表 8.11 三个版本初中语文教材的外国传记作品篇目梳理

外国传记作品	统编版	人教版	苏教版
《再塑生命的人》 或 《再塑生命》	√	√	
《走一步,再走一步》	√	√	
《伟大的悲剧》	√	√	
《列夫·托尔斯泰》	√	√	
《美丽的颜色》	√		
《我的信念》		√	
《童年的朋友》			√

从上表可知,外国传记作品在统编版、人教版、苏教版中的数量分别为五篇、五篇和一篇。相比之下,作为最新的统编版教材,在选编上吸收、借鉴了原先的人教版教材,保留了《再塑生命的人》《走一步,再走一步》《伟大的悲剧》《列夫·托尔斯泰》四篇作品,而将《我的信念》替换成了《美丽的颜色》,从编者对教材的删减中,我们可以看到这几篇外国传记作品的教学价值。

表 8.12 统编版高中语文教材中的外国传记作品

类型	册数	单元	篇名	作者
必修	必修下册	第三单元	《一名物理学家的教育历程》	[美]加来道雄

表 8.13　人教版高中语文教材中的外国传记作品

类型	册数或册名	篇名	作者
必修	必修三	《一名物理学家的教育历程》	[美]加来道雄
选修	《中外传记作品选读》	《贝多芬:扼住命运的咽喉》	[法]罗曼·罗兰
		《达尔文:兴趣与恒心是科学发现的动力》	[美]欧文·斯通
		《马克思:献身于实现人类理想的社会》	[德]海因里斯·格姆科夫

表 8.14　苏教版高中语文教材中的外国传记作品

类型	册数或册名	单元	篇名	作者
必修	必修二	和平的祈祷	《安妮日记》	[德]安妮·弗兰克
选修	传记选读	传记告诉我们什么——解读传主体验人生	《富兰克林自传》	[美]富兰克林
		穿越时空的思想火炬——传主与时代	《马克思传》	[德]弗兰茨·梅林
		心心相印肝胆相照——传主与作者	《贝多芬传》	[法]罗曼·罗兰
			《罗曼·罗兰》	[奥地利]史蒂芬·茨威格
		以小见大 妙笔生花——传记的细节与事件	《居里夫人传》	[法]艾芙·居里
		纪实与虚构——传记的想象艺术	《凡高的艺术生涯》	[美]欧文·斯通

综合表 8.12、表 8.13、表 8.14,可以获得一个非常直观的认识,就是在高中阶段,三个版本的语文必修教材中极少选入外国传记作品,都仅仅只有 1 篇。其中,统编版高中语文必修教材延续了

人教版教材的选文，三个版本的必修教材中仅有 2 篇外国传记作品，即《一名物理学家的教育历程》和《安妮日记》。因此，在有限的教材篇幅下，对这两篇教材展开深入的研究显得尤为重要，将选修教材中的外国传记作品作为补充也显得科学有效。

对比人教版和苏教版的两本选修教材，可以明显地发现苏教版教材中对选篇有规定单元名，如《马克思传》来自单元“穿越时空的思想火炬——传主与时代”，表明文章旨在让读者通过时代背景，感受马克思的伟大思想与精神，为教学的重点做了界定。

需要说明的是，在人教版的《中外传记作品选读》选修教材中，还有诸如《蒙哥马利：强者是不断挑战自己》《比尔·盖茨：IT 英雄的成功之道》等课文，虽然传主的国籍是外国，但却是国内作家所创作，因此不属于前文所阐述的外国传记作品范畴，不予纳入研究。

表 8.15　中学语文教材中的外国传记作品篇目汇总

类型	篇名	作者
必修	《再塑生命的人》	[美]海伦·凯勒
	《走一步，再走一步》	[美]莫顿·亨特
	《伟大的悲剧》	[奥地利]史蒂芬·茨威格
	《列夫·托尔斯泰》	[奥地利]史蒂芬·茨威格
	《美丽的颜色》	[法]艾芙·居里
	《我的信念》	[法]玛丽·居里
	《童年的朋友》	[俄]高尔基
	《一名物理学家的教育历程》	[美]加来道雄
	《安妮日记》	[德]安妮·弗兰克

续表

类型	篇　名	作者
选修	《贝多芬：扼住命运的咽喉》	[法]罗曼·罗兰
	《达尔文：兴趣与恒心是科学发现的动力》	[美]欧文·斯通
	《马克思：献身于实现人类理想的社会》	[德]海因里斯·格姆科夫
	《富兰克林自传》	[美]富兰克林
	《马克思传》	[德]弗兰茨·梅林
	《贝多芬传》	[法]罗曼·罗兰
	《罗曼·罗兰》	[奥地利]史蒂芬·茨威格
	《居里夫人传》	[法]艾芙·居里
	《凡高的艺术生涯》	[美]欧文·斯通

根据最终的梳理和整合，三个版本的语文教材在中学阶段所有的外国传记作品篇名如上所示，一共有 18 篇，包含了 9 篇必修课文和 9 篇选修课文。作为外国文学的组成部分，无论是哪一个版本的教材选文，都对外国传记作品给予了一定程度的关注，要求教师引导学生了解若干国家不同时期的社会文化风貌，能够用求同存异的眼光看待文化差异。即使总体篇目偏少，不同教材选文数量上有所变动，内容上有所调整，但承担的教学任务却不可忽视，外国传记作品是语文教材中必不可少的一部分。

(二)语文教材中外国传记作品的选文特征

一是内容涵盖多元。从选编文本的内容来看，入选的外国传记作品背后反映的是异域的风土人情，蕴含着多元文化内涵，学生阅读这些文本的浅层能力目标是可以了解外国历史背景知识，丰富文化视野。深层目标是通过深入研读和教师的引导从中领略传记作者高超的心理剖析艺术，窥探传主内心隐秘的情愫，捕捉传主经历的深层动机与缘由。另外，所选取的外国传记作品的立传对象来自国外不同领域，具有不同的身份与职业，诸如马克思、贝多芬、居里夫人、达尔文等，都是外国历史文化中具有代表性的、非常杰出的仁人志士，涉及的领域包括哲学、政治、音乐、科学、文学等，由此呈现出各类专业领域的独特魅力以及多样化的精神人格，更近距离地触摸真实动人的思想与情怀。此外，还有《安妮日记》这种关于藏身密室时的生活和情感的记载，真实反映了纳粹党对犹太人的迫害，可以让学生见识关于人性的自私与贪婪、各种物质资源的短缺、政治局势紧张、永远挥之不去的悲惨气氛等二战时期的真实历史，从而形成对"反战""生命价值"等人文话题的新思考。

二是均为现代传记作品。现代传记与古代传记有着严格的区分，古代作者心中的人物传记与现代作家是有很大不同的。不论是国内追溯传记源头到司马迁的《史记》，还是国外追溯到《埃瓦戈拉斯传》《阿格西劳斯》《希腊罗马名人传》等，细细对比，都与现代传记有较大不同。古代时期的外国传记作品，一方面受到苏格拉底哲学的影响转而更为注重道德功用，在这样一种更为关注个人美德的情况下，史实变得次要了，导致出现了为传主歌功颂德的使徒传记；另一方面由于古代社会的封闭，人的个性没有得到充分发展，个人生活趋同。因此，古代传记作者往往将各种各样的历史贯穿于以某个人或某群人的经历，看似为人物作传，实际写作的根本宗旨在于整体的历史。而现代的外国传记作品，逐渐呈现出一种传记的真实性，出现了忏悔文化意识，即勇于承认、说出自己的罪。就西方社会而言，大体上以十八世纪末为界，可以将记录人物生平的作品严格区分为古代传记与现代传记。上文梳理出的入选语文教材的十八篇外国传记作品，《富兰克林自传》的原著版本成书时间相对最早，于 1788 年完成，为美国现代第一部自传，但也属于现代传记作品的范畴。其他作品的创作时间主要集中在十九世纪与二十世纪。即依据文学时期划分，入选语文教材的外国传记均为现代传记作品。

三是分布较为零散。以上篇目是由笔者系统整理而形成，实际则分散在不同学段、不同版本的教材中。以语文课程的最小组织单位即单元来进行观照，初中教材主要采用人文主题与语文素养双线组织的逻辑进行单元的编排，高中教材目前主要遵循人文主题、学科结构、实践理性三线并行的思路组织单元。从相同点来看，每个单元都有一定的人文主题来统领该单元，又涉及了相对应的不同的语文要素。例如茨威格的传记作品《伟大的悲剧》就被编排在统编版初中语文教材七年级下册第六单元中，该单元既有杨利伟登月经历的自述，也有刘慈欣的科幻小说，还有反映我国古代科技成就的文言短文，虽然体裁各异，却都因探险与科幻的人文主题被编在一个单元中。又如加来道雄的自传《一名物理学家的教育历程》与《青蒿素：人类征服疾病的一小步》《中国建筑的特征》《说"木叶"》共同选编于统编版高中语文教材必修下册第三单元，遵循的是"自然科学和人文社会科学等领域的探索和发现"的人文主题。由此可见，外国传记作品虽然是外国文学类属下的具有其自身独立文体意义的文本，但是并未完全按照外国文学或者外国传记作品甚至传记作品的思路来将相关的文本集中编排和教学。如此安排，对于外国传记作品的阅读和学习而言，各有利弊。一方面分散式的传记作品阅读教学可以一定程度上避免思维定式与审美疲劳，也可以避免陷入僵硬化、模式化、单一化的传记知识要素灌输的教学，能让学生形成更为开放的阅读视野，使学生多样化地品鉴各类文本的文学艺术审美价值；另一方面，这样一种较为分散的编排方式，容易导致教师在教学过程中采取与其他文体相同的教学方式，从而难以发挥传记文体的独特功能。

(三)语文教材中外国传记作品的主题类型

1.教材中外国传记作品主题梳理

对于上文梳理出的18篇中学语文外国传记作品，要按照内部联系进行主题的归类，首先需明确每一篇作品的主题和内容。对此，笔者归纳整理如下：

(1)《再塑生命的人》节选自海伦·凯勒的作品《假如给我三天光明》，主要讲述了小海伦在温柔、美丽、教育有方的莎莉文老师的帮助下，从黑暗、寂静的角落中走出来，迎接属于自己的新的光明，表达了小海伦对莎莉文老师的感激之情，对知识的渴望之情，也从侧面体现出莎莉文老师的耐心与教导有方。

(2)《走一步，再走一步》主要讲述了小亨利遇险后在父亲的一声声鼓励下，慢慢克服内心的恐惧，勇敢克服困难，最终成功脱险的故事，告诉读者遇到困难时应该勇敢面对，一步步分解困难，最终战胜困难。

(3)《伟大的悲剧》讲了一支探险队在探险过程中壮烈牺牲的一系列经过，让读者感受到何为真正的英雄。

(4)《列夫·托尔斯泰》节选自《托尔斯泰》，对托尔斯泰的外貌进行了重点刻画，反衬出了托尔斯泰丑陋外貌下的天才灵魂，表达对托尔斯泰的尊敬、仰慕之情。

(5)《美丽的颜色》主要写了居里夫人与丈夫克服各种困难，最终发现镭这一“美丽的颜色”，文章不仅讲述了镭的颜色美丽，更体现出鞠躬尽瘁、淡泊名利的居里夫人的美丽。

(6)《我的信念》中作者用简洁质朴的语言对自己的工作环境、态度、理念进行回顾并总结，体现作者坚韧不拔的精神。

(7)《童年的朋友》中作者对自己的外祖母进行细致的形象描绘，字里行间充满温情，在读者眼前再现了一位乐观、坚强的祖母形象，突出了祖母对作者的影响和深层的爱。

(8)《一名物理学家的教育历程》主要写了作者童年时期对水

池中的鲤鱼世界产生无限遐想和从老师的讲述中对爱因斯坦未完成的事业产生向往这样两件趣事，这两件事也促使着他走上科学探索的道路，最终如愿成为一名物理学家。

(9)《安妮日记》真实记录了在纳粹迫害下一个小女孩生理上、心理上的变化和发展。

(10)《贝多芬：扼住命运的咽喉》主要讲述了音乐家贝多芬音乐道路上的艰难坎坷。

(11)《达尔文：兴趣与恒心是科学发现的动力》节选的是达尔文写作《物种起源》过程的那一章，从恒心、兴趣这两方面详细讲述了科学家达尔文对科学的贡献。

(12)《马克思：献身于实现人类理想的社会》选入教科书中的内容包括两个部分，一部分是共产主义者同盟创建的经过，另一部分是《共产党宣言》的产生，都是马克思生平中的重大事件，展现马克思的人格魅力。

(13)《富兰克林自传》讲述了富兰克林作为一位贫困家庭的孩子难以置信的成才经历，蕴含了通过奋斗来实现成功人生的真知灼见。

(14)《马克思传》不加修饰地塑造了马克思的伟大形象。

(15)《贝多芬传》与《贝多芬：扼住命运的咽喉》一样，生动地记述了德国音乐家贝多芬充满磨难的一生。

(16)《罗曼·罗兰》还原了著名作家罗曼·罗兰的一生，展现了他独具特色的人格魅力和不屈不挠的伟大精神。

(17)《居里夫人传》主要讲述了居里夫人的生平事迹，表现居里夫人对待工作严谨认真的态度、无私奉献的品质。

(18)《凡高的艺术生涯》描写的是这位画家的生活经历和心路历程。

2.语文教材中外国传记作品主题归类

第一,壮举。人类的赞歌是勇气的赞歌,人类的伟大是勇气的伟大。成就一项事业,必然要进行严峻的斗争,它的主持者只有站在斗争的前列,敢作敢为,殊死搏斗,才能取得胜利,但有时候即便没有取得最终胜利,也令世人敬佩,这一类作品,突出地为我们展现了人身上无畏的勇气。正如处于地球最南端的南极洲,对人类来说其吸引力仅次于神秘的外星世界,牵动着每一个探险家的好奇的心,但在神秘的背后,隐藏的是令人生畏的未知和危险。斯科特一行人选择南极作为征服的目标,本身就需要极大的勇气。环境的恶劣,补给的缺失,挑战着人类的生理和心理极限,但却没有阻止他们前进的脚步,这不仅仅是一项探险工作,而是一次伟大的壮举。

第二,成长。一部传记作品必然包含着传主的成长经历和心路历程。不论先天禀赋如何,一个优秀的人,是在不断的学习中和自我反思中成长起来的,也是在与后天环境、命运的斗争中成长起来的。如面对纳粹党的逮捕,面对艰苦、恐慌的生活环境,安妮仍保持了对生活的热爱,对未来的期待,同样的也有对爱情的渴求、与朋友的不和、与母亲的矛盾等成长的烦恼。读者在跟随传主的视角感受其成长变化的同时,也能获得有益的启示,丰富自己关于成长、生活和生命的思考。

第三,信念。想要在某一领域取得成就,往往都需要信念。在科学研究中,人们需要坚定的信念,才能在日复一日枯燥的工作中、在无数次让人心碎的失败中坚持下来。正如居里夫人对于镭的探索,她淡泊名利,与世无争,甘愿忍受艰苦的环境。居里夫人从发现镭到提炼出镭的这一过程,其实就是在坚定信念的指引下进行的。在艺术领域,人们也需要坚定的信念去实现自己所想要完成的事情,无论是要成为一名画家、音乐家,都需要坚定信心、刻苦练习、掌握相关的理论知识及技巧。

第四，著述或作品。对一些作家、学者来讲，著述闪耀着他们思想的光辉，在为其作传时应特别注意代表作，必要时可以简介代表作的内容、社会评价及其影响，也可以适当引用精辟的观点和警句。对于科技工作者，当然应突出他们的发明创造。如写马克思，就必然要介绍《共产党宣言》，它标志着马克思主义科学理论体系的诞生。其思想之深邃，见地之科学，气势之磅礴，不仅在社会主义运动史上具有独特的重要地位，也在人类思想的发展进程中具有里程碑式的意义。作者在怎样的时代背景下，经历了怎样的事件以及如何创作出这些著述或作品就显得尤为关键。

第二节 传记文学作品的语文课程价值

一、古典传记文学作品的语文课程价值

经过上文的梳理整合，古典传记文学作品无论是在课程标准中、还是在统编版、人教版与苏教版三个版本的高中教材中，抑或是以试题的形式呈现在高考试题中，都是不可替代的。溯其根源，古典传记文学作品本身在高中语文课程中的功能才是支撑它区别于其他文体、在语文教育的进程中独树一帜的根基。那么古典传记文学作品的功能主要体现在哪些方面呢？笔者认为其在展示丰富多彩的人物形象、习得文章写作的艺术手法以及释放经久不衰的生命活力这三方面起到了积极作用。

（一）树立正面丰满的历史楷模

从人物的选择上来看，古典传记文学作品在选择传主上有讲究。以开创了纪传体的司马迁为例，他在《报任安书》中直言“古者

富贵而名磨灭，不可胜记，唯倜傥非常之人称焉”①，司马迁毫不避讳地谈及《史记》所记叙的人物多是他所认为的倜傥非常之人，在一定程度上也为后世的传记作者作出了表率。

当然，《史记》中也并非都是正面人物，司马迁的厉害之处在于他能将两种截然不同甚至可以说是对立的特质融合在同一个人物之上。统编版中的《鸿门宴》、人教版、苏教版选修教材中的《项羽之死》《项羽本纪》都绕不开一个主要人物——项羽。他自幼时观秦始皇游会稽便心生彼可取而代之意，足以见他志向非比寻常。而等到他攻入咸阳后，本该展开战略部署的关键时刻，他却毫不犹豫地杀子婴，烧宫室，屠咸阳，将这一切短暂的快意归因于“富贵而不还乡，如衣锦夜行”。司马迁花大篇幅重点描写了巨鹿之战中有勇有谋的项羽，“项羽乃悉引兵渡河，皆沉船，破釜甑，烧庐舍，持三日粮，以示士卒必死，无一还心”②短短二十几个字便将项羽勇猛刚毅的男儿血性与不破楼兰终不还的英雄气概描绘得淋漓尽致。然而，看似有勇有谋的项羽同时有兼具优柔寡断的一面，杰出的军事才能没有铸造出他敏感的政治嗅觉。鸿门宴上项庄舞剑意在沛公，而项伯作为项羽一党却处处维护沛公，较之沛公回军营后立诛杀曹无伤的果决，项羽对项伯的态度可谓纵容。可见，军事上的果敢与政治谋略中的迟钝在项羽身上达成了微妙的统一。无独有偶，项羽对项伯的纵容已经称得上是仁慈了，但他却又屡屡作出暴行，“项梁前使项羽别攻襄城，襄城坚守不下。已拔，皆坑之”③。面对誓死不降的军民百姓，项羽能够果断下令将他们通通活埋。同样，楚军对待秦军战俘多奴隶使之，又担忧秦军其心不服，提出“不如击杀之”，于是项羽下令连夜将秦军二十余万人处死掩埋在

① (汉)班固:《汉书》，中华书局 1962 年版，第 2735 页。

② (西汉)司马迁:《史记》，中华书局 1982 年版，第 307 页。

③ (西汉)司马迁:《史记》，中华书局 1982 年版，第 299—300 页。

新安城南。

概而言之，古典传记文学作品中的人物形象虽不能个个都像项羽一样成为矛盾综合体，但传主形象往往都是丰富多彩、一体多面的。首先古典传记文学作品本身所描写的人物需要具备远超常人的高尚品质，如有勇有谋的蔺相如、忠贞爱国的苏武等。其次，传记作家大多通过记叙传记主人公一生中的重点事迹来突出个性特点。战功赫赫的项羽，本可以选择更多的战役进行佐证，而司马迁认为巨鹿之战是项羽最得意之战，毫不吝啬笔墨，因而成了"太史公最得意之文"①。最后，传记本身反映了人类对不朽的追求，不朽正是人类超越性的终结目标②。无论是《左传》中立德、立功、立言三不朽的追求，还是司马迁"究天人之际，通古今之变，成一家之言"③的创作意图，都使得这些丰富多彩的人物形象本身存在着一种提升自我或是超越自我的愿望，这也恰是古典传记文学作品在语文阅读教学中最为熠熠生辉的一点。学生在阅读古典传记作品时，会情不自禁地被传主的精神、品质震撼，因此，教师在进行古典传记阅读教学的过程中，更需要潜移默化地引导学生将优秀传主视作学习的楷模。

（二）汲取传统文化精神滋养

臧克家在为鲁迅所作的纪念诗篇《有的人》中写道"有的人活着，他已经死了；有的人死了，他还活着"④，用以说明古典传记作品在语文课程中的功用极为妥帖。古典传记文学作品中的人物与学生相隔千年，但他们阅读《苏武传》依旧能被苏武威武不能屈的爱国之情打动；阅读《屈原列传》会为不愿与世俗同流合污最后毅

---

① 黄晓芳：《浅析项羽复杂矛盾的多重性格特征》，《陕西师范大学学报（哲学社会科学版）》2007年S2期。

② 杨正润：《现代传记学》，南京大学出版社2009年版，第195页。

③ （汉）班固：《汉书》，中华书局1962年版，第2735页。

④ 臧克家：《臧克家诗选》，人民文学出版社1950年版，第254页。

然葬身鱼腹的屈原落泪;阅读《项羽本纪》则会既敬佩项羽的英雄气概,又会为他的妇人之仁而由衷惋惜。古典传记文学作品中的人物虽已经消亡,但其生命仍能在阅读的过程中熠熠生辉。

张新科认为人的生命有两种形态,即自然生命和道德生命,也就是小我的生命和大我的生命。这里需要重点说明何为道德生命,道德生命是一种社会化、伦理化了的生命,指人的品德精神,是人作为一个社会存在物的生命过程。① 罗曼·罗兰在给《贝多芬传》的序言中就直言"然后我又和他单独相对,倾吐着我的衷曲,在多雾的莱茵河畔,在那些潮湿而灰色的四月天,浸淫着他的苦难,他的勇气,他的欢乐,他的悲哀,我跪着,由他强有力的手搀扶起来……但《贝多芬传》绝非为了学术而写的。它是受伤而窒息的心灵的一支歌,在苏生与振作之后感谢救主的"。②

同样,古典传记文学作品的生命价值在语文课程中同样也展现出了非凡的作用。古典传记主人公往往胸怀大志,力求在有限的生命里建功立业,项羽年少时见到秦始皇游览会稽山时便放出豪言彼可取而代之,纵观项羽的一生,他确实践行了这句话。

古典传记文学作品中主人公的生命活力还体现在面对坚守家国大义与苟且偷生的抉择时,毫不犹豫地选择前者。《苏武传》中的苏武就给出了最好的答案,李陵劝说苏武放弃对单于的抵抗,而苏武却认为"今得杀身自效,虽蒙斧钺汤镬,诚甘乐之"③。同样,《廉颇蔺相如列传》中的蔺相如同样也是抱着"臣头今与璧俱碎于柱矣"④的必死决心打算献身国家大业的。这些英勇的传记主人公对于正处在青春期的学生而言,无疑就像指路明灯,他们高昂的

---

① 张新科:《中国古典传记文学的生命价值》,人民出版社 2012 年版,第 1 页。

② [法]罗曼·罗兰:《贝多芬传》,生活·读书·新知三联书店 2012 年版,第 5—6 页。

③ (汉)班固:《汉书》,中华书局 1962 年版,第 2464 页。

④ (西汉)司马迁:《史记》,中华书局 1982 年版,第 2440 页。

生命热情与突出的历史功绩能在一定程度上成为学生们学习的榜样。特别需要说明的是,这需要教师加以仔细甄别,古典传记文学作品中体现的人物生命价值存在不适用于当下教育的内容,如苏武的忠在一定程度上是愚忠,要取其精华去其糟粕,不可全部照搬。

（三）获得文章写作的技法借鉴

古典传记文学作品首先是传记这一文体下的一脉分支,在统编版八年级上第二单元中就直接给出了学生的任务——学写传记,这虽然是用白话文进行创作,但学生所参照、阅读的经典篇目却包括了大量优秀的古典传记文学作品。实际上,文言和白话本身就是源和流的关系,同属于一个汉字系统。古典传记文学作品以及它所从属的上位概念文言文都应是优先学习、重点学习的对象。遑论古典传记文学作品中叙事语言的繁简得当、客观真实与叙事手法的艺术性,在启示后人创作上起到了重要作用。

热奈特将叙事定义为“用语言,尤其是书面语言表现一件或一系列真实或虚构的事件”①。历史发展过程发生的许多事本身是无所谓意义的,而在古典传记作家的笔下,他将无数件历史事实加以艺术化地筛选、整合,并辅之以一定程度上的虚构,使得传记人物的生平事迹容易被广大读者接受并得到长久的记忆。

古典传记文学作品在叙事上的长处可从叙事语言和叙事手法两大角度进行审视。从叙事语言来看,古典传记文学作品的语言集中体现出繁简得当、客观真实的特点,纵观古典传记文学研究历史,刘知幾、顾炎武、梁启超等学者均主张古典传记应以简要为主,文约而事丰,但并非完全摒弃大篇幅的叙述。以《史记·项羽本纪》为例,项羽向刘邦挑战的情节从整场战役的成败结果来看无疑

① [法]杰拉尔·热奈特:《叙事的界限》,张寅德译,中国社会科学出版社 1989 年版,第 279 页。

是最关键的，司马迁却在此毫不吝啬笔墨书写了项羽“天下匈匈数岁者，徒以吾两人耳，愿与汉王挑战决雌雄，毋徒苦天下之民父子为也”[①]这是英雄气概十足的阵前豪言。在军中将士频频被汉军楼烦所杀之际，司马迁笔下的项羽先是“大怒”，继而“自被甲持戟挑战”，楼烦正欲射杀，只见项羽“瞋目叱之”，便吓得“目不敢视，手不敢发”了。[②]无论是语言还是神态描写，司马迁正是通过天然超脱的笔法将项羽的神态写得如在读者面前，可见鲜明生动的人物正是经由看似烦琐的细节所塑造而成的。

从叙事手法来看，古典传记文学作品的创作过程本身兼具纪实与想象的双重要素，既有对历史真实情境的描摹，也在真实触及不到之处，采用虚构之笔。将古典传记和古代小说相较能够说明问题，虽然它们在叙事方式上相互借鉴，但本质上还是有所差异的[③]。如果说小说中的虚构是天马行空式的，力求塑造出个性张扬独特的人物形象，古典传记文学作品的虚构则恰如韩非子所言“人希见生象也，而得死象之骨，案其图以想其生也，故诸人之所以意想者皆谓之象也”[④]，是“死象生骨”式的。传记作者写作未必像实录一般忠实地还原情境，而要进行艺术化的虚构加工。古典传记文学作品中虚构的成分甚至更能凸显人物的性格。

《屈原列传》最适宜用作说明，司马迁援引屈原所著《怀沙赋》以彰显他不愿以洁白之身受黑暗尘世玷污的高洁情操，但屈原投江之前与渔父的对话不可考证，司马迁正是凭借对屈原个性的准确掌握，在此基础上替屈原抒发了他心中的所思所想。面对渔父对他漫游江畔的疑惑，屈原用“举世混浊而我独清，众人皆醉而我

---

① (西汉)司马迁:《史记》，中华书局1982年版，第328页。

② (西汉)司马迁:《史记》，中华书局1982年版，第328页。

③ 赵白生:《传记里的故事——试论传记的虚构性》，《国外文学》1997年第2期。

④ (清)王先慎:《韩非子集解》，中华书局1998年版，第148页。

独醒”[①]回应,“而”字在此仿佛平地起惊雷的转折,浑浊不堪的官场纠纷与宠幸小人的楚怀王已是屈原无法避开的现实困境,但他坚定地选择不与之同流合污,依旧保持对政局清醒的头脑直言进谏。同样,渔父进一步劝说屈原随波逐流时,屈原又说出了“新沐者必弹冠,新浴者必振衣,人又谁能以身之察察,受物之汶汶者乎?”[②]屈原是否真的用接连对仗的话反驳了渔父的观点,我们不得而知,但司马迁确实凭借对屈原高洁、爱国本质的把握,在历史残存的骨上,生出了独属于古典传记文学作品中的屈原形象。

此外,柳宗元的《种树郭橐驼传》这篇带有一定的寓言说理成分的古典传记作品,则对作者的叙事手法提出了更高的要求,即如何在写人叙事的同时讲好道理。郭橐驼作为朴实的庄稼汉子,秉持着一套“顺木之天以致其性”[③]的种树策略,而当有人询问他这种顺其自然的思想用于官场是否合适的时候,他直言“我知种树而已,理,非吾业也”[④]。柳宗元为郭橐驼作传的意图不单是为了纪念这位有着大智慧的农民,更是试图将种树与治民联系起来。但他没有选择在文中借由郭橐驼之口大肆宣扬自己的政治理念,而是点到即止,让郭橐驼说出了符合他地位、身份所能够说出的话语。

在现实的语文写作教学中,很多语文教师已经逐渐意识到写作教学的问题并非在于学生没有东西写,而是不知道怎么写。而古典传记文学作品能在一定程度上成为学生学习并运用叙事手法的借鉴材料,部分学者已经认识到古典传记作品叙事有鲜明的主题,恰如刘师培所言“《史记》欲借事立言,以发挥意见为主”[⑤]。从

---

① (西汉)司马迁:《史记》,中华书局 1982 年版,第 2486 页。

② (西汉)司马迁:《史记》,中华书局 1982 年版,第 2486 页。

③ (唐)柳宗元:《柳宗元集》,中华书局 1979 年版,第 473 页。

④ (唐)柳宗元:《柳宗元集》,中华书局 1979 年版,第 474 页。

⑤ 刘师培:《中国中古文学史讲义》,上海古籍出版社 2006 年版,第 119-120 页。

某种意义上说，古典传记本身的创作意图本就不单纯是记述人物，更有借由人物表达传记作者的思想内涵的深意。以柳宗元的《种树郭橐驼传》为例，其开头值得玩味。古典传记往往花笔墨写主人公的姓名乃至年少经历，而柳宗元却用不知始何名一笔带过，而选择交代郭橐驼这一带有侮辱性的绰号，特意写了郭橐驼对它的反应，他没有流露出气愤，说道："甚善。名我固当。"[①]甚至可以说，郭橐驼表达了对这一称号的喜爱。《种树郭橐驼传》的关键在于讲述种树与治民均需讲究顺其自然的道理，在这一主题之下，郭橐驼对橐驼这一绰号的反应似乎是细枝末节。柳宗元的高明之处正在于此，写郭橐驼对绰号的反应，他欣然接受的态度恰恰深化了一以贯之的顺天致性的无为主题。由此观之，写这一绰号确实可以见得闲笔不闲。同理，高中学生写作不必围着主题原地打转，适当针对材料进行拓展延伸更能挖掘到深意。

二、外国传记作品的语文课程价值

（一）文学与文化层面

《义务教育语文课程标准》（2022 版）明确指出文化自信是培养学生核心素养的目标之一。因此，探寻外国文学作品中蕴含的文化精神必须站在我国文化的立场上，用辩证的眼光看待外国文学作品背后的价值观念体系。在这一基本前提下，才能进一步探究外国传记作品在文学与文化层面的价值。

以历史的眼光看待外国文学作品蕴含的价值观念，不难发现，人本主义、自由主义等价值观念始终是其难以变更的母题。而这些母题在每一个特定的历史文化环境中又有其特定的延伸意义，绝非抽象上的概念。因此，理解外国文学作品时不能够针对某种

① （唐）柳宗元：《柳宗元集》，中华书局 1979 年版，第 473 页。

观念、某个词语展开无依据的剖析，导致学生进行先入为主地思考，而要通过近距离地感受、体验异质文化，以开放包容的心态吸纳和理解外国文化的价值观，与此同时，不断丰富、调整、延展我们自身的文化体系。因此在外国传记作品的教学过程中，教师需要有意识地培养中学生以积极的心态去感受中外优秀文化。在领略异域文化独特魅力的过程中，可以通过当代外国传记作品的学习去了解人本精神和科学精神这类外国文学中经久不衰的主题。

1. 人本精神。关注人的力量，看到人的价值，尊重人的本性，弘扬人的伟大是西方文学中最核心与基本的价值理念。中学语文教材中选编的外国传记作品，在较高的层次上关注了这种人本精神。如《伟大的悲剧》，茨威格发挥想象，利用文学化的修辞，以抒情的方式记述了一场激烈的夺取南极的斗争，这篇文章讲述的事实清晰，使读者在阅读过程中能够在脑海中形成该段历史，除此之外，这篇文章又不是客观的事实记录文，文章里融合了作者自己的评价与解读，因此，读者在这篇文章中不仅能够关注到文本的客观事实，还能关注到作者蕴含的意识形态，主客观二者有机地统一在《伟大的悲剧》这篇传记作品中。斯科特的小队在与大自然的搏斗中虽然失败了，但是他们战胜了心灵的考验，勇敢面对失败，在死亡面前没有抛弃同伴……他们身上那种勇于探索的精神、强烈的集体主义精神、为事业而奉献的崇高精神能够震撼人心。

2. 科学精神。在文艺复兴时期，西方社会极力反对中世纪神权，近代自然科学精神也随之兴起，主张实事求是、勇于探索和追求真理。在对外国文学作品的主题分析中不难发现较多文本蕴含的科学精神，例如《一名物理学家的教育历程》，作者以自传的形式向我们展示了自己成为一名伟大的物理学家的艰辛历程。主人公因为小时候的经历对物理萌发兴趣，于是在自我成长历程中始终坚守与追求这种兴趣，笃行不息，最终成为一名优秀的物理学家。他的成功经历可以启示学生，科学研究不是比拼智商，成果也不是一蹴而就的，一切都建立在反复深思和实验的基础之上，只有始终如一的科学精神，才能取得成功。再如《美丽的颜色》，该篇文章以镜头的形式展现居里夫妇在艰苦的工作环境中提取镭的过程，文章没有进行前后的渲染与铺垫，没有夸张的语言、华丽的辞藻，却让人眼前浮现出居里夫妇始终坚持如一在破旧棚屋下进行科学钻研的画面，能让学生在学习过程中感受到居里夫妇对于镭的热切期盼，以及取得成功后的幸福与喜悦，从而产生敬仰之情。

（二）作品自身层

1. 真实性。传记作品的真实性一个重要的体现就是历史的真实。这种真实虽然与其他类别的文学作品有着能够相互叠合的一面，即彼此间有一定的共同性，但是在目的、功能上毫无疑问存在着质的差异。具体来说，在叙及历史事件，叙及主人公的基本面貌时，要求清楚明确的忠实与真实。这是一种类似于史学家在对待历史对象时所体现出来的严肃认真、一丝不苟的思想态度，要求保持最大限度的客观性、公正性以及写实性。一般文学出于审美角度的考虑，往往停留在"可能"层面就足够了，它不必是已经发生的事实，甚至不必合乎生活的实情；而传记作品则必须坚守这条线，它对于传主及和相关事件的描写，受客观真实的制约，"只能"是这样而不能随意杜撰成"可能"的那样。这是作为传记作品最本质的特征之一，也是传记作品自身价值的体现。

在《伟大的悲剧》一文中，出现了许多的时间概念，如："2 月 17 日夜里 1 点钟，这位不幸的英国海军军士死去了""3 月 29 日，骄傲地在帐篷里等待死神的来临……""10 月 29 日，至少要去找到那几位英雄的尸体。""11 月 12 日，发现英雄们的尸体已冻僵在睡袋里……"这些时间节点都是作者根据斯科特的日记真实罗列的。学生们本来离这些英雄很遥远，对于他人死亡的悲切与恐惧更难以体会，但是通过此种形式的罗列呈现，一种真实的死亡气息扑面而来，进而体会到这次探险的残酷。这只是这篇外国传记作品时间轴中的一部分，纵观整篇作品，也是一条完整的时间轴，时间轴上都是对斯科特一行人探险经历的真实记录，更能让人体会到他们从满怀期待到希望破灭的痛苦，再到逐步走向死亡的悲壮，学生在这种真实的还原中可以较好地理解《伟大的悲剧》的主题。

2.文学性。传记作者在掌握丰富翔实的真实资料基础上创作传记作品，实则是戴着镣铐跳舞的过程，他们在不脱离历史的基础上仍能塑造出一个个生动形象的人物，是因为往往会为补充现实证据链条的不足而采用虚构的手法，这种极有分寸的虚构，是传记作品独特魅力的体现，也正是其文学性特征的体现，即在严格遵循历史真实、契合人物性格、不违背事物规律或发展逻辑的前提下，运用想象、联想、推理等手法对人物所经历的事件、活动时的场景、彼时的心理特征等细节作适当的艺术加工，使作品在记述历史真实的同时富有文采，更具可读性和感染力。

同样以《伟大的悲剧》一文为例，文中写道“挪威国旗耀武扬威、扬扬得意地在这被人类冲破的堡垒上猎猎作响”，作为客观事物的国旗，又怎么会耀武扬威、扬扬得意？很明显作者在这里做了一个文学的加工，风中飘扬的挪威国旗代表着阿蒙森小队，即斯科特队的竞争对手，作者通过拟人的修辞手法，很好地体现出了斯科特一行人痛苦万分的心情，可谓以我观物，物皆着我之色彩。又如在文中类似“天气变得愈来愈恶劣，寒季比平常来得更早。他们鞋底下的白雪由软变硬，结成厚厚的冰凌，踩上去就像踩在三角钉上一样，每走一步都要粘住鞋，刺骨的寒冷吞噬着他们已经疲惫不堪的躯体。”这样的环境描写比比皆是。读者不禁会生发疑问，作者并没有亲临现场，为何能进行如此细致的描写呢？可见，作者需要在立足斯科特日记的基础上，对一些细节部分进行自主的处理，既要调动作者自身的生活经验和见闻进行想象，又要转化成文学上的表达，让读者了解这里的环境究竟有多恶劣。这种文学性的塑造，让学生能够更加深刻地体会到，即便面对如此恶劣的环境，斯科特小队前行的脚步未曾停止，这也正是他们值得敬佩的地方。

(三)教学层面

1.培养多元文化意识

无论是初中还是高中的各版本语文教材，都是以《义务教育语文课程标准(2022 年版)》《高中语文课程标准(实验)》《普通高中语文课程标准(2017 年版)》(以下分别简称为“义务教育课标”“高中课标”“高中新课标”)等课程标准为依据进行编订的，因此入选教材的外国传记作品都是经过编写者反复斟酌把握且符合语文课程标准相关要求的。

义务教育课标在课程基本理念中提出“拓宽语文学习和运用的领域，注重跨学科的学习和现代科技手段的运用”①。高中课标提出“增强文化意识，重视优秀文化遗产的传承，尊重和理解多元文化，关注当代文化生活，学习对文化现象的剖析，积极参与先进文化的传播与交流”②。而中学语文教材中的外国传记作品，选取的篇目正是来自不同国家、不同领域中不同风格的经典作品，有效地适配了“跨学科学习”“对多元文化的理解与尊重”等要求。在上文梳理的中学语文十八篇外国传记作品中，传主皆是来自不同的领域的人，例如《列夫·托尔斯泰》，其传主托尔斯泰是十九世纪中期俄国著名的政治思想家、批判现实主义作家；例如《伟大的悲剧》描述的是斯科特队征服南极的探险历程，小队成员包含了海军将士和普通人；再如《美丽的颜色》，其传主居里夫人是一名举世闻名的物理学家。可见，在语文课程标准的指导下，入选中学语文教材的外国传记作品充分展现了多元性，从文学的角度关注到了传记

① 中华人民共和国教育部：《义务教育语文课程标准》，北京师范大学出版社 2012 年版。

② 中华人民共和国教育部：《高中语文课程标准(实验)》，人民教育出版社 2003 年版。

的各个元素，并涉及生命哲学、美学、教育学等方面的思考，为师生的教与学提供了选择的余地，也充分满足了语文课程标准中关于多元文化的要求。

不仅如此，针对外国文学作品，高中课标还明确提出“学习鉴赏中外文学作品，具有积极的鉴赏态度，注重审美体验，陶冶性情，涵养心灵。能感受形象，品味语言，领悟作品的丰富内涵，体会其艺术表现力。”①其中用到了鉴赏一词，鉴赏与简单的欣赏不同，鉴赏不仅要求鉴赏主体积极主动地参与审美体验，还要有所判断和辨别。这就表明选编中学语文教材中的外国传记作品不是随意为之，而是经过筛选和鉴定后，认为是值得反复咀嚼品鉴的，并且能够使学生提高文学鉴赏能力和陶冶心性的。以上教材中的篇目很好的符合了这一点。例如《再塑生命的人》，这篇文章是海伦·凯勒《假如给我三天光明》中的一个部分。从结果来看，莎莉文老师的教育成功地改变了海伦的一生，但教育一个盲聋哑儿童的过程谈何容易，其艰难程度常人难以想象。这一切的教育之中蕴含了莎莉文老师多少的爱与教育智慧，又包含了作者多少的努力和感激之情呢？这样的选文无疑是值得鉴赏的。

再比如《美丽的颜色》，作者从细节入手，通过细致入微的描绘，以朴实平静的语言传神生动地表达出了那个轰动世界、轰动科学史的夜晚：于居里夫妇而言不过是寻常的一晚，破旧的棚屋一如既往的安静，没有激动得热泪盈眶，更没有相拥狂喜，但喜悦之情又融于环境之中，夫妻之间的相濡以沫与科学家对科学事业的执着追求融合共生，破旧的棚屋转化成温馨的梦境。这样的文学描绘能够使学生身临其境，在氛围中生发共情，将自己置身于他国的文化之中，感受他人的行为，理解各种文化的形成，取其精华，去其

① 中华人民共和国教育部：《高中语文课程标准（实验）》，人民教育出版社 2003 年版，第 8 页。

糟粕。逐步加深对多元文化的理解,逐渐形成跨文化的意识。

2.发挥辩证审美价值

中学语文教学注重培养学生的审美创造能力,学生在对文学作品有一定感受的基础上,进行自我理解、欣赏、评价,最终获得较为丰富的审美体验,获得健康的审美意识,培养正确的审美观念。朱光潜说得极妙:"美不仅在物,亦不仅在心,它在心与物的关系上面;但这种关系并不如康德和一般人所想象的,在物为刺激,在心为感受;它是心借物的形象来表现情趣。世间并没有天生自在、俯拾即是的美,凡是美都要经过心灵的创造。"①在传记作品中,作者描述传主命运、塑造传主形象,往往需要依据特定的时代背景、具体情境下发生的真实事件而进行,这一过程势必包含着作者的情感态度和价值取向。面对这种与中国文化截然不同的思维方式和价值观念,既能给学生提供一个见识和了解的广阔舞台,又能够促使他们辩证和批判地去审视不同文学现象,培养和提高思维能力。

从传记文学文本源起之日起,中西方的传记就深深地烙上了各自文本和文化的印痕。如西方传记文学在某一时期出现了为传主歌功颂德的使徒传记,而中国传记的开山之作《史记》从诞生之初就秉承着不虚美不隐恶的原则。如对于汉朝的开国皇帝刘邦,作者司马迁不赞成他的某些个性和作为,但又不便写入其本纪中,于是就把一些内容放入《项羽本纪》《萧相国世家》等他人的传记里进行补充,这样的处理足见太史公的秉笔直书,绝不为尊者讳。中西传记文学的文化差异性不容忽视,这种文化的差异性往往也会带来文本的差异性。例如,西方传记文学并不避讳传主的私生活,而中国的传记记叙较多的则是外部生活,即使是涉笔颇为开放大胆的沈复,在《浮生六记》中叙及与妻子的婚后生活,也仅以"拥

① 朱光潜:《文艺心理学》,华东师范大学出版社2015年版,第151页。

之入帐，不知东方之既白”[①]一笔带过。以上现象追溯到作家身上，区别在于西方作家，尤其是自传作家往往通过传记的形式毫不掩饰地将自己的披露出来。这样一种为了全面真实展现人物形象而深入剖析人物内心的创作特质，在当前中学语文教材的外国传记作品中多有体现。如在《伟大的悲剧》中，茨威格盛赞了斯科特小队坚毅勇敢的探险精神，忠诚团结、互相关爱的团队精神，但也毫不掩饰地写了他们发现自己的伟大成就已经被人捷足先登后的痛苦与沮丧，在面对寒冷、冰冻、飞雪、风暴等严酷自然环境时的迷茫和畏缩，在经历失败后变得灰心丧气等内容。这些缺点和弱点，看似不够积极正面，却丝毫不会掩盖他们人格的光芒，反而正是因为有这些恶劣可怖的环境，有这些人之常情的沮丧、畏惧等反应，才使得斯科特一行人更加真实、立体、可感，更加反衬出了他们的英雄气概、强烈的集体主义精神和勇于承认失败的绅士风度，彰显了人格魅力。同样的，在《列夫·托尔斯泰》中，作者也是另辟蹊径。对于托尔斯泰这一大文豪，其深邃伟大的精神与灵魂魅力无疑是世人想要窥探和了解的重心，但作者并未一开始就长篇大论、热情洋溢地进行赞颂，而是花费大量语言去如实甚至几近刻薄地描绘了他在面貌上的平庸、简陋、粗俗之处，但这丝毫不会削弱托尔斯泰的人格魅力，恰恰是这样一种粗劣的长相更加反衬出他深邃伟大的灵魂。然而，现代西方传记作品相对于古代传记作品出现一种矫枉过正的情况，即以病理分析的眼光看待传主，过度地追求赤裸无隐，在内容上着重揭秘传主的私生活，导致众多英雄和伟人失去了光辉，作品也失去了美学价值。

总结来说，一个立体饱满、富有美感的形象应当是兼具人性本身的不足与缺陷的，优秀的人物传记自当是要遵循不虚美不隐恶的原则，即对传记作品的审美是建立在“真”之上，只有真实客观地

① (清)沈复:《浮生六记》，中华书局 2018 年版，第 9 页。

揭示人物的长处短处，甚至入木三分地剖析人性本真，这才是一种正向的审美价值取向。至于剖析的角度、程度和内容，国内外的传记作品，由于各有其文化特质，会有不同的侧重，各有优势，也有不足之处。因此在进行教学时，外国传记作品的辩证审美价值正在于此，它能够引导学生以多元化的视角对传主形象进行更加辩证性的品鉴，从而建构一套更为完善的阅读人物传记甚至看待生活中杰出人物的标准。

第九章　传记作品教学内容的确定

语文课堂教学的问题包括了教学内容和教学方法两方面，而方法是为内容服务的，合宜的教学内容设定才是一堂好的语文课的首要特质。王荣生教授也非常明确地指出，当下语文教学效果不理想的很大问题是出在教学内容的确定不合理。所以，如何依据传记文学作品的体式特征，确定合宜的教学内容，这是传记文学作品教学取得理想教学效果的基础和前提。

第一节　传记文学作品教学内容确定的依据

一、依据传记文学的文体特征

（一）客观公正的历史观

传记文学首先是属于历史的，这一点毋庸置疑，它所讲述的都是发生在过去的人和事。传记作家需要根据历史，根据真实发生的事件来构建自己的作品轮廓，主观臆造对于传记作家来说是大忌，传记作家需要秉持客观公正的历史观去还原历史再现过去，传记文学的历史感作为传记文学的文体特征却甚少被提及。

传主是传记文学的中心，而人作为一个复杂多面的个体，对他人、对社会都会产生影响，反过来，他人、社会也会对传主产生影响，加上传主的自我影响，这就构成了一个交错的影响体系，他们之间的相互影响发生实质效应反映在传记文学理论中即是传记文学事实理论中的三维事实体系——传记事实、自传事实和历史事实。传记作家需要的就是在作品中客观公正地将这三者呈现在读者面前。

首先，传记事实"狭义地说，是指传记里对传主的个性起界定性作用的那些事实"①，它与传记材料不同，传记作家需要在浩杂的传记材料中进行删选，选择那些能够表现传主个性的事实材料。在这个删选的过程中，传记作家必须坚持以一种全面辩证的眼光来选择传记材料。传主作为传记作家叙述的中心，他的个性可能是复杂多面的，可能是较为单一的，但无论是哪一种，传记作家都需要通过传记事实的选择客观公正地表现出来。以司马迁《史记》中对刘邦的描述为例，作为西汉的开国君主，司马迁并没有一味地对他进行歌颂，在表现他在平定天下的雄才伟略之外，同样通过他在逃亡途中不断丢弃亲生子女、与项羽争霸时不顾父亲死活等自私自利的一面，他坚决地贯彻了不虚美不隐恶的写作原则，对于一个当时还在任的史官而言，这一点是非常难得的。司马迁的客观公正也成为后世传记作家标榜的楷模。

其次，"自传事实是用来建构自我发展的事实"②。自传作为传记文学其中的一支，自传作家通过组合自传事实来完成作品的叙述，向读者展现自我的演进过程，自传事实是自传的内核。和传记作家剖析别人相比，自传作家则是剖析自己，美国自传作家亨利·亚当斯对传记作家和自传作家有过一个相当经典的论述，他说传记是"他杀"，自传则是"自杀"，颇为形象地指出了两者的差别。传记作家在叙述的时候需要做到客观公正地再现传主的生活故事，自传作家同样也要做到客观公正，只是叙述对象由他人变成了

① 赵白生：《传记文学理论》，北京大学出版社 2003 年版，第 14 页。
② 赵白生：《传记文学理论》，北京大学出版社 2003 年版，第 14 页。

自己。自传作家需要以今日之我的身份去剖析昨日之我，以昨日之我的眼光再现昨日之我的动作、语言、心理活动等等，探寻由昨日之我到今日之我的演变之路。失去了客观公正的剖析视角，自传就容易沦为自我张扬、自我标榜的作品，也就失去了作品的阅读价值和意义。

第三，历史事实是传记文学事实体系的又一大部分。作为传记文学中心的人物脱离不了时代背景的影响，他的思想和行为或多或少都会受到当时大环境的影响，即历史事实的影响。而所谓的历史事实从不同人的视角看则有不同的认识，普通人民眼中看到的历史和上层贵族看到的历史可能是截然不同的两种，于是出现了"事件的历史"和"叙述的历史"这两种历史事实的观点。"事件的历史"即基于证据、事实的历史，"叙述的历史"则是指叙述者所描述的历史。传记作家在创作中需要以一种客观公正的眼光把握好这两者之间的关系，既要呈现"事件的历史"，也要表现"叙述的历史"，但这些都是以传主为中心进行选择的。

传记事实、自传事实和历史事实是传记文学事实理论中的三大组成部分，传记事实和历史事实一起构成了他传的事实体系，而自传则是自传事实、传记事实和历史事实这三者的组合体。无论自传还是他传，都不是单一事实的呈现，如果缺少相应的事实，那么作品就会出现只见树木，不见森林的弊病，难以说服读者。因而，传记作家在创作过程中要以客观公正的眼光，辩证、系统地把握来选择事实材料，以此作为写作的基石。只有秉持客观公正的历史观，传记作家包括自传作家才能更为真实地还原人物。优秀的传记文学作品都应当具备客观公正的历史感这一要素。

（二）确凿无疑的真实性

传记文学的生命在于真实，关于传记文学真实性特征的讨论古已有之，早在魏晋南北朝时期，评论家就从传记内容真实可信的角度提出了自己的见解："臣松之以为史之记言，既多润色，故前载所述有非实者矣，后之作者又生意改之，于失实也，不亦弥远乎！”[①]刘知幾、章学诚、顾炎武、梁启超等学者都从传记真实性的角度进行了相关的论述，确定真实为传记创作的首要原则。

“直书”“实录”是传记文学真实性特征的体现之一。“直书”“实录”既是对传记作家史德的考验，也是对作品人物、故事、语言等等方面求真的要求。“直书”“实录”的精神对于古代的传记作家来说尤为难能可贵，传记作家通常都是史官，而因“直书”“实录”受到迫害的史官不在少数。“直书”“实录”要求传记作家能够以客观公正的眼光对无论是平民百姓还是王侯将相，包括君主都能够一视同仁，对他们的优点、缺点，好事、坏事都能够据实记录，对他们的生平事迹应当做到善恶必书，只有这样才能保证历史内容的真实性。班固在评价司马迁《史记》时指“其文直，其事核”，即是司马迁“直书”“实录”精神的体现。对待西汉的开国君主刘邦、功勋卓著的汉武帝刘彻，司马迁对他们的缺点也都有所揭露，而不是一味地歌功颂德，从而展现给读者一个更为真实立体的君主形象，对西楚霸王项羽，司马迁也是不吝溢美之词，并将项羽列入本纪，与帝王同列。

对作品语言真实的要求则体现在叙述语言的真实和人物语言的真实两方面，传记作家首先要明确的是他们是在还原过去人物的生活故事，切忌不能以今人代古人，而是要严格根据事实来叙述，尤其是古代人物传记，其中一些制度性、礼节性的专有用语也都应该按照实际情况记录，以今语代古语则会影响作品的实际效果，使得作品的真实性受到质疑。对于人物语言的真实，刘知幾提出了言必近真的论断，就是要求真实记录历史人物的语言。语言的发展有其一定的时代特征，这种语言上的时代特征，传记作家也应当据实体现在作品中。传记作家只有坚持“直书”“实录”的精

① (晋)陈寿撰，(南朝宋)裴松之注：《三国志》，中华书局1982年版，第19页。

神，才能更好地发挥传记作品的教化作用，让作品具有不朽的生命价值。

此外，传记文学的真实不是记录像流水账一般的事实，这一点梁启超在他的传记文学理论中有过相关论述。他以邻猫生子这样一个生动形象的比喻说明了这一点。他认为传记文学的真实不是叙述邻猫生子般的事实，而是能够抓住本质问题，能够表现传主个性的事实，是有价值、有意义的真实，绝不能为了事实而事实。这与刘知幾叙事论中的用晦法其实是一脉相承的，他在《叙事》篇中提出用晦之道，其意就是要求传记作家要能够从大量的事实材料中，挑选出最能表现本质特征的现象故事来进行描写。

(三)浓郁强烈的文学性

传记文学作为一种特殊文体，兼有史学和文学两方面的属性，在史学方面表现为历史感和真实性，在文学上则体现为它的文学艺术性。而谈到传记文学的文学性，则不得不提备受争议的传记文学虚构现象。

真实是传记文学的根本原则，从这一原则出发，传记文学应当是拒绝虚构、排斥虚构的，然而，大量的传记文学作品证明，虚构现象是存在的，甚至可以说是无法避免的。由于传记材料的缺失、传记作家述奇心理等因素的影响，造成了传记文学的虚构现象。传记文学的虚构同小说、戏剧等文学样式的虚构是不同的，“传记的虚构本质上是一种死象之骨式的还原。从事实的真实出发，传记作家没有权利增减象骨，更没有权利替换象骨。”①小说是因文生事，传记文学是以文运事，它的虚构是建立在事实的基础上的。而虚构作为想象的产物，它的存在也使得传记文学的文学属性有了更大的发挥空间。

---

① 赵白生:《传记文学理论》，北京大学出版社 2003 年版，第 52 页。

传记文学的文学性首先体现在情感上，这种情感既是传主情感的表达，也是作者情感的融入，优秀的传记文学作品应当是真实历史和饱满情感的完美结合。传记作家需要在尊重事实的基础上，将自己的情感注入作品当中，有情感的作品才有感染力，才有生命力，才能够不朽地流传下去。司马迁《史记》的巨大情感力量使得《史记》特别富有艺术感染力，这种情感源自他对历史人物的认识和自我生活的体验。以《太史公自序》中的一段话为例，这段话同样记录在他的另一篇作品《报任安书》中，是大家耳熟能详的一段经典："昔西伯拘羑里，演《周易》；孔子厄陈蔡，作《春秋》；屈原放逐，著《离骚》；左丘失明，厥有《国语》；孙子膑脚，而论兵法；不韦迁蜀，世传《吕览》；韩非囚秦，《说难》《孤愤》；《诗》三百篇，大抵圣贤发愤之所为作也。此人皆意有所郁结，不得通其道也，故述往事，思来者。"①在这里，司马迁一气呵成，引用了七位古人的事例，而作为读者，通过他简约的文笔除了看到这几个人物故事之外，还看到一个更加巨大的人物形象，并凌驾于这些人物形象之上，即太史公司马迁本人。这些人物都是司马迁本人形象的投射，他从这些人物身上看到了他自己，他将自己的情感投注在这些人物身上，情感的桥梁使得读者又从这些人物身上看到了他，并且是一个凌驾在这些人物形象之上的司马迁。这就是情感的力量，是《史记》得以经久不衰的重要原因之一。

其次，传记文学的文学性特征还表现在传记作家对作品内容的选择和作品的语言美上。传记作家对作品内容的选择与传记作家删选事实材料不同，这是进一步的文学加工。传主一生或者这一段时间中经历的事情可能很多，那么选择哪些事例作为表现传主个性的媒介，再通过详略得当的叙述再现情境则是对传记作家文学功底的考验。这方面司马迁的《史记》依然是杰出代表，为后

---

① （西汉）司马迁：《史记》，中华书局 1982 年版，第 3300 页。

世的传记文学创作提供了巨大的借鉴。他在叙述项羽的一生时就精选了鸿门宴、巨鹿之战和垓下之围这三个历史事件，通过这三个历史事件的详细描述，为读者展现了项羽悲壮的一生。

此外，传记文学作为文学样式之一，它也是语言的艺术，它的语言美同样值得我们考究。不同时期的传记文学作品在语言方面也有不同的特征出来，魏晋南北朝之后受骈文的影响，文字日趋繁复，基于此，刘知幾提出了尚简法，认为史传文学的语言应以简要为先。发展到明代，传记作品的语言追求通俗流畅，新奇活泼，归有光的《先妣事略》即体现了口语化的特点，非常通俗易懂。梁启超作为近代传记文学的开创者，他对传记文学的语言提出了两个条件，一是简洁，一是飞动，要求作者为文要活动自然，要让死的事件因为活的文字变得灵动起来。

最后也是最为明显的就是文学手法的使用，传记作家在塑造人物形象时所采用的白描手法、戏剧化手法以及各种具体的细节描写手法等等。关于人物形象的塑造，早在魏晋南北朝时期，文人学者就从理论上做了一些探讨，例如汉末魏初的刘劭在《人物志》中指出："夫色见于貌，所谓征神。征神见貌，则情发于目。"[①]主张通过眼睛的观察描写来发掘人物的内心世界，塑造人物形象。在塑造人物形象时特别值得一提的是对人物心理的描写，通过人物的内心独白、直接的人物语言等等来表现，这更要求传记作家在创作时要设身处地，把自己投入人物角色中去，即钱锺书先生所说的设身居中，只有这样才能让作品更加合情合理。

---

① (魏)刘劭:《人物志》，中华书局2014年版，第23页。

二、依据传记文学的结构原理

(一)身份的寓言

不同的分类标准,会有不同的分类结果。对于传记文学作品的分类,其中最为基础的是按照叙述人称的角度,把传记文学作品分为自传和他传两种类型。自传和他传相比,在阅读和创作上,除了有其均为传记文学的共性特点之外,自传还有着他传没有的个性特点,这就是身份认同。“身份认同是他们组织以自传事实为主,传记事实和历史事实为辅的一个基本原则。”[①]了解“身份认同”这一原则,有助于我们在阅读的时候更好地把握和理解自传文学作品。

关于身份认同,它分为两个部分,一是作者的身份认同,另一个则是读者的身份认同。首先,和传记作家不同,自传作家往往从特定的身份出发来认识自我,这就形成了作者的身份认同。《指南录后序》是南宋末期最为著名的传记文学作品,它被收录在苏教版和沪教版两个版本的高中语文教材中,属于自传文学作品。关于《指南录后序》一文中作者的身份认同要从文章的题目说起,文章是作者文天祥的诗集《指南录》的序。诗集《指南录》的题名取自他自己的诗作《扬子江》中的“臣心一片磁针石,不指南方不肯休”[②]句意。从这句诗句中便可看到文天祥对自己的身份定位,首先他是一个臣子,更重要的是他是一个忠贞不贰的爱国臣子,这就是他对自己的认识。在《指南录后序》一文中他的所有行为动机的出发点均是出于一个爱国臣子的身份,他用自己的生命实践并证明了自己的这个身份,舍生忘死,始终将国家利益放在第一位。他身份认同背后的实质是爱国情怀,大我精神,这是我们民族精神的体

---

① 赵白生:《传记文学理论》,北京大学出版社 2003 年版,第 83 页。

② (宋)文天祥:《文天祥诗集校笺》,中华书局 2017 年版,第 784 页。

现,不因时代变迁而改变,因而能够感染一代又一代人,经久流传下来。

“自传作者往往围绕着他的特定身份来组织以自传事实为中心的事实网络。……同样,自传读者也是以身份认同为依据来裁断一部自传的主题结构是否完美。”①简单来说,读者的身份认同就是读者对传主身份的认同。读者的身份认同是受到读者对传主的形象预设影响的。譬如文天祥,读者对他最早的认识可能是得益于他的千古名句“人生自古谁无死,留取丹心照汗青”②,从这诗句能感受到他的拳拳忠心。而《指南录后序》一文作为他的剖白心事之作,亦是字字句句尽表他的忠心,包括文章中提到的在元营中的步步惊心以及后来的几经生死,没有多余的旁枝末节。读者从他的身份定位,可以判定文章的主题是爱国,全文的结构也是围绕这个中心架构的。读者对文天祥的身份认同即是一个爱国志士,一个民族英雄,这和他自己的身份认同实质上是相同的。

(二)影响的谱系

人是社会关系的综合,在接受他人影响的同时也影响他人。在自传作品中,作者以自我为中心,建构了一个影响的网络,胡适的自传《四十自述》就是一部名副其实的影响录,作品中叙写了父亲、母亲、梁启超、范缜和杜威这几个人物对他的影响。其中,关于描写母亲影响的《我的母亲》一文被收录在人教版八年级下册的语文教材中。教师在教学这篇文章的时候极易忽略它的传记文学体式,容易把该文定位为记人叙事的散文来教学,《我的母亲》一文节选自胡适的自传《四十自述》,题目是编者加的,这是教师在备课过程中首先需要明确的。

既然《我的母亲》一文属于自传文学作品,那么这个传主就是

---

① 赵白生:《传记文学理论》,北京大学出版社 2003 年版,第 99 页。

② (宋)文天祥:《文天祥诗集校笺》,中华书局 2017 年版,第 825 页。

"我",即胡适,而非胡适的母亲。文章对母亲的描写是为了凸显母亲对"我"的影响,而不是凸显母亲,"影响"一词是这篇文章的中心,那么母亲对"我"的影响是通过什么实现的呢?引用文中的原话说是"做人的训练"。这个训练包括两个层次,间接的和直接的两方面。间接的训练表现在母亲为人处世的态度作风上,作为年轻的当家后母,在处理长子债务时表现出来的宽容大度,不露一点怒色;在处理婆媳关系时表现出来的事事留心,事事格外容忍;在面对五叔的流言时表现出来的刚气,不受一点人格上的侮辱。她的以身作则为胡适提供了一个最佳的训练例证,作者在文中主要表现的也是这一部分的内容。直接的训练则体现在母亲对"我"的管教上,她处罚讲究时间差,教训儿子的时候不让儿子哭出声,提点儿子用功读书,不给父亲丢脸。母亲除了严厉之外还有慈爱的一面,在"我"感染了眼翳病后,她夜里把"我"叫醒用舌头舔"我"的病根。这就是大学者胡适的母亲,胡适在和母亲生活的九年时间里深受母亲的影响,这种影响用文中的话来说是"极大极深"的,而影响的结果就是:"如果我学得了一丝一毫的好脾气,如果我学得了一点点待人接物的和气,如果我能宽恕人,体谅人——我都得感谢我的慈母。"

胡适的好脾气也是众所周知的,"我的朋友胡适之"一度成为当时的文化界的一个流行语,而这绝对离不开胡适母亲的影响,应该说胡适母亲直接影响了胡适后来待人接物的脾气性格。

胡适母亲对胡适性格脾气方面的影响属于思想层面的内容,这和他本人思想史家的身份认同是一致的,影响是该文的主题,也是胡适自传《四十自述》的主题,但自传作品的主题依旧离不开身份认同的基础。

虽然收录在中学语文教材中的传记文学作品以他传居多,自传文学作品只占了非常小的一个比例,但了解自传作品创作和阅读上的个性特点,有益于读者的知识迁移和触类旁通,帮助读者更好地阅读和理解自传作品，真正实现得法于课内，得益于课外，从而提升学生的文学素养。

(三)整体性原则

成功的传记文学作品都遵循着整体性的创作原则，以整体性为旨归，缺乏整体性的传记文学作品称不上优秀的传记文学作品。归根究底，传记文学是展现人，描述人的文学，而人作为各种社会关系的总和，并不是孤独单一的存在。这也是歌德的一贯认识，“人是一个整体，一个多方面的内在联系着各种能力的统一体。艺术作品必须向人这个整体说话，必须适应人的这种丰富的统一体，这种单一的杂多”①。除了传主要求传记作家遵循整体性原则之外，传记文学这种文学样式本身的整合性也要求传记作家要有一种整体的、全局的观念。认识人是一门最为高深的艺术，无论是认识他人还是认识自己，都是一门长久甚至是终生的事业，而传记作家则需要将对传主生平的认识浓缩到文字中，任何单一片面的角度都无法呈现出一个完整的人物形象。

传记文学整体性的创作原则要求读者在阅读过程中也要遵循整体性的原则，全面认识人物，这和传记文学阐释的互文性有着异曲同工之妙。同样以《鸿门宴》一文为例，虽然节选的鸿门宴事件是一个相对完整的故事，但作为真实发生的历史事件，它是整个历史过程中的其中一部分，如果抛开事件发展的前因后果，那么这个历史事件则将成为孤立的存在，或者说不复存在。因而，整体性的阅读原则，要求读者在阅读过程中要将这个历史事件放置在特定的历史背景之下，以全局视角，连贯地看待整个故事发展。

此外，整体性的阅读原则还要求读者全方位地认识人物，只有全方位、多角度地认识才能对人物形成一个客观公允的评价。我

① 朱光潜:《谈美书简》，上海文艺出版社 1984 年版，第 33 页。

们读《鸿门宴》，看到的是项羽的勇猛粗率，刚愎自用，刘邦的礼贤下士，审时度势，这无疑是司马迁通过这一历史事件展现出的人物鲜明的性格特点，但这并不代表就是全部的项羽和刘邦，这是他们性格当中的一部分。想要全面了解人物，就不能仅仅局限在课文中，而是要拓展阅读，了解其他相关的史实材料，丰满整个人物形象。

和传记文学阐释的互文性相比，整体性的创作原则是从结构角度提出的要求，是传记文学的外在框架，传记文学阐释的互文性则是从内容角度提出的要求，是传记文学的内部脉络。但这两者在传记文学作品阅读上提出的要求是一致的，即以全局视角，拓展阅读，不局限于单一文本，这是全面认识传记人物的正确路径。

三、依据传记文学的阐释策略

对于以事实为基石建构作品的传记文学来说，如何正确阐释事实就显得更为重要。传记家斯特雷奇把未经阐释的真实比作深埋在地下的金子，尽管有价值，却没人发现，也就没有用处可言，而阐释就是让这深埋地下的金子发挥价值的神奇推手。这个阐释事实、解释事实的过程就是一个不断赋予事实价值和意义的过程。传记文学的事实是以传记事实、自传事实和历史事实构成的三维事实体系，它的阐释策略也因具体作品而异，作家本着不同的创作目的会采用不同的阐释策略，但无论是什么类型的传记文学作品所反映出来的阐释策略，都有这样一个共同点，“作者往往在自传事实、传记事实和历史事实中依赖某种事实为主导以达到其阐释的目的”①。了解传记文学的阐释策略能够帮助我们更好地阅读传记文学作品，传记文学的阐释策略是我们学习研究传记文学的一把钥匙。

---

① 赵白生:《传记文学理论》,北京大学出版社 2003 年版,第 135 页。

传记文学的中心是传人，而人作为社会关系的综合体，人所处的时代背景、社会环境、和他人的关系、自身因素等都会对人产生影响，形成了一张以人为中心的动态网络，而这张动态网络即是以传记事实、自传事实和历史事实三维事实为基石建立的。要正确理解传主，离不开对这几种事实的正确阐释，对任何一种事实的单向阐释都有可能使读者在理解传主时失之偏颇，不能获得客观公正的认识。

司马迁的《史记》之所以能够在史学和文学上具有永恒的价值，焕发不朽的生命力，并成为传记文学的标杆，它的阐释策略功不可没。而作家采用哪种阐释策略则是以作品的创作目的为基点的，对于《史记》的创作目的，司马迁在《报任安书》中自述“亦欲以究天人之际，通古今之变，成一家之言”①。究其根本，《史记》是司马迁表达自我理想之作。本着这样的创作目的，司马迁在选择传主时也有自己的标准，他将他的人物传记分为本纪、世家、列传三种体裁，也是三种规格，将不同的传主放入对应的体裁中进行撰写。他的本纪以记录帝王、天子为主，又不局限于帝王、天子，《项羽本纪》就是明例。以《项羽本纪》中的《鸿门宴》一文为例，《鸿门宴》被收录在苏教版、人教版、鲁教版、粤教版、语文版和沪教版六个版本的高中语文必修教材中，足见其重要地位。它在对人物、对事件的阐释上均有其典型性，值得后人学习借鉴。

纵观人类文明的发展史，其实是一个制度的历史，新的制度取代旧的制度，继而又被新的制度推翻，而人则是在这个制度背景下的一个缩影，受制度影响，也影响制度。《鸿门宴》即是在这样一个旧制度被推翻的历史背景之下发生的，推动其中人物、事件发展的根本因素即是制度，这个制度背景也即是传记文学三维事实体系中的历史事实。而了解《鸿门宴》的历史事实则需把它还原到《项

① （汉）班固：《汉书》，中华书局1962年版，第2735页。

羽本纪》中去，司马迁在《项羽本纪》开头就交代了历史背景："项籍者，下相人也，字羽。初起时，年二十四。其季父项梁，梁父即楚将项燕，为秦将王翦所戮者也。……秦始皇帝游会稽，渡浙江，梁与籍俱观。籍曰：'彼可取而代也。'……秦二世元年七月，陈涉等起大泽中。"①这段叙述围绕着中心人物项羽展开，把项羽置身于秦末陈涉起义的历史背景中，交代了项羽其人其志，为项羽起事反秦做好了铺垫，正是在这样的历史背景前提下才有了之后的楚汉争霸。司马迁对历史事实的阐释不仅推进了人物、事件的发展，同时也赋予了人物历史感和时代感，使传主的形象更显丰满厚重。

有了对历史事实的充分阐释，传记事实的选择则成为决定该传记成败的关键因素，司马迁在项羽一生的事迹中选择了破釜沉舟、鸿门宴和垓下之围这三件事来记述，在他看来，这是最能表现项羽品性的事实，即他所说的轶事。

集中到《鸿门宴》一文中，传记事实的阐释则是围绕项羽、刘邦两大集团的人物对弈展开的。范增、项庄是项羽集团的忠心支持者，张良、樊哙则是刘邦阵营的忠实拥护者，双方各自为政。而整个鸿门宴事件的开始和结束都离不开两个人的作用，一个是刘邦左司马曹无伤，虽着墨不多，但他却是整个鸿门宴的导火索，鸿门宴从他起，亦以他被杀终，简单的记述足见司马迁对细节的重视；另一个是项羽的叔父项伯，因为张良的救命之恩通风报信，也因为他，刘邦才得以转危为安，从而使整个鸿门宴的局势由项羽倒向刘邦。这两个人物一前一后，推进了整个鸿门宴事件的发展。

项羽作为鸿门宴的中心人物，他的态度可以说左右了整个鸿门宴的局势，是当之无愧的主宰。但这样一个起着领导作用的人物，司马迁在整个鸿门宴事件中对其直接的描写却不多，而是通过侧面描写来刻画这个人物形象。鸿门宴事件刚开始，项羽听闻刘

① (西汉)司马迁：《史记》，中华书局1982年版，第295—297页。

邦欲称王的反应是大怒，第二天就要率兵与刘邦作战，此时的他果断决绝，显现任何人不得凌驾于他之上的王者气质。深谙局势的谋士范增一句“急击勿失”，更应该坚定项羽的决心，但在项伯一番话后，项羽却改变了想法，司马迁在此并未做过多的叙述，只一句“项王许诺”结尾，同时也拉开了第二天鸿门宴的序幕。在如此短的时间内，项羽前后态度截然不同，可以看出他性格中犹豫、易轻信人的一面，虽然他作为战士，有着无可匹敌的霸气，但作为君王，他始终缺乏识人、辨人的能力，以至于在第二天鸿门宴时直接告诉刘邦是因为曹无伤的缘故才使得他有那样的决定。就他自身而言，他并没有敏锐的政治嗅觉，这一点从他的第一谋臣范增的话中即可得到印证，鸿门宴上，范增说项羽为人不忍，因而有了项庄舞剑，意在沛公的典故，范增的不忍二字可以说是项羽前后态度变化之大的最委婉的解释，也揭示了项羽性格上的两个对立面，即军事上的所向披靡和政治上的优柔寡断，这注定了项羽最后的失败。在刘邦成功逃脱后，范增的一句竖子不足与谋更是直截了当地说明项羽缺少成为一个君主、一个帝王应有的品质。

相反，作为项羽对立面的刘邦，却将一个政治家的谋略展露无遗，与项羽形成了鲜明的对比。《鸿门宴》一文刚开始就借范增的话指明了刘邦的不同，先前的刘邦可以说是贪财好色，而入关后却一改以往习气，从中可见刘邦绝非泛泛之辈，而下文则通过直接描写、间接描写具体展现了刘邦这个政治家的形象。项伯得知项羽决定时，第一时间想到的是让张良和他同去，“毋从俱死也”是项伯对项羽的警告，足见当时是生死攸关、千钧一发的时候，而此时此刻的张良却坚定地选择和刘邦同生共死，他给出的理由是为韩王护送沛公，本着道义的精神不能离开，这是张良的义，从侧面也反映了刘邦的仁，如果刘邦没有仁义，没有得到张良这位谋士的认可，那么在这样一个危急时刻，张良也就不会选择和刘邦一起并肩作战，为兵力和项羽相差悬殊的刘邦出谋划策。而刘邦对待项伯的态度更是直接说明了他的礼贤下士。比起项羽，刘邦更懂得如何笼络人心，他放下身段，敬酒项伯并约为儿女亲家，直接拉近了和项伯的距离，后面项伯在鸿门宴上为刘邦挡剑也就自然而然了。在和项羽对话时，深知自己的兵力和项羽无法匹敌，他及时放下身段取信于项羽，扭转了项羽对他的态度，这是刘邦在鸿门宴上躲过一劫的重要筹码。樊哙在鸿门宴上为刘邦据理力争，更为刘邦赢得了一线生机。文有张良，武有樊哙、夏侯婴、靳彊、纪信，他们在生死存亡的危急关头对刘邦不离不弃，是刘邦能够躲过鸿门宴的重要原因。称帝时众多的忠臣良将是对刘邦礼贤下士、知人善任的最大回馈。就这一点来说，项羽是远远不及的，刘邦称帝后也就楚汉争霸一事说到自己能够取胜是因为有张良、萧何和韩信，他把他们称为人杰，足见这些人对于刘邦来说的重要性。

在司马迁的笔下，没有一个人物独立存在，人物和人物之间彼此牵连，形成了一个紧密的关系网。在以项羽为传主的《鸿门宴》一文中，司马迁在塑造项羽这个人物形象时，并没有忽视对其他次要人物的表现，可以说每一个出场的人物都有着各自鲜明的性格标志，张良的忠义和足智多谋，项伯的知恩图报，樊哙的豪迈等等均让人印象深刻，更不用说刘邦了，这些细致的人物刻画使得《鸿门宴》这整个故事都显得丰满厚实起来。这也是司马迁重视传记事实阐释的体现，通过传记事实的阐释，能够让读者更为清晰地把握事件的发展脉络，并从中感知传主的个性特征，形成对传主以及其他人物形象的认知。

就司马迁的传记文学写作艺术来说，他首先是一个史学家，《史记》是充满历史感的划时代作品，他重视历史事实的阐释，把人物和事件放置在时代的横截面上进行剖析，把人物、事件和所处的时代环境结合在一起，力图最为真实地还原人物和事件。与此同时，传记事实和自传事实的阐释则通过人与人之间关系的表现、人物建构自我发展的表现，刻画人物的性格特征。特别值得一提的是，司马迁在表现人物性格时创造了互见法，即人物的主要性格特征和事件写在本人传记中，次要的则写在别人的传记中。就《鸿门宴》一文来说，司马迁主要表现的是项羽性格中豪爽的一面，关于他性格中的弱点，在《高祖本纪》和《淮阴侯列传》中有记载，就整体而言，司马迁所要呈现的是一个完整的人。人有着复杂的性格特征，而如何去呈现这个完整的人是所有传记作家的难点之一，司马迁的互见法给予了后世的传记作家以借鉴和启迪，这也是传记文学阐释的互文性的体现之一。

传记文学阐释的互文性，要求传记文学中的历史事实、传记事实和自传事实形成一个和谐共生的关系，不能过分倚重某一种事实，或者有意忽略其他事实，这会造成阐释的排他性，从而无法真实地还原人物，传记文学的阐释离不开三种事实的互文性。同时，“传记文学阐释的互文性还包括自传与传记的互文，传记与传记的互文、自传和传记与亚传记类作品（日记、书信、谈话录、人物随笔等）的互文”[①]。传记文学阐释的互文性对正确理解事实，把握事实来说显得尤为关键。这也给予了我们阅读上的启迪：阅读传记文学作品，不仅是从一个文本中读出人物个性，还要学会由此及彼，阅读其他相关的传记文学作品，从而形成一个完整全面的人物形象。

第二节　传记文学作品教学内容确定路径

中学传记文学作品的教学属于阅读教学的内容，而如何开展阅读教学，王荣生教授在《阅读教学设计的要诀》一书中提出了三条路线，首先是提供学生理解、感受所需要的百科知识，其次是帮助学生增进对文本的理解与感受，最后也是最主要的是指导学生

① 赵白生：《传记文学理论》，北京大学出版社2003年版，第198页。

形成所需要的阅读能力。“这实际上是要教师做两件事:第一件事,培养学生用合适的方式看待特定的文本;第二件事,指导学生在这种文本中去看什么地方,从什么地方看出什么东西来”[①]。即要求教师要依据文本体式来设定教学内容。我们从传记文学这一文类的特点出发,结合课程标准以及具体教学要求,将中学传记文学作品教学内容确定的路径明确为以下几条。

一、赏析人物形象

传记文学是一种将真实人物艺术地呈现给读者的文学样式,人物形象的塑造自然是传记文学的中心诉求。传记作家围绕着传记主人公删选传记材料,通过传记事实、历史事实和自传事实的组合力求为读者刻画一个真实、丰满的人物形象。对于传记文学作品的教学,人物形象的赏析是不可或缺的教学内容。笔者将传记文学作品的人物形象赏析分为两个类型,一是他传作品的人物形象赏析,二是自传作品的人物形象赏析。下面从这两个角度来剖析如何赏析传记文学作品中的人物形象。

(一)他传作品人物形象的赏析

他传作品在中学传记文学作品中占据了大部分比例,是中学传记文学作品的主要组成部分,那么该如何赏析他传作品中的人物形象呢? 把握作品中的事实元素是关键。传记文学作品中事实的本质是传记事实,是界定人物个性的事实,因而赏析人物形象首要一点就是在阅读中抓住那些体现人物个性的传记事实。

以《鸿门宴》中的樊哙闯帐这一片段为例,司马迁在文中是这样描写樊哙的出场的,“瞋目视项王,头发上指,目眦尽裂”[②]。这

① 王荣生:《阅读教学设计的要诀——王荣生给语文教师的建议》,中国轻工业出版社 2014 年版,第 100 页。

② (西汉)司马迁:《史记》,中华书局 1982 年版,第 313 页。

样的出场不可谓不惊人。刘邦一行正处在生死攸关的关节点，樊哙作为刘邦的下属，他的生死无疑也是在项羽的掌控之下的，而樊哙却无丝毫畏惧之感，这样的出场俨然一个气势汹汹的复仇者。寥寥几字的外貌描写，凸显了樊哙身上的那种尽忠职守，将生死置之度外的气概。反观这一情节中的另一个主人公项羽，率领千军万马，英雄豪气尽显的他无疑是这场宴会中的绝对主人公，他的一举一动即决定了在场所有人的生死，但当他面对这个明显是侵犯了他统帅威严的樊哙时，他非但不怒，反而大呼“壮士”，并赐酒赐肉，简单的几句话就表现了项羽对樊哙的赏识之情，他们之间颇有种英雄相见，惺惺相惜之感，无怪乎苏轼说“鸿门宴以传神之笔触，写出了项羽磊落的气概”①。

在阅读传记文学作品时，对传记事实的把握是我们界定人物个性、赏析人物形象的关键，而对历史事实的理解则为我们赏析人物形象提供了一个“场”的广阔背景，让读者学会用历史的眼光和现实的眼光辩证地赏析人物形象。就项羽来说，虽然他在楚汉争霸中最终落败，但从历史发展的角度来看，项羽不失为一个英雄豪杰，他敢于率军反抗暴秦统治，在豪杰并起的情况下率军灭秦，尽显英雄气概。司马迁也以“近古以来未尝有也”②来肯定项羽，他是作为一个悲剧英雄出现在历史中的，他在历史发展中所作出的贡献是不可磨灭的。

传记事实和历史事实是他传作品中的事实组成部分，赏析他传作品中的人物形象也需要紧紧抓住其中的传记事实和历史事实，既要学习从传记事实中感受人物个性，也要学会从历史事实中体会人物形象。紧紧抓住这两个事实，才能更好地还原人物形象，感受人物个性，这也是我们赏析他传文学作品人物形象的切入点。

---

① 史卫民：《辉煌古中华》，解放军出版社 1995 年版，第 423 页。

② （西汉）司马迁：《史记》，中华书局 1982 年版，第 339 页。

(二)自传作品人物形象的赏析

与他传文学作品相比,自传文学作品在中学语文教材中收录得颇少,但亦不乏《指南录后序》《五柳先生传》等作品,其中《五柳先生传》更确切地说是一篇自传小品文。与他传相比,自传作品的内核是自传事实,那么赏析自传作品中的人物形象则需对作品中的自传事实加以梳理。自传作品中自传事实的呈现是作家纵横组合的结果,“纵的一方,他把事实组成一个发展链,让读者看到自我的演进过程。横的一方,他把事实周围的动机和盘托出,使读者从意义中领悟到经验”①。那么读者对人物形象的认识便得源于这个自我演进的过程和事实周围的动机。

以《指南录后序》为例,《指南录后序》是作者文天祥叙述自己在国家飘摇之际几经生死的作品,文章是以自传事实为中心来组合内容的。那么赏析文天祥这个人物形象,也需要对作品的自传事实进行纵向横向的梳理,感受这个人物形象。首先,文章开篇提到的“国事至此,予不得爱身”②是文天祥出使元营的出发点,属于自传事实中横向的部分,阐明了自己出使的原因和理由,即为国家献身。而后他遭受欺辱却隐忍不死,也是秉持了“将以有为也”的想法,这看似和他之前提到的“不得爱身”矛盾,但本质上是一致的。这两个动机追根究底都是因为文天祥他自己已经把自己托付给了国家,他的生或死都取决于他能为国家做什么,爱国是他的根本驱动力。因而,在他身上,我们看到的是一个大我的形象。通过对文中自传事实的横向梳理,文天祥一个忠臣志士的形象尽显。对于文中自传事实的纵向梳理,则体现在文天祥九死一生的经历中,途经真州、瓜洲、贾家庄、高邮等地,几自到死、几从鱼腹死、几彷徨死、几陷死、几邂逅死,真可谓是九死一生。纵向的自传事实

---

① 赵白生:《传记文学理论》,北京大学出版社 2003 年版,第 26 页。

② (宋)文天祥:《文山先生全集》卷十三,四部丛刊景明本。

梳理让我们看到了一个历经磨难、多次和死神擦肩而过的文天祥，横向的自传事实梳理让我们看到了一个为国家忘却个人的忠义之士。通过横向、纵向的自传事实梳理，读者能够更加真切地感受文天祥这个人物，感受他身上崇高伟大的精神志气，对他有一个更为深入的理解。

二、把握情节结构

传记文学属于叙事文学的范畴，它的中心是传人，其中的故事叙述是为表现人物服务的。而情节反映了故事中的因果关系，既是过程化的叙述，也是表现人物性格和人物关系的历史，体现的是故事的内部内容，结构则是作者构思的外化，和情节互为表里，这两者都是表现人物形象的重要手段。传记文学作品中的故事均是经过作者精心挑选的，并不是人物生平材料的随意堆砌，是能够反映人物个性的传记事实。因而，在阅读传记文学作品的过程中，对作品情节结构的把握有助于我们更好地赏析人物形象。就传记文学作品的情节结构来说，他传作品和自传作品又有所不同。

（一）他传作品的情节结构

他传作品的情节结构相对自传作品来说更加直观明显，读者可以按照小说情节结构的发展来架构他传作品。譬如《鸿门宴》，按照情节的发展，可以将整个故事划分为宴会前、宴会中和宴会后三个层次，这也是目前在教学《鸿门宴》一文时教师比较通行的划分方法。此外，亦有不少教师按照小说的开端、发展、高潮、结局的模式，梳理《鸿门宴》一文的情节结构，故事的开端是曹无伤告密，继而发展到项伯夜访、刘邦赴宴，鸿门宴上的项庄舞剑、樊哙闯帐是整个故事的高潮，结局是刘邦逃离，诛杀曹无伤。故事以曹无伤始，以曹无伤终。在整个鸿门宴的故事发展中，各个人物之间的冲突矛盾一步步推进了事件的发展，可谓一环扣一环，任何一个环节的缺失都可能使得鸿门宴失去如今这般传神的魅力。司马迁正是以这样一波三折的情节发展紧紧抓住了读者阅读的视线，吸引读者步步深入，也正是在这样的阅读过程中，读者去探究去思考他笔下的这些人物形象。

《廉颇蔺相如列传（节选）》同样也是以这样一环扣一环的情节推动整个故事的发展，《廉颇蔺相如列传（节选）》中记叙了完璧归赵、渑池之会和将相和三个故事，全文充斥了两组矛盾，一是赵国与秦国的矛盾，一是廉颇与蔺相如的矛盾，这两组矛盾是推动故事发展的内在驱动力。单就完璧归赵一事，可将其情节划分为被荐、对策、献璧、完璧归赵、斥秦王这样几个部分。而在这一系列的情节发展中，我们也可以看到蔺相如这个人物形象越来越丰富，越来越全面。后来的两则小故事也是相同，均是通过情节的步步推进逐步丰富和完善人物形象。

（二）自传作品的情节结构

自传作品剖析的是自我，主要呈现的是以自我训练为中心的自传事实，相对于他传作品精心挑选轶事来反映人物个性，自传作品的情节性则弱化许多。文天祥的《指南录后序》是中学语文教材中最具代表性的自传作品，文章中并没有像《鸿门宴》那样一波三折、惊险刺激的描写，但他切入肺腑的文字依旧深深感染了读者。《指南录后序》一文组织情节结构的基础是身份认同，这也是他传作品和自传作品在文章结构方面最大的不同。那么文天祥在《指南录后序》中的自我身份认同是什么？一个为国家忘却自我、舍生忘死的臣子。文章通篇展现给读者的正是这样一个人物形象。而文章所展开的作者经历的描写，它的情节性和他传作品相比平淡许多，没有明显人物冲突，没有一环扣一环的情节发展，只有作者的内心剖白，文章更像是作者文天祥向读者娓娓道来，诉尽心中苦楚，同时也尽显他的爱国之心。

对于文章结构的学习不仅是为了表现人物，更重要的是结构作为作者构思的外化，是一种技巧的学习，即言语表达形式的学习，能够更好地帮助学生学习特定的形式如何表达特定的内容。了解他传和自传两类传记作品在情节结构上的区别，能够加深学生对传记文学这一文体的认识，同时新课标中也提出了尝试传记写作的教学要求，对传记文学作品结构技巧的学习即为学生在传记写作上提供了一定的方向指导。

三、品味文本语言

语文学科的特点从本质上说是语言的学习，任何内容都是通过语言这个载体呈现的，语文教学，必须紧紧抓住语言，当然传记文学作品的教学也离不开对语言的揣摩品味。

然而自新课改实施以来，语文学习却逐渐偏离语言学习的轨道，走向了泛人文化的道路。对此，所有语文教育的工作者都要引起重视。语文学习，应该回归语言本位。提升学生的语言文字的运用能力才是语文学习的根本目的。这里的品味传记文学作品的语言包括学习作品人物的个性化语言、作者的风格化语言以及描述的形象化语言等，这些都是传记文学作品浓郁文学性的体现，对这些语言的揣摩品味能够帮助学生培养语感，提升学生的文学鉴赏能力。

人物的个性化语言不难理解，即人物个性化的对话或者独白。这些个性化的对话和独白，往往使读者如闻其声，如见其人，增强了文学作品的感染力，是作者刻画人物形象的路径之一，也是传记事实元素的体现。《史记》在表现人物形象上给后人留下的成功经验之一便是对个性化人物语言的描写。例如大家非常熟悉的两句人物独白，一是项羽在观看秦始皇游会稽时说的“彼可取而代也”①，另一个则是刘邦在咸阳观看秦始皇时说的“嗟乎，大丈夫当

---

① （西汉）司马迁：《史记》，中华书局 1982 年版，第 296 页。

如此也”①。同是观看秦始皇游览，项羽和刘邦完全不同的独白，尽显不同的人物个性。

传记文学作品呈现的是历史，是事实，但没有作为叙述者的传记作家，仅凭“事件的历史”，我们很难看到一个鲜活的人物形象。揣摩作者的风格化语言，即是学习作者是如何运用语言文字来描述故事。刻画人物的语言风格有平铺直叙、新奇活泼、通俗流畅、口语化等。此外，作家在描述故事，刻画人物上所采用的形象化语言都值得读者去揣摩学习。当然，这都需要结合具体作品去分析。学生在揣摩学习的过程中，自身的语言文字运用能力也就得到了提升。

四、揣摩人物刻画技巧

人物形象的呈现依靠作者对人物形象的刻画，这一点和小说、散文等记人叙事的文体的创作是一致的，属于对语言表达形式的揣摩。王尚文老师在《紧紧抓住“语文”的缰绳》一文中即明确指出语文学习的目的主要不在把握内容，而是学习特定的形式如何表达特定的内容。足见学习语言表达形式的重要性。在传记文学作品的教学中，对人物刻画技巧的揣摩能够更好地帮助学生赏析人物形象，同时也能够帮助学生提升文学作品鉴赏的能力，从而提高学生的语文素养。

人物刻画的技巧有很多方面。从内容上说，包括语言描写、肖像描写、动作描写和心理描写；从角度上说，有正面描写和侧面描写；从修辞上说，有夸张描写和对比描写等。一个人物形象的呈现往往是多种人物刻画技巧综合作用的结果。以《鸿门宴》中的樊哙为例，樊哙这一人物形象的呈现集中在樊哙闯帐这一情节中。司马迁先是交代了樊哙出场的缘由，鸿门宴上项庄舞剑，意在沛公，

① （西汉）司马迁：《史记》，中华书局1982年版，第344页。

形势告急，因而张良见樊哙。“此迫矣，臣请入，与之同命”，樊哙一句简单的回答即将他对刘邦的忠诚之心表露无遗。侍卫禁止樊哙进入，樊哙就“侧其盾以撞”，以行动表现了他的决心。入账后的一段肖像描写，更是让读者对樊哙这个人物有了更为鲜活的认识，“头发上指，目眦尽裂”，展现的是一个怒发冲冠的形象。而后面对项羽的赐酒赐肉，樊哙的一系列动作尽显他的勇猛豪爽，“起，立而饮之”，“拔剑切而啖之”。[①] 读到此，我们可能会把樊哙定位为一个勇猛、忠心的武将形象，而这也确实是樊哙的身份定位，但之后的一段语言描写则让樊哙除了勇猛、忠心、豪爽这些特质之外，更多了一层谋略之心，说明他并非只是空有武力而无思考的武将。他向项羽言明刘邦的劳苦功高，层层递进的劝说，让项羽无言以对，这展现了他缜密的心思。太史公司马迁即是通过这一连串的语言描写、肖像描写和动作描写，为我们呈现了一个有勇有谋的樊哙的形象。

五、形成辩证的历史观

对于文学作品的教学要求，义务教育阶段的课程标准提出欣赏文学作品要能联系文化背景作出自己的评价，高中阶段的课程标准为文学类文本设定的教学目标和教学要求则更进一步，要求学生体会作品的艺术表现力，要有自己的情感体验和思考。从这两个阶段的文学作品的教学目标来看，文学作品的教学均要求学生能够形成自己的评价，有自己的思考和态度。

那么对于传记文学作品来说，真实是它的基本准则，传记作家总是最大程度为读者还原传主的形象。在传记的创作过程中，整体性是传记作家塑造人物的基本准则。对于集各种社会关系于一体的人来说，作者想要真实地再现人物是复杂而又困难的，那么优

① (西汉)司马迁:《史记》，中华书局 1982 年版，第 313 页。

秀的传记作家是如何做到这一点的呢？司马迁在撰写《史记》时采用了互见法，省于此，留详于彼，把人物的主要性格特点放在专传中描写，而次要的性格特点放在其他相关的人物传记中，那么读者想要全面认识这个人物，则需要将与之相关的传记均进行阅读。其他优秀的传记文学作品例如《大慈恩寺三藏法师传》《朱元璋传》等等都是一人一书成传的，短小的文字篇幅是难以展现完整的人物个性的。再者，传记文学在写作时需要平衡“事件的历史”和“叙述的历史”两者之间的关系，传记作家在客观叙述中融入了自己的主观情感，这也是传记文学区别于一般传记材料的重要因素，它是活的，有情感力量的，因而能够打动读者。读者必须思考的一个问题是传记作家所展现的就是真实的人物吗？还是作家笔下的人物？对此，读者则要拓展阅读范围，传记所记叙的人物真实存在这一基本条件为拓展阅读提供了可能。其他相关传记、日记、年谱等等均可作为补充材料辅助读者阅读，这也是传记文学互文性和整体性要求的体现。

收录在中学语文教材中的传记文学作品以史传作品居多，文学家创作的传记文学作品也占了一定的比例，但绝大部分传记作品是节选。那么就传记文学本身的阅读原则来说，全面认识作品中的这个人物，仅就文章部分看人物是不够的。反映到传记文学作品的教学上来说，则要求学生能够形成一个辩证的历史观。培养学生形成辩证的历史观，遵循传记文学阐释的互文性和传记文学阅读和写作的整体性原则是首要条件，因而要求教师在教学时要带领学生进行拓展链接式阅读，借助相关的阅读材料，为学生还原一个更加贴近真实的人物形象，从而帮助学生形成一个辩证的历史观。

就《鸿门宴》一文来说，这篇文章节选自《项羽本纪》，项羽是这篇文章的传主，但文章中关于项羽的直接描写并不多，更多的是通过侧面描写来体现项羽的人物性格。但就此节选部分来评价项羽这个人物违背了传记文学阐释的互文性和阅读的整体性原则。对于项羽这个人物形象的认识，教师就需要带领学生进行沟通内外的阅读，对《项羽本纪》《高祖本纪》《留侯世家》等相关记叙项羽的传记作品进行阅读，这样才能更为全面地认识项羽这个人物，从而形成一个辩证的历史观。

第十章 传记作品教学的实施策略

入编语文教材的传记文学作品无疑是开启学生传记文学作品阅读大门的一把钥匙，与此同时，在阅读教学过程中，采取针对传记文学作品的具体操作策略，引导学生走近文本、叩开门扉，是语文教师义不容辞的使命。

第一节 顺应学生阅读兴趣与阅读需要

中学生虽然是发展过程中的人，在进入课堂学习之前自身已经有了一定的经验，但是由于年龄、时代等的局限，他们生活阅历还不够丰富，对于一些文学作品表达的深刻内涵无法产生足够的共鸣。因此了解学情是教学工作的生命线和根本工作路线，教师要立足学情进行教学。学情包括学生学习态度、学习基础、学习习惯等多种因素，其中学生的已有经验和情感趋向是两个重要的方面。同时，学生具有差异性，每一位学生都是不同的个体，由这些学生组成的班级又具有一些共性，因此学生的差异性与共性是应该在教学中进行综合考虑的。并且，学生是动态发展中的人，在考虑学生学情时，应该将学习前的起点状态与动态过程中的状态相结合，才能使教学更为有效。

一、追溯传主经历

传记文学作品大多着重记叙传主生平的典型事件，因此，在阅读过程中，如若按照时间顺序将传主一生的经历做梳理，不难窥见传主的品性志趣，达到如见其人的效果。

在语文阅读教学中，除了像《种树郭橐驼传》这类篇幅较短的人物小传能够窥见传主的全貌外，大部分古典传记原文篇幅较长，教材往往仅节选中的某一件或几件事，如同电影中的特写镜头，而仅凭这一隅风光，并不能让学生对传主有翔实的了解。教师应适时补充古典传记文学作品原文，还原传主的人生经历。如《鸿门宴》便是教材编者有心节选了《项羽本纪》中最具戏剧冲突的一场宴席，此时学生会误认为传记的主人公分别是项羽和刘邦。实际上，《项羽本纪》的主人公毫无疑问是项羽，语文教师可以将原文印发给学生，搭建学生与原文之间的桥梁。学生通过阅读原文，结合巨鹿之战、垓下之围两场重要战役以及“项籍少时，学书不成，去学剑，又不成”[①]等细节的刻画，对项羽形象的把握会更为全面、立体。

追溯传主经历除了援引原文外，还可以借助同时期与传主相熟的好友的书籍、书信进行还原。如为了消解学生与苏武千百年的时空隔阂，在教学《苏武传》时，教师可以通过回望历史帮助学生了解苏武。始元六年(公元前81年)，苏武替汉帝召李陵归汉，《答苏武书》相传就是李陵收到苏武来信后写的一封回信[②]，他用寥寥数语记述了苏武“昔以单车之使，适万乘之虏。遭时不遇，至于伏剑不顾；流离辛苦，几死朔北之野。丁年奉使，皓首而归；老母终堂，生妻去帷。此天下所希闻，古今所未有也。蛮貊之人，尚犹嘉子之节，况为天下之主乎”[③]的经历。苏武与李陵两人恰如一枚硬

① (西汉)司马迁：《史记》，中华书局1982年版，第295页。

② 刘倩，马云鹏：《创设多重对质情境提升学生思维能力——以“苏武传”教学为例》，《中学语文教学》2018年第11期。

③ (清)严可均编：《全上古三代秦汉三国六朝文》，中华书局1958年版，第282页。

币的两面，只不过苏武怀揣着报国之情，走出了不同于李陵的归国之路。

上述补充传主人生经历的方式主要还是借由古典传记作者的原文，称得上是有迹可循，原文本身便足以成为阅读教学过程中不可或缺的支撑材料。然而，还有一类古典传记文学作品，它所描写的传主可供考据的资料极少，甚至本身描写的史学真实性就有待商榷。其中最为典型的是《屈原列传》，邢延老师所作的教学设计可以为广大语文教师提供新的教学思路。在教学设想中，邢延指出《史记·屈原贾生列传》是历史文献中第一个详细叙述屈原生平事迹的，进而引导学生思考司马迁写作《屈原列传》的依据是什么？其真实性到底如何？[①] 具体到课堂教学环节，邢延将探索真实性的史学任务转化为探讨作传之法的语文任务，设置了司马迁在为屈原作传时的依据是什么和司马迁如何利用所占有的资料进行创作这两个问题。庄平悌评价邢延的这两个主问题既帮助学生明确了司马迁依靠直接材料和间接材料的创作过程，还突出了史传作品"事实的真实"和"想象的真实"。[②] 实际上，邢老师的教学设计抓住了古典传记文学作品历史真实性与文学艺术性交融的特征。这与前文笔者对厘清虚构与真实的界限一节中的论述有相似之处，不过多地关注历史上的一致，而将教学重点放在作者抒写时情感态度的一致上。

外国传记作品的文化意蕴，往往也需要将传主与背景知识相勾连进行体会，而这也正是学生所缺乏的。所以，教师在讲授外国传记作品时，不能拘泥于中国传统的思维模式与审美倾向，而是要从作品自身的文化背景角度来理解传记或传主的一些行为动机。这就要求教师利用好每次外国传记作品教学的机会，引导学生对

---

① 邢延：《〈屈原列传〉教学设计》，《中学语文教学》2019 年第 6 期。

② 庄平悌：《探讨史传文学的作传之道》，《中学语文教学》2019 年第 6 期。

相关的背景信息进行深入了解,对异域文化有更多更深入的认知,如与当时当地社会状况紧密相关的传主的教育经历、思想观念等。让学生以更加广阔的视角,去体会传记作品的纪实性、对时代的反映、传主独一无二的个性。这些既是理解外国传记作品深刻内涵的基础,也是重要的教学内容。

综上所述,在传记文学作品阅读教学时,大部分的文本可以通过引用原文和历史资料来帮助学生认识传主,进而走进文本的深处。如若传主本身的经历不可考证,那便可参照邢延的做法,将教学重点放在传记作家是如何进行创作上,探究作者如何使用为数不多的史料塑造人物,使之有血有肉。值得一提的是,古典传记文学作品虽有史学价值,但追溯传主经历的目的是熟悉人物形象,激发学生对其共情,而不是为了考据历史,切忌将语文课上成历史课。

二、把握创作背景

在阐释传记文体特征时,赵白生将其定性为基于史臻于文的叙述,因此,传记的整体性原则包含认识的全面性(史的要求)和艺术的完整性(文的指归)两个基本方面。① 与此同时,他毫不避讳地指出传记作者在选择传主的过程中常常将自身情感导向映射在传记主人公的身上,展现出或认同,或纪念,或排异的态度。由此可见,阅读古典传记作品既要读作者笔下的传主,感受其情志,还要揭开隐藏于传记人物之后传记作者的面纱。

然而在实际的阅读教学过程中,学生对传记作者相关信息的了解往往局限于课堂导入时的作者简介和课本中寥寥数语的注释。实际上,知人论世是帮助学生走向文本深处的一大利器,了解

---

① 赵白生:《一沙一世界——论传记主人公的选择与整体性》,《北京大学学报(哲学社会科学版)》1998 年第 5 期。

作者创作的历史背景，能在一定程度上拉近学生与作者之间的距离。

以《屈原列传》为例，学习这篇经典的传记文学作品不光是在读屈原的一生，更是在读司马迁熔铸了强烈个人情感所塑造出的独属于他的屈原。司马迁经历了李陵之祸，为撰写《史记》不得已选择隐忍苟活，在这段非同寻常的人生经历之后，在太史公曰中，几乎可以称得上是他直抒胸臆般地表达了自己的情感。首句即是"余读《离骚》《天问》《招魂》《哀郢》，悲其志"①，司马迁为屈原悲痛，但悲痛的并非他的死亡，而是他的志向得不到施展。对司马迁而言，志向能够实现是比生命得以延续更为重要的事。这与他自身的人生经历息息相关，寻常人或许为屈原放弃生命而感到悲痛，而结合司马迁的一生来看，他更为有识之士政见不得施展，寒窗苦读、考取功名最终走向的是深受时局迫害而被君主厌弃的人生经历而悲。

接着，他的思绪更进一步，想到了贾谊责怪屈原的沉江之举，"及见贾生吊之，又怪屈原以彼其材，游诸侯，何国不容"，此刻的悲痛似乎衍生出了责怪之意，并在阅读完《鹏鸟赋》后感到"同死生，轻去就"，进而"又爽然自失矣"。② 这是一种难以理解的情绪状态，既不是更为悲痛，也不是转向豁达，司马迁的情感由此走向了一种茫然若有所思的混沌状态。

司马迁看似矛盾的情感抒发与创作《屈原贾生列传》的背景密不可分。他为李陵的投降上书，汉武帝却以诬上的罪名将司马迁关入大牢。此刻摆在他面前的有两条路，一是承受天子之怒，坦然受死；二是隐忍苟活，接受对于士大夫而言比死还要残忍的宫刑。司马迁的抉择势必是权衡良久的，最后身为史官的使命感让他选

① （西汉）司马迁：《史记》，中华书局 1982 年版，第 2503 页。

② （西汉）司马迁：《史记》，中华书局 1982 年版，第 2503 页。

择了一条与屈原截然不同的路，那便是活着完成自己未完成的《史记》。因而他会在《报任安书》中写道“人固有一死，死有重于泰山，或轻于鸿毛”①。带着这样的理解，回到《屈原列传》中，可见司马迁自身虽选择了活，但并没有否认屈原高洁的死。他敬佩屈原以死明志的高洁情操，某种意义上说，屈原的死比活高贵，因此他不认可贾谊“怪屈原以彼其材游诸侯，何国不容，而自令若是”②的观点，如若屈原去别的国家做官，反而违背了自己忠贞的信仰，即便能够成就一番事业，也实在算不上志向得以施展。与屈原不同的是司马迁做出了隐忍苟活的决定，他认为自己发愤著书的活能发挥出远超于死、重于泰山的作用，但他又困于世俗观点中，向往屈原如同殉道者的形象，矛盾的抉择使得他的情绪陷入了爽然自失的思维怪圈之中。

因此，在传记文学作品阅读教学过程中，交代、补充作者的创作背景能帮助学生进一步与作者共情。此外，何时向学生呈现这些资料也是语文教师所需要在教学中斟酌的问题，教师不必局限于在导入时一股脑将其向学生展示，而是应在学生的疑惑恰好能用作者经历加以解释清楚时进行呈现。以上述《屈原列传》为例，当学生对司马迁爽然自失的情感表示不解时，再补充上述创作背景，进而思考他的生死观，学生方会有茅塞顿开之感。

三、聆听学生表达

叶圣陶先生提出“教是为了不教”，主张学生“质疑讨论”，在尝试自学基础上提出并围绕学习中的问题进行学生之间、师生之间多向交流切磋和合作探讨③。因此在教学过程中，教师理应将学

① (汉)班固:《汉书》，中华书局 1962 年版，第 1604 页。

② (西汉)司马迁:《史记》，中华书局 1982 年版，第 2503 页。

③ 任苏民:《论“教是为了不教”的科学内涵和理论体系》，《课程. 教材. 教法》2018 年第 2 期。

生置于主体地位,鼓励学生自主思考与探索,表达真实的阅读感受,并在此基础上,关注课堂环节中学生生成的切中肯綮的问题,采取因势利导的方式,引导学生进一步探究。

以特级教师彭玉华教学《苏武传》为例,一位学生在读完全文之后发出了"苏武真是太双标了"的评价。彭老师关注到了这位同学的感慨,立即邀请这位同学先解释"双标"的含义。在互联网语境中,所谓"双标"是"双重标准"的意思,暗含了一定程度的贬义。随后,彭老师抛出一个面向全体学生的问题,你认同苏武是一个双标的人吗?为什么?理由要从原文中来,用苏武做了什么或是说了什么佐证观点。一石激起千层浪,学生们不约而同地发出了赞同的声音,纷纷肯定苏武的双标,主要理由是面对意图劝降的卫律和李陵,苏武展现出了两副面孔,对卫律是骂曰"汝为人臣子,不顾恩义,畔主背亲,为降虏于蛮夷,何以汝为见"①;对李陵的劝说,苏武则是道"愿勿复再言",显得温和多了,甚至能够和颜悦色地"饮数日"。②

随着教学环节的推进,学生逐渐发表出更为深刻的观点,有学生说苏武对卫律和李陵的态度是不同的,偏心李陵,厌恶卫律,这才是人之常情。还有学生进一步指出卫律和李陵是两个截然不同的人。卫律负汉归匈奴,幸蒙大恩,赐号称王;拥众数万,马畜弥山,他以此为傲,直言富贵如此。而李陵则不同,他和苏武曾经俱为侍中,有一段同事之谊。李陵也肩负着劝降苏武的任务,虽已投降,但他并非贪图荣华富贵之辈,还真心敬佩苏武的赤胆忠心,即便是劝说,也是站在苏武的立场上,点破了朝廷的虚伪。彭老师在这时介入进行总结归纳,上升到了苏武对同样投降的卫律和李陵的不同态度。面对一心谋利的卫律,他义愤填膺、慷慨激昂,而面

---

① (汉)班固:《汉书》,中华书局1962年版,第2462页。
② (汉)班固:《汉书》,中华书局1962年版,第2464页。

对共事过的李陵，他又能够看到对方的难处，以温柔的姿态作出回应，《苏武传》带来的正是这样一个有血有肉的苏武。

不难看出，古典传记文学作品记述的是历史上一个个鲜活的生命，他们凭借自己的闪光点吸引了传记作者为之挥洒笔墨。而学生对个性鲜明的人物形象有着天然的好奇心，面对苏武这样的人物，他们会积极地评价人物作为，表达自己的所思所感，随着思考的不断深入，学生的发现往往不再止步于文本所呈现出来的表象。

一节优秀的古典传记文学作品阅读课，必然是倾听学生表达的课。宋士广老师在教学《鸿门宴》时，选择打牌作为贯穿课堂阅读教学的一个主要活动，他的教学灵感源于一位班上学生读完课文之后“项王把一手好牌打得稀烂，而沛公的一手烂牌却打得出神入化”①的感慨。宋老师不仅敏锐地关注到了这一位同学的感受，同时凭借对学情的把握，肯定了这一阅读感受大家基本认同，再将其作为走近文本的抓手，引导学生深入文本、爬梳剔抉、研究一番，看看项羽与刘邦究竟有哪些牌？他们是如何打的？

另外还需要关注的是学生的情感倾向。从心理学上来说，青春期是一个人世界观、人生观和价值观形成的重要阶段，在这个阶段，他们会有一段短暂的对偶像的崇拜期。有的学生基于外显性层面产生偶像崇拜，例如偶像的言行、外表等，有些学生则关注内隐性层面，例如偶像那些能够激励自己的品质，也有些学生根据自己的喜好产生偶像崇拜，偶像的特长、技能、才艺等方面深深吸引着他们。相比存在于教科书中的名人或伟人，偶像明星带给学生极丰富的视觉体验，他们的生活环境、生活时代与学生密切相关，学生更乐意选择偶像明星作为自己的崇拜对象。因此作为教师可以将学生的偶像作为切入点，引导他们关注偶像的闪光点，同时细

① 宋士广：《“鸿门宴”（第二课时）教学设计》，《中学语文教学》2021 年第 6 期。

分偶像的特征，比如坚守、勤奋、善良等，如此既拉近师生距离，又有机会因势利导，引导对具有相同品质的传主的学习，如居里夫人的勇于探索、不畏辛劳、淡泊名利；马克思的责任担当、奉献精神；凡·高的勤奋、坚持梦想等。

因此，教师在课堂上甚至在课堂外，应珍视学生的原初阅读体验，鼓励学生表达自己的观点、看法，适时筛选并归纳优质的观点，将个性的感受上升到集体的关注。但值得注意的是，学生的表达体悟要有迹可循，从文章中找到依据，不可主观臆断。

第二节 采用与文体特征匹配的阅读方法

一、由体出发，明其风格

刘勰的《文心雕龙》作为中国第一本成系统的文学理论著作，专门用半部的篇幅讨论文体。贺邵俊肯定了文体既为文学创作提供了编码程序，同时也为阅读时的解码起到了暗示的作用①。中国古代文体是由文发展而来的概念②，由此观之，古典传记文学作品无疑是传记文体，其独特之处在于文学和历史的双重性，兼具历史的真和文学的美；同时又展示了倜傥非常的人物与古人的诸多观念。恰如王剑所言古典传记文学作品"素来以古朴真切、雕琢有度著称，在实用性与文学性之间保持着理性的平衡，从不越以文废实、堆砌辞藻的'雷池'一步"③。

王荣生老师说："依据体式来阅读，是阅读的通则；依据文本体

① 贺绍俊：《文体与文风》，《文艺争鸣》2018 年第 1 期。

② 赵宏祥：《古代肖像画与传记文体》，《中山大学学报(社会科学版)》2021 年第 4 期。

③ 王剑：《阅读史传文学，提升核心素养——以高中教材〈史记〉选篇为例》，《语文建设》2018 年第 9 期。

式来解读课文，来把握一篇课文的教学内容，是阅读教学的基本规则。”[①]就古典传记文学作品阅读教学的现状而言，教师在容量有限的课堂上自然无法做到面面俱到，因此，指向古典传记文体特征的教学便不可轻易放过。这无疑对语文教师提出了更高的要求，即在进行古典传记文学作品阅读教学的过程中，需要选择最能体现其文体特征的内容进行教学。前文中，针对古典传记文学作品的特征已做诠释，在语言风格上具体表现为传记作者既关注历史的真实性，又灌注心血使之呈现出文学艺术性。从写作手法的角度，作者主要是通过叙述事件与议论评点的结合，彰显出传记的本质属性。换言之，教师要采取符合古典传记文学作品体式的阅读方式来引导学生阅读。

以柳宗元的《种树郭橐驼传》为例，传记学者杨正润从文体上肯定了这是一篇传记作品，同时，他关注到这篇古典传记的特殊之处在于“实际上作者目的不在介绍人物，而是借助一个人物来抒发情怀、表明志向或是进行讽喻”[②]。因此，在阅读教学的过程中，教师可以借由一个传字将整篇文章的中心人物聚焦到郭橐驼这位其貌不扬的种树人身上。从传字出发，让学生试着找一找，写了传主的哪些事，塑造了一个怎样的郭橐驼？学生能够较为轻松地找到有关郭橐驼职业、外貌以及出色的种树秘诀的语句，形成对他的初步认识。接着再由此深入，《种树郭橐驼传》作为典型的说理型传记，带有浓厚的寓言色彩，后两段对为官之理的问答非但没有游离出古典传记文学的范畴，与之相反，恰恰最能体现其传记风格的部分。

基于前文对郭橐驼人物形象的梳理，学生不难看出郭橐驼虽

---

① 王荣生：《阅读教学设计的要诀——王荣生给语文教师的建议》，中国轻工业出版社 2014 年版，第 108 页。

② 杨正润：《现代传记学》，南京大学出版社 2009 年版，第 237 页。

是有着奇怪的外貌普通小人物，但却深谙种树之理。若是教学止步于此，便是对这篇说理性传记的风格浅尝辄止了，教师应对潜藏在语言深处的关键字词进行点拨，使学生对文体知识的理解趋于明朗化。文中末尾问者感慨了一句“吾问养树，得养人术”①，这里的“得”值得赏析，问者“得”了什么？如何“得”的？小小一个“得”字可谓是血脉贯注、枝叶关情，循文入义方可扣住本文的脉搏。②郭橐驼自述种树的奥妙，乃至他对橐驼这一侮辱性绰号的反应都是为问者的“得”所作的铺垫，这篇古典传记文学作品的说理性风格也在此展现得淋漓尽致。柳宗元正是通过郭橐驼对种树之理的阐述，自然而然地由树推及到人，既然种树的关键在“顺木之天，以致其性焉尔”③，那么将目光聚焦到养民之道上，也存在共通之处，从而进一步明晰了为官治民之道也在于顺应民心、以人为本。

学生在掌握古典传记文学作品文体特征的基础上，在阅读时，还要化被动的接受者为主动的思考者。光是看明白了人家这样写，还不够，还要追问，为什么他不那样写？这就涉及到了古典传记文学作品独有的风格魅力，既有历史的真实，还有文学的想象。

选自《项羽本纪》中的《鸿门宴》，这场宴席确有其事，可事实上，司马迁没有到场，刘邦、项羽乃至张良、樊哙所说所作皆不可考。这就足见司马迁的写作功底，他将史官的实录精神与文学的虚构想象融合得水乳交融、宛若天成，字里行间尽显春秋笔法、微言大义的魅力。

古典传记文学作品用寥寥数语勾勒人物的独特风格在《鸿门宴》中彰显得淋漓尽致，在张良说：“秦时与臣游，项伯杀人，臣活之。今事有急，故幸来告良”之后，沛公接上了一句“孰与君少长”，

---

① (唐)柳宗元：《柳宗元集》，中华书局1979年版，第474页。

② 刘生权：《捕捉关键词，探求语用生长点——以“种树郭橐驼传”为例》，《中学语文教学》2017年第3期。

③ (唐)柳宗元：《柳宗元集》，中华书局1979年版，第473页。

得知了项伯年纪比张良大后，马上提出了攀亲的策略，“君为我呼入，吾得兄事之”。[①] 司马迁此刻文学的想象显然是多于史家的实录，寥寥十一字便勾画出了一个心思深沉、善于审时度势的刘邦，当时的情况只需要须臾之间便心中有数，快速地制定出“奉卮酒为寿，约为婚姻”的策略，绝非常人所能及。同样，司马迁将这许多的考量隐于笔端之后，又需要何等的笔力。学生未必能及时发现作者的匠心独运，因此教师在阅读教学时的引导就显得弥足重要。

二、缘言读文，赏其形象

在部分古典传记文学作品阅读教学的课例中，教师将“文”“言”割裂开来，形成了一套放之四海皆准的“万能”模式——先疏通学生不理解的文言字词，再翻译全文，最后借由分析人物形象引导学生理解全文主旨。此种教学方式至少存在两大问题，一是忽略了文言统一在阅读教学中的重要性，二是弱化了人物形象的赏析，仅将其视作通往主旨解读的道路。

古典传记文学作品的阅读教学应当做到如刘宏业所言“因言解文”，着眼于炼字炼句处来充分打开文本，在字词句的解读中，赏析独特的人物形象，把握作者的“言志载道”。[②]

在统编版选择性必修中册的《屈原列传》节选中，有这样一段话：“上官大夫与之同列，争宠而心害其能。怀王使屈原造为宪令，屈平属草稿未定。上官大夫见而欲夺之，屈平不与，因谗之曰：‘王使屈平为令，众莫不知。每一令出，平伐其功，曰以为非我莫能为也。’王怒而疏屈平。”[③]在实际教学中，学生容易将“上官大夫见而欲夺之，屈平不与”按照字面意思解释为：上官大夫看到屈原写好

① （西汉）司马迁：《史记》，中华书局1982年版，第312页。

② 何君辰：《去伪存真，回归文本语境——“陈太丘与友期行”教学内容重构》，《语文建设》2019年第1期。

③ （西汉）司马迁：《史记》，中华书局1982年版，第2481页。

的宪令草稿后想要抢夺过来，屈原却不肯给。“夺”在此变成了“抢夺”的“夺”，“与”成了“给”的意思。

文章的细微之处，恰恰能看出作者为塑造人物形象所下的苦功。学生的误读将整句话曲解为两方势力对宪令草稿本身的争夺，一方面不合逻辑，屈原和上官大夫均不可能做出明面上的争抢行径，另一方面淡化了人心叵测的意味，消解了屈原郁郁不得志的程度。实际上，此处的“夺”应取“舅夺母志”“匹夫不可夺志”中“改变”的意思，“与”和《论语》中孔子表达自身观点的“吾与点也”一样，是“同意”的意思。换言之，上官大夫想在宪令中渗透自己的政治主张，而屈原不肯，因政见不合，才在楚王面前进献谗言诋毁他。可见，屈原看似拥有撰写宪令的权利，但免不了受到各方势力的裹挟，因此他“疾王听之不聪也，谗谄之蔽明也，邪曲之害公也，方正之不容也”[①]的情绪如杜鹃啼血。屈原并非在捍卫宪令草稿的所属权，而是不愿向上官大夫的主张妥协，同时，从“不与”中可以看出他高洁傲岸、不愿与世推移而遭受苦难的崇高形象。

同理，学生对《屈原列传》中另一句的理解也容易产生偏差，“屈平正道直行，竭忠尽智以事其君，谗人间之，可谓穷矣”[②]。屈原的处境若用一字概括，便是“穷”了，但现代汉语中的“穷”与文言中的“穷”存在较大差异。

屈原的“穷”不是经济上的“贫穷”，那既是一种郁郁不得志的人生窘境，也是一种经历种种苦难后人所能承受的极限。借“穷则独善其身，达则兼济天下”来看屈原的一生，小人进献的谗言将他逼入了绝境，他即便想要在“穷”时独善其身也是求而不得的。司马迁在《屈原列传》特意写了屈原和渔父的对话，屈原以一句“又安

① (西汉)司马迁：《史记》，中华书局 1982 年版，第 2482 页。

② (西汉)司马迁：《史记》，中华书局 1982 年版，第 2482 页。

能以皓皓之白，而蒙世之温蠖乎”[①]表达志向，他无法让高洁的自身陷于泥沼，葬身鱼腹成了他人生的唯一出路。

传记作者对人物形象的塑造也存在变化，以班固的《苏武传》为例，苏武的人物形象是固定不变的，两次自杀以及第三次自身性命受到威胁时，班固对他几乎没有任何的心理描写，也就使得苏武的形象显得相对扁平。[②] 苏武的形象转向有血有肉，离不开李陵登场后二者的对话描写。面对李陵的劝降，苏武吐露心声：“武父子亡功德，皆为陛下所成就，位列将，爵通侯，兄弟亲近，常愿肝脑涂地。今得杀身自效，虽蒙斧钺汤镬，诚甘乐之。臣事君，犹子事父也，子为父死亡所恨。愿勿复再言。”[③]除了“犹子事父也”中“也”字外没有使用一个虚词，使得语句铿锵有力、一气呵成，苏武的爱国形象也逐渐鲜明立体起来。饮酒数日之后，李陵继续好言相劝，苏武只道：“自分已死久矣！王必欲降武，请毕今日之欢，效死于前！”[④]一个“矣”字拉长了苏武的哀叹，使得情绪得以延长，苏武对自己必然将死的宿命也了然于胸，近乎“壮士一去兮不复还”的英雄形象就在这短短两句跃然纸上。

在古典传记文学作品的阅读教学过程中，赏析传记主人公的形象理应作为教学的重中之重，这就自然产生了一个问题，如何评价或者说如何量化学生对人物形象理解的准确度？统编版教材在《苏武传》课后给出的方式可供借鉴：仿照“太史公曰”的写法，揣摩《苏武传》中班固对苏武的认识与评价，尝试以班固的视角，写一则人物短评。

总之，古典传记文学作品旨在记人，而人的形象塑造离不开文言词汇的雕琢，因此阅读教学理应沿着文言这条道路，以古解古，

---

① (西汉)司马迁：《史记》，中华书局 1982 年版，第 2486 页。

② 何寄澎：《“汉书”李陵书写的深层意涵》，《文学遗产》2010 第 1 期。

③ (汉)班固：《汉书》，中华书局 1982 年版，第 2464 页。

④ (汉)班固：《汉书》，中华书局 1982 年版，第 2464 页。

帮助学生理解文言字词的含义，进而与一个个古代人物会面。

三、择点而教，溯其关键

郑燮在《潍县署中寄舍弟墨第一书》中写道“且过辄成诵，又有无所不诵之陋。即如《史记》百三十篇中，以《项羽本纪》为最，而《项羽本纪》中，又以巨鹿之战、鸿门之宴、垓下之会为最。反复诵观，可欣可泣，在此数段耳。若一部《史记》，篇篇都读，字字都记，岂非没分晓的钝汉！”①郑板桥以读者的身份表达了他主张阅读应在精彩之处、最见作者心血处反复阅读。

在古典传记文学作品中，传记作者所用的句式有不容忽视的精彩之处。如《项羽本纪》中这样描绘巨鹿之战画面的：“项羽乃悉引兵渡河，皆沉船，破釜甑，烧庐舍，持三日粮，以示士卒必死，无一还心。于是至则围王离，与秦军遇，九战，绝其甬道，大破之，杀苏角，虏王离。”②多用短句，节奏紧凑，教学中教师应让学生反复朗读，为语句加上重音，思考该怎么读出气势来。在这一教学环节中，学生不光会关注到“引”“渡”“破”“烧”“持”一系列作战准备工作，也会从中感受到战局的一触即发，“遇”“战”“绝”“破”“杀”“虏”一连串的动词更彰显出项羽骁勇善战的霸王形象。

此外，教师还可以采用更改的方式引导学生赏析传记作者精心斟酌的字词。以《屈原列传》为例，司马迁记叙了怀王的长子顷襄王即位，任用他的弟弟子兰为令尹一事，从中可以窥见史家的实录精神。但司马迁并非冷静的叙述者，而是将自身的情感投射在传记主人公屈原身上。同样是对子兰进行评价，“楚人既咎子兰以劝怀王入秦而不反也”，屈原的情感态度则更为强烈，到了“既嫉

---

① （清）郑燮：《郑板桥全集》，凤凰出版社 2012 年版，第 247 页。

② （西汉）司马迁：《史记》，中华书局 1982 年版，第 307 页。

之”的程度。①

“咎”与“嫉”两字存在的差别恰是窥见司马迁情感态度的关键。教师可以将两处都换成“咎”后与原文比较，再让学生回忆以往学过的带“咎”“嫉”的词语、成语，区分两字之间透露出的情绪强度差异。“咎”字组成的成语有“既往不咎”“咎由自取”，是“责备”的意思；由“嫉”字联想到的成语有“嫉恶如仇”“愤世嫉俗”，可见“嫉”的程度极深，是发自内心地痛恨、咬牙切齿。同样是对子兰的评价，司马迁对屈原的心境把握可谓精准，一个“嫉”字使得读者更能共情他对子兰的愚昧无知、怀王的偏听偏信以及楚国的每况愈下的愤恨。

古典传记作者在字斟句酌外，还会以细腻委婉的方式描摹自身百转千折的心理状态，从中国古代叙事文学的传统来看，可谓是“很少如此摹状一个人的内心世界”②。在《屈原列传》中不难看出，屈原之死并不意味着传记作品的结束，司马迁从幕后走到台前，直接剖析了自身的内心情感，他在读完《离骚》《天问》《招魂》《哀郢》后，悲其志；在过屈原所自沉渊处时，未尝不垂涕，想见其为人；及见贾生吊之，又怪屈原以彼其材游诸侯；最后读完《鹏鸟赋》后又爽然自失矣。教师在进行阅读教学时，除了引导学生赏析作者对古典传记人物形象上的刻画外，还要透过笔下人物关注作者尚未明言之情。因此，读《屈原列传》不光是在认识屈原这位历史人物，还进一步加深了对司马迁心性的理解。

古典传记文学作品阅读教学往往还需考虑当下时代环境与古代历史背景的不兼容之处。从笔者的教学观察来看，学生在与传记主人公共情时，不可避免地会受到现代思想的影响，进而对其抉择持不解甚至轻蔑的态度。如在教学《屈原列传》时，屈原以死明

① （西汉）司马迁：《史记》，中华书局 1982 年版，第 2484—2485 页。

② 何寄澎：《〈汉书〉李陵书写的深层意涵》，《文学遗产》2010 年第 1 期。

志之举常受到学生的诟病，学生大多支持贾谊“又怪屈原以彼其材游诸侯，何国不容，而自令若是”①的观点，甚至司马迁隐忍苟活之举也常用于和屈原作比。实际上，屈原的死和司马迁的生一样伟大。这时教师可以引用《哈姆雷特》中的名句“生存还是毁灭，这是一个问题”来分析他们二人的人生抉择，启发学生思考“屈原的生高贵还是死高贵？司马迁的生高贵还是死高贵？”屈原本可选择存活的道路，但他义无反顾地投身汨罗江；司马迁本可选择一死了之的结局，但他凭借《史记》成一家之言，超越时空的限制，获得了真正的不朽。屈原成了一代又一代士人阶级的榜样，他们能够从中获得价值支撑，维系君子的道德风尚。

值得注意的是，当前统编版教材中针对文本注释中的瑕疵，可进一步教学。如《苏武传》中有一句“既至匈奴，置币遗单于”，文下解释“置币遗单于”为备办了一些财物送给单于，将“置”译作“备办”，将“币”译作“财物”。“备办”的意思是“操办、置办”，侧重原本并未准备，临时筹备。而根据历史背景来看，汉朝的怀柔政策主张以重礼收买人心，由此观之，苏武一行人是带着汉天子早就准备好的礼物前往匈奴的，“置”应取“陈列，摆出”之意。“币”解释作“财物”也不够合理。实际上，上古使臣出使时携带的礼物一般有玉、马、皮、帛、圭、璧等，称为“六币”②。为了避免以今译古的现象，教师可将此处作为补充知识告知学生。

第三节 建立学生与“这一篇”课文的经验链接

传记文学作品是语文阅读教学绕不开的课文，又因其自身的独特性，承担着更为重要的内涵。王荣生将构成文化、文学素养的

① （西汉）司马迁：《史记》，中华书局1982年版，第2503页。

② 董玉芝：《〈苏武传〉注释商补》，《语文建设》2009年第5期。

经典文本称为"定篇"[①],不难看出,古典传记文学作品符合"定篇"的定义,是区别于其他篇目的"这一篇"。因此,教师需进一步回答"这一特定文本,最要紧的是在什么地方?文本的关键点在哪里?或者说,这一特定文本的特质何在?理解、感受、欣赏这一特定文本的关键点需要学习什么?或者说,如何发现文本的关键点?用怎样的阅读方法,才能获得与课文相一致的理解、感受?"[②]让"这一篇"课文区别于其他文体,乃至区别于同为古典传记文学作品的其他课文,焕发出本身的独特魅力。

一、比照史书,明晰文史笔法差异

究其根本,古典传记文学作品以历史事实为基础,通过动作描写、神态描写、详写与略写等一系列创作手法,使之区别于历史意味浓厚的年谱,凭借文学价值打动了一代又一代的读者。尽管文和史并非泾渭分明的两家,学界有文史哲不分家之说,但不分家并不等于没有界。[③] 在古典传记文学作品阅读教学的过程中侧重于文学是一个无须探讨的问题。

而在实际阅读教学的过程中,教师教学的重心容易向历史偏移。古典传记文学作品中固然存在历史事实,但史书与古典传记文学作品的记述方式、语言风格截然不同。如《项羽本纪》中霸王别姬一幕,项王在生命的尾声与美人虞姬相和而歌,情难自禁,"泣数行下"[④];而在《汉书·陈胜项籍传》中,项王便是"泣下数行"[⑤]。看似只变更了一字,且均是描写项羽流泪,但在情貌上却大不相

---

① 王荣生:《关于"语文教学内容"问题的思考》,《中学语文教学》2010年第9期。

② 王荣生:《阅读教学的基本任务与路径》,《课程·教材·教法》2012年第7期。

③ 程永超:《基于语文学科特性的"鸿门宴"教学》,《中学语文教学》2013年第3期。

④ (西汉)司马迁:《史记》,中华书局1982年版,第333页。

⑤ (汉)班固:《汉书》,中华书局1962年版,第1817页。

同。"泣数行下"刻意隐去了眼泪，犹如电影中的特写镜头，读者先是看到项羽的脸，再看到有几行东西流了下来，仔细一想才发觉这是英雄之泪。《汉书》中的"泣下数行"则丧失了语言文字之中的张力，项羽的眼泪无非是比平常人多流了几行，英雄末路时的悲壮意味也随着这看似稀松平常的眼泪大大消解了。

即便同为《史记》节选，对鸿门宴的描绘，也存在着不同。选自《项羽本纪》中的《鸿门宴》在高中各版本教材的节选中基本字数在一千八百三十七字左右，而在《高祖本纪》中字数仅为三百二十七字，在《留侯世家》中只有寥寥二百十七字用来交代鸿门宴的始末。可见《史记》虽为纪传体通史，仍受到国别体、编年体撰写方式的影响，除去《项羽本纪》中对鸿门宴进行了细致入微的描写外，其余几篇虽同写鸿门宴一事，但在叙事上更类似史书，主要目的在交代何时何地发生了何事，而并未突出在历史洪流中的人。

钱锺书也敏锐地关注到史家与古典传记作者在书写同一段经历的差异。方苞《左忠毅公逸事》中写："庸奴，此何地也？而汝来前！国家之事糜烂至此，老夫已矣，汝复轻身而昧大义，天下事谁可支拄者？不速去，无俟奸人构陷，吾今即扑杀汝！"史可法则在《祭左忠毅公文》中写："尔胡为乎来哉？"①不难看出，同样是记述左光斗狱中言语，方文中共十句五十三字，而史可法作为事件的亲历者却仅以六字一语带过。足以见得，史家笔法的简练和古典传记作者揣想生象的写作方式存在较大差异。

此外，即便是在一篇古典传记文学作品之中，史笔和文笔也可以同时存在，既"坚持实录精神、忠实地记述历史本貌"，又保有"语言的鲜明、生动"。② 如在《苏武传》中，班固在记叙史实时有意将

① 陆精康：《揣想生象造境写人——文言传记教学变"助译"为"导写"的改革尝试》，《中学语文教学》2000年第7期。

② 艺舟：《对比寓褒贬，爱憎凝笔端》，《新闻与写作》1994年第8期。

张胜、卫律、李陵置于苏武的对立面，这既是对历史的真实还原，也暗含着作者的匠心。面对“举剑欲击之”的威胁，“胜请降”，同为三字写反应，苏武却是掷地有声的“武不动”。这把剑不光斩了虞常、降了张胜，当卫律“举剑拟之”时，“武不应”又与上文的“武不动”相呼应，展现出了苏武一心为国的形象。①

二、关注异常，赏析高明叙事技巧

古典传记文学作品读来不会有平铺直叙之感，一方面是因为绝大部分传主本身便拥有着其超乎常人的品性，传记作者在叙事时有意在超乎寻常的事件中凸显传记人物的性情，另一方面典型事件中的矛盾冲突，能使平静如水面的文章变得波澜起伏。因此，在阅读教学的过程中，要关注古典传记中的超常内容以及一波三折的叙事。

在《苏武传》中，教师应引导学生寻找文中超乎寻常的地方，并说说自己阅读之后的内心感受。拿苏武两次求死为例，一次是因为“恐前语发”，苏武认为“事如此，此必及我。见犯乃死，重负国”，想要自杀，却被张胜、常惠制止，从情理的角度，这并非寻常人能做出的决定。另一次则是面对劝降的卫律，苏武不愿受辱，“引佩刀自刺”，然而奇异的是“凿地为坎，置煴火，覆武其上，蹈其背以出血。武气绝，半日复息”。② 这时的苏武是想死而不能，他意志的坚决和生命的顽强造成了事件的波折，明明已经气绝但奇迹般地活了下来，通过生与死之间的对比，学生肯定能感受到苏武真正做到了用生命去热爱国家。

如果说《苏武传》中由降与不降引发的激烈矛盾冲突是显性的超常，那么《屈原列传》中屈原与渔父的对话则是隐性的超常，如同

① (汉)班固:《汉书》，中华书局1962年版，第2462页。

② (汉)班固:《汉书》，中华书局1962年版，第2461页。

平静海面之下涌动的暗流。在渔父与屈原的一问一答间，读者的心也随之被提起，即便知晓屈原葬身鱼腹的结局，但渔父不凝滞于物的观点给屈原指明了另外一条与世推移的路径。

如何品味潜藏在文字之下的波折，郑萍老师的教学实录能给我们一定的启示。郑老师以“相遇”为关键词，总领这一次特殊的会面，当屈原至于江滨，此时的他“被发行吟泽畔，颜色憔悴，形容枯槁”，而渔父犹如神兵天降，直接出现在他面前。在明确了相遇时两者的形象后，郑老师提出通过填修饰语的方式，来感知人物的语气，引导学生反复品味、咀嚼两人的思想冲突。[①] 以下是截取的郑老师教学实录。

师：相遇的两个人一问一答，再一问一答，碰撞出思想的火花。让我们通过感知人物语气的形式，在括号内填修饰语，来理解他们的内在形象。

在幻灯片中呈现以下句子：

(1)渔父见而(　　)问之曰：“子非三闾大夫欤？何故而至此？”

(2)屈原(　　)曰：“举世皆浊而我独清，众人皆醉而我独醒，是以见放。”

(3)渔父(　　)曰：“夫圣人者，不凝滞于物，而能与世推移。举世混浊，何不随其流而扬其波？众人皆醉，何不哺其糟而啜其醨？何故怀瑾握瑜，而自令见放为？”

(4)屈原(　　)曰：“吾闻之，新沐者必弹冠，新浴者必振衣。人又谁能以身之察察，受物之汶汶者乎？宁赴常流而葬乎江鱼腹中耳。又安能以皓皓之白，而蒙世之温蠖乎？”

---

① 王开东：《没有真正的精神相遇，教学就很难发生》，《中学语文教学》2017 第 6 期。

在郑老师的课堂上，学生分别给出了“讶然”“愤然”“黯然”“慨然”“毅然”等答案。在这一问一答之间，学生通过反复的朗读中进一步感受渔父与屈原两人情绪的波澜起伏。实际上，古典传记文学作品中这种艺术化的留白较为常见，郑老师关注到了学生原本极有可能走马观花的内容，引导学生填补空白，想象二者对话的情貌，还原了看似平静的叙事节奏下人物的思想冲突。评课的王开东老师进一步指出教学传记作品时我们既要关注作者所花笔墨的地方，还要思索作者笔墨未至的地方。

第四节　立足原文语境，生成完整的阅读体验

一、古典作品的原文语境运用

古典传记文学作品的阅读教学无疑要立足教材，教材文本的存在形态是一个复杂的多层次结构，既要关注语音、语段、句群乃至篇章结构，还要品味文本承载的情感与理思、精神与思想、灵魂与生命。① 依照王荣生对教材选文的分类来看，古典传记文学作品毫无疑问是“定篇”。因此，教学内容便不再局限于课文，还需要选择、增加让学生能够透彻地理解作品的思想与艺术、理解经典何以是经典的教学材料。

然而事实上，高中古典传记作品除了篇幅相对较短的，如《种树郭橐驼传》之外，大多是《史记》中篇幅较长的列传、本纪，因此选文多采用节选的方式。以《鸿门宴》这一经典选文为例，2007 年人教版必修二的课后研讨与联系中给学生出了这样一个思考问题：“许多读者认为项羽是因为在鸿门宴上不杀刘邦而失去天下。你

---

① 曹明海、赵宏亮：《教材文本资源与教学内容的确定》，《语文建设》2008 年第 10 期。

同意这个看法吗？写一篇读后感，谈谈你的观点”。课后习题不光是教师教学的指向标，更是学生阅读与思考的方向。这样的问题设置不由令人反思：单就阅读了《鸿门宴》选文的学生而言，其知识储备能够回答这一问题吗？如若不能，他们将站在何种角度去回答呢？毫无疑问，这样的提问设置很容易将古典传记文学作品的阅读教学导向历史事实的分析，单就成败胜负而言，项羽毫无疑问是输家，但阅读教学更为重要的是关注文学创作中所塑造的项羽是一个什么样的人、他究竟为何会作出这样的选择。统编版教材中将《项羽本纪》节选出了《鸿门宴》这一篇，这实际上是“因事命篇”的典型，将项羽整体的人生经历肢解出一部分，以具体的事件进行命名，如果学生只读这部分内容，无法站在全篇文章的角度回答这一问题。

实际上，现行统编版教材中有意纠正了以往重史轻文的现象，明确指出“《史记》是纪传体史书，其中本纪、世家、列传以人物为中心叙述历史的名著”，提出“从材料安排、叙事技巧、描写方法等方面做些比较分析”“适当拓展阅读其他史传名篇，探究史传文学的叙事艺术的教学方向”。基于此，教师往往将叙事的方式和人物的塑造视作古典传记文学作品阅读教学的重中之重，却依旧没有明确引导学生完整地阅读《鸿门宴》的原文《项羽本纪》。

纵观项羽的一生，鸿门宴无疑是极为浓墨重彩的一笔，但仅凭《鸿门宴》认识项羽、刘邦未免片面。甚至《鸿门宴》在多版本的教材中均自“沛公军霸上，未得与项羽相见”始，本身对鸿门宴的背景交代造成了疏漏。《项羽本纪》中还有这样一段文字：“行略定秦地。函谷关有兵守关，不得入。又闻沛公已破咸阳，项羽大怒，使当阳君等击关，项羽遂入，至于戏西。”[①]这删去的四十二字不光点明了鸿门宴中刘项之争的根源，还能使读者清醒地看到鸿门宴中

① （西汉）司马迁：《史记》，中华书局 1982 年版，第 310－311 页。

刘胜项败的真实原因。[①] 除此之外,项羽性格中的缺陷在这场举世闻名的鸿门宴仅暴露出了一部分,阅读《项羽本纪》,能进一步了解"项籍少时,学书不成,去学剑,又不成"的往事,因此惹得项梁大怒,继而项羽展现了自己"书足以记名姓而已。剑一人敌,不足学,学万人敌"的鸿鹄之志,于是项梁乃教籍兵法,籍大喜,略知其意,又不肯竟学。[②] 可见项羽从少时便暴露出了性格中的短板,做事时常随心所欲,任性妄为,很难做到善始善终,因此,也无怪乎他在鸿门宴上对时局的把握不够深远了。

由此观之,高中语文教材对古典传记文学作品尤其是较长篇幅的文章采取节选的方式,势必在一定程度上肢解了原文的文意。能够帮助学生进一步理解古典传记作品的材料见之于原文,而不在教材助读材料中,这就从侧面要求教师在阅读教学的过程中将原文作为补充资料给予学生。即使在《史记选读》这本苏教版教材中,许多篇目也存在着需要教师补足的部分。教师所需要补充的内容大致可分为补前因、补后果和补背景三个板块:如在教学《项羽本纪》时,需要教师补充垓下之战、巨鹿之战的前因;在教学《淮阴侯列传》时,教师需要适时补充韩信的结局;而对背景知识补充的范围则更为广泛,司马迁的人生经历在一定程度上影响到他对笔下人物的选择与评价,教师可以将这一系列知识作为辅助阅读的重要材料进行教学。

高中学生阅读古典传记文学作品不能只知其一不知其二,对古典传记文体的认识也不应该是切片式的。同样值得注意的是,对同一人物的相关原文甚至不同作者写的作品也可以作为学生理解人物的跳板。对原文的援引不必局限于补足单篇,以《鸿门宴》为例,语文教师至少还应该提供学生《高祖本纪》《项羽本纪》全文,

① 王立群:《关于〈鸿门宴〉选文的建议》,《语文建设》2004 年第 11 期。

② (西汉)司马迁:《史记》,中华书局 1982 年版,第 295—296 页。

帮助学生进一步认识刘邦、项羽这两位帝王。

二、外国作品的原文语境运用

现行的中学语文教材中涉及的多篇外国传记作品，除了《走一步再走一步》《伟大的悲剧》《一名物理学家的教育历程》几篇是完整的作品，其余大多是节选。在教学实践中，由于受到时间和精力等多种因素的制约，学生对外国传记作品进行整本书的阅读是难以实现的。教材编写者在选编过程中会有意识地将这些经典作品中最精彩的一部分进行截取，便于学生能够以小见大，从片段的学习中领略传主的风采，体会到整体作品的魅力。

然而，在教学实践中，节选的文章不可避免地会导致传主经历的不完整和其某些心理转变过程的缺失，学生对于传记整体的解析和欣赏肯定也会有所欠缺。补充那些没有被选入教材但是能够加深学生对文章或传主理解的原文内容，可以较好地弥补这些不足。如《我的信念》选自《居里夫人自传》，在节选的文段中，居里夫人主要谈到了以下三个方面：一是科学工作者需要探讨真理的精神，而不只是谋求物质上的利益。二是科学研究需要静谧的环境，需要自由的国度，需要长久的专注。三是科学研究还需要坚忍不拔的精神。即从工作的环境、态度、理念三方面展现了居里夫人的信念。但这更多只是停留在居里夫人自身态度和价值观的理论的层面，没有与其具体经历相结合，光从这些方面让学生感受居里夫人的人格魅力、对科学研究的态度，从而磨炼意志、学会生活、热爱科学，显得较为勉强或困难。因此补充《居里夫人自传》里的内容尤为必要。这部自传作品以直白和坦诚的语言为我们展现了一位出身平凡的女孩如何以坚强意志、刻苦奋斗实现了不平凡的一生。《居里夫人自传》还着重介绍了丈夫的主要生平事迹，由此可见居里夫人对自己丈夫的深情，夫妇二人相遇相知相守，为了共同的梦想甘于贫困寂寞，终于实现梦想，提炼了镭。这方面的内容，对于正处于青春发育期的学生能够起到价值观方面的积极引导。

在引进原文内容时，应遵循以下一些基本的原则。首先要把控好度的问题，在数量上，引入的内容并非力求丰富、多多益善，而是要符合教学需要，且不耽误教学进度；在深度上，要与学生的理解能力相匹配，不宜引入过于复杂烦琐的内容，以免消磨学生的阅读兴趣。另外，在引入原文内容时，要考虑到不同文化之间的差异性，可以适当引入一些能够展现不同国家和不同民族文化背景的内容，帮助学生更好理解文本，提升跨文化素养。最后是教师在引入时要有所甄别，严格把关，剔除一些落后的、腐朽的内容。

附录一　小学传记作品教学探索

我们考虑到小学传记作品的教学，学界关注较少，特选两篇有关小学语文课传记作品教学的探索文章，可供老师们参考。

论文一：传记文学资源在小学语文教学中的有效利用

一、传记文学是小学语文课程的重要资源

传记文学是描写传主真实生命历程的一种文学体裁，它起源于人类对祖先和英雄的纪念。从《诗经》中的《生民》开始，到司马迁的《史记》成为中国古代传记的典范，再到近代西风东渐影响下中国现代传记的产生，中国的传记文学经历了一个漫长却又始终绵延不断的过程。在这个过程中，传统的传记不断继承、吸收、借鉴，逐渐成为一种具有强大生命力的文学体裁。在当代文坛，传记文学作为一种古老的文学样式，不仅没有失去其存在的价值，而且焕发出新的活力，成为时下最受欢迎的文学种类之一。

《语文课程标准》明确指出，语文"教材应体现时代特点和现代意识，关注人类，关注自然，理解和尊重多样文化，有助于学生树立正确的世界观、人生观、价值观"，"应符合学生的身心发展特点，适应学生的认知水平，密切联系学生的经验世界和想象世界"，"注重继承与弘扬中华民族优秀文化，有助于增强学生的民族意识和爱

国主义感情”。传记文学在内容上因传主的不同而千变万化，天文地理、古今中外，无所不包，无所不有，使小学生能够在轻松的阅读体验中进行知识的积累和情感的熏陶；又因其作者的不同在语言、文风、选材上有很大的差异，能使学生体验不同的阅读感受，进行语言文字的训练，积累习作经验。

小学语文教材里的传记文学资源主要包括名人故事和名人传记。从现行的小学语文教材来看，入选的传记从总量上来看虽然不多，但在比例上随着年段的升高而逐渐增加。以部编版小学语文教材为例。低段有《吃水不忘挖井人》《邓小平爷爷植树》《称象》等，二年级还出现了革命人物专题单元：《八角楼上》《朱德的扁担》《难忘的泼水节》《刘胡兰》等。小学中段开始，传记文学所占的比例有所增加，并且出现了古代传记内容，如三年级的《司马光》，四年级的历史人物故事专题中《王戎不取道旁李》，四年级下册的《囊萤夜读》《铁杵成针》等。到了高段，出现了围绕某一人物的专题文章，如六年级上册以鲁迅为专题的课文；出现了围绕某一人物品质的专题文章，如五年级下册的《青山处处埋忠骨》《军神》《清贫》，六年级下册的《十六年前的回忆》《为人民服务》《金色的鱼钩》……这些专题文章与前面的单篇人物故事相比，内容上更加丰富多样，所表现人物形象更加全面、生动、丰满。这种阶梯式的安排符合儿童的身心发展特点的。

包罗万象的传记文学作品具有丰富的人文内涵和审美艺术价值，应当在语文课程中占有重要地位。

二、传记文学资源在小学语文课堂教学中的有效利用

正因为传记文学在小学语文课程中的重要地位，在教学中怎样充分利用这些文章来促进学生的成长？

（一）把握传记文学不同题材的核心价值

对于多数传记文学作品而言，它们的核心价值首先在于作品

非凡的教育功能和激励功能。学生能够通过阅读这些传记文学作品，了解名人的成长故事，受到启迪和教育。因而，在课堂教学中，教师要注意从整体上把握作品的人文内涵，而不要在字词句上纠缠不休，使文本失去整体性，使学生失去阅读的兴趣。例如，在《为中华之崛起而读书》一文的教学中，要把教学的重点放在了解当时的社会背景上，理解周恩来为什么会树立这样的理想，深入体会人物的内心活动，与主人公的内心产生共鸣才是最终目的。

而对于那些节选自名家名作、在语言文字上有很强文学性的传记文学作品，我们则应关注作者怎样通过选材、炼字、造句上多给学生以指导，使学生在阅读过程中自觉地积累写作方法，不断提高写作和口语交际的水平。例如，教师在六年级上册的《少年闰土》一课中，要重点引导学生学习作者是怎样表现少年闰土的人物形象的。

（二）把握学生的心理特点

首先，小学生由于知识经验的贫乏，文学欣赏能力较低。他们在欣赏作品时，其思维往往是跳跃式的。他们对文学作品的欣赏偏重直观感受，注意作品中的形状、色彩及声音等具体可感的东西，对有血有肉的主人公形象和曲折动人的故事情节非常感兴趣，而对那些抽象、理性的文字非常反感。因此，教师在组织教学时可以就人物形象、故事所揭示的道理进行提问和归纳，帮助学生形成完整的阅读体验。

其次，小学生的求知欲强烈，对传记文学作品中的某一具体人物、事件往往具有很强的好奇心。教师可以根据学生理解和掌握的情况，适当引进课文的背景材料，帮助学生进行理解；也可以指导学生以小组合作的方式查找资料、解决疑问，将课内的文章与课外的阅读结合起来，充分挖掘教材的价值。

三、传记文学资源在小学语文课外阅读中的有效利用

新课标要求培养学生广泛的阅读兴趣，扩大阅读面，增加阅读量，提倡少做题，多读书，好读书，读好书，读整本的书。鼓励学生自主选择阅读材料。因此，教师可以向学生推荐一些符合小学生身心特点、适合小学生阅读的课外传记文学作品，以拓展学生的知识面，丰富学生的文学素养。

（一）有所侧重地推荐课外传记文学作品

教师在向学生推荐课外传记文学阅读篇目时不能随心所欲，毫无章法，而应根据学生的思维特点和阅读需求有所侧重地进行推荐。重点可以放在以下几个方面：

1. 理想与抱负

一些传记作品的主人公具有崇高的理想和远大的抱负。阅读这类传记作品，学生能够受到心灵的震动，从传主那里汲取精神力量，并转化为努力学习、积极向上的动力。如果学生能够不断地受到此类传记的影响，这种激励作用就会变得长久而稳固。

2. 逆境与成长

众所周知，大多数伟大人物的一生都不是一帆风顺的。他们之所以能够成功，很大一个原因就是他们在顺境中没有故步自封，在人生的低谷中没有一蹶不振。这些名人战胜挫折的故事拉近了名人和普通学生的距离。对小学生来说，比起那些辉煌的成功，这些故事更加亲切。

3. 童年与趣事

人们总是容易对一些自己亲身体验过的事情产生共鸣。学生总是对那些描写儿童生活、童年趣事的故事有着天然的喜爱，这时推荐学生读一些文质兼美的名人童年故事就显得非常必要。这些传记文学作品拓宽了学生的视野，丰富了学生的语言积累，有助于

提高他们的习作能力。如林海音的《城南旧事》。在这本回忆体的传记中，林海音用一种充满童真童趣的笔调向读者描述了自己童年在北京城南的故事。文字优美而富有诗意，感情真挚。这样的故事学生读起来有共鸣，自然喜欢读、愿意去读、愿意去模仿。

(二)制定切实可行的阅读计划

凡事预则立，不预则废。在课外传记文学作品的阅读中，不管是教师还是学生都需要有一个切实可行的计划。对教师来说，小学生的自主学习能力还不强，指导学生阅读时自己必须有一个全盘的考虑，哪些时段读哪些书或文章、在多长时间内完成、什么时候进行总结、什么时候组织活动，都需要有一个计划；对学生来说，每个学生都要在教师的指导下制定自己的阅读计划，既跟上教师的教学计划，又符合自己的阅读习惯，最大程度地收获阅读带来的好处。

(三)开展多种形式的阅读活动

由于学生注意力不集中，许多阅读习惯还没有养成，应通过多种活动，如讲座、故事会等来指导学生阅读，让学生在活动中阅读文章，了解内容，吸收知识。

在重视语文课程人文性和工具性统一的今天，传记文学以其优美的形式和多样的内容，成为小学语文课程塑造学生健全人格、培养学生良好语文能力的重要途径。在今天的条件下，我们有能力也有必要探索传记文学进课堂的有效方式，让学生课堂内外更好更全面地了解古今中外的优秀人物，从他们的故事中汲取养分，茁壮成长。

(浙江宁波市鄞州区实验小学教育集团北校区　姚静静)

论文二:《小学传记作品大单元阅读项目设计与实施》

浙江师范大学附属小学在读写教室理念指导下设计和实施了传记作品大单元阅读项目,对学校德育教育、学生个人成长、语文教学等产生了良好的影响。传记作品具有独特的育人价值。传记作品能够给语文教学提供丰富的拓展资源,尤其在学生阅读力的提升、生涯规划方面起着重要的作用。

一、传记作品意蕴的再思考

传记作品中的人物源自真实的世界,作家对传主的功过是非的陈述和评判,既是一种塑造,也是一种传承,引领着一代人的精神成长。例如,《史记》中司马迁创造出了一系列个性鲜明的人物形象。这些栩栩如生的人物影响了此后两千多年的中国人。

(一)独特的育人价值:形塑青少年精神世界

青少年的慕强心理让他们期待能够有精神偶像,这是他们学习传记作品的内在动力。优秀传记作品能够形塑青少年的精神世界,有着独特的育人价值。青少年应该多读一些传记类书籍,在历史人物或者成功的人物身上学习宝贵的生活道理。

(二)丰富的拓展资源:作为统编教材的延伸

我们对统编小学语文教材中传记类作品进行了统计整理,发现统编教材中传记类课文侧重爱国主义精神的培养,弘扬爱国精神,奉献精神;主角大部分是英雄人物,但较少对平凡人的关注,缺乏对个人成长、职业素养等内容的关注。

我们开展传记大单元阅读教学,意在开发传记作品这个丰富的阅读拓展资源,对统编教材进行有益的补充,一是适当增补古今中外、各行各业的优秀人物传记;二是增加课文中涉及人物传记的阅读深度,补充更多材料,便于学生更立体地了解一个人;三是教授阅读人物传记的方法,并引领学生在课外阅读中加以应用,从而实现课内学习与课外阅读的交融。

(三)引进读写教室理念

读写教室理念主张不管是阅读还是写作都要有真实的目的,要让学生在真实的情境中进行读写,进一步激发学生的主体意识和读写欲望,最终把学生培养成一名独立而成熟的读写者。[①] 传记作品大单元阅读项目的设计与读写教室的教育理念相一致,目的是让学生成为独立而成熟的阅读者。

在传记作品大单元阅读中,学生可以根据自己的兴趣爱好,找到适合自己的传记类作品进行阅读。传记中翻覆如云的情感、变幻莫测的心理、大难临头的危机就像一部有着个性历程的电影,学生可以从中过滤到某种意义、价值和启迪。在不同的阶段阅读不同的传记类作品,分享自己的阅读感悟与体验,实现阶梯式阅读,逐渐明确自己的成长目标,形成自己的成长追求。

二、传记作品大单元阅读项目的设计思路

(一)指导思想

传记作品阅读大单元的设计秉持弘扬民族精神,寻找时代楷模的宗旨,寻找贴近青少年阅读与接受心理的传记类作品,力图让更多优秀的作品滋养青少年的人生。

传记作品大单元阅读项目的理想形态应具备以下特征:尊重学生差异,实现个性化阅读感悟;实行分层阅读,实现阶梯式递进阅读;提倡分享互助,促进学生的心灵成长。

---

① 王国均,方美青,陈宣羽:《"读写教室"——语文教育的未来新常态》,《小学语文教师》2021 年第 6 期。

通过传主的人生经历，了解不同职业，不断发现自我，找到人生理想，获得成长的力量；从传记特写式的聚焦，蕴含深意的细节中，学习传记文体专有的词语和句式，品味传记的表达特点，学习写作方法，提高自身的阅读和写作水平。

（二）学段目标

基于以上考虑，我们初步设定传记作品大单元阅读的学段目标：

学段	目　标
低段	认识各种职业，积累专用词语，遇见多样人生
中段	阅读产生共鸣，不断发现自我，获得成长力量
高段	纵深对比阅读，思考人生价值，找到人生理想

（三）教师的知识准备

为了达成传记作品大单元阅读项目的理想形态，教师应该做好各方面的知识准备。我们经过研讨认为，传记大单元的设计与实施需要的知识，包括本体性知识（即传记作品、儿童文学方面的理论知识），教学论知识（即大单元设计原理以及支架式教学理论、读写教室的理念、新课程标准等）。

为此，我们为传记作品大单元阅读的开展作了知识准备：在开展传记大单元教学实践之前，我们进行了传记作品知识的学习。我们购买了《语言学视角下的传记体研究》《现代传记研究》等书籍自学，并邀请浙师大传记研究的教授作培训，了解传记的文体知识和叙事特点以及评价一篇或一部传记作品好坏的标准等。

我们在开展传记大单元的教学实践开始之前，教师先在儿童文学专家指导下进行专题式阅读，交流感悟，打开视野，为教学实践作准备。阅读的书籍有共读书目《史记》，有为大单元阅读寻找的女性绘本类传记《鲨鱼女士》《海伦的大世界》《谁说女性不能当医生》等；还有世界大人物传记《成为他们那样坚持的人》《写给孩子的世界名人传记》《非凡人生路系列》等。

为配合传记阅读大单元教学，各学科联动，学科教师先阅读与学科相关的人物传记，如数学老师阅读《数学家的故事》《华罗庚》等，音乐老师阅读《贝多芬传》《梅兰芳传》等，美术老师阅读《徐悲鸿传》《达·芬奇传》等。

三、传记作品大单元阅读项目的实施

（一）传记作品大单元阅读项目实施方式

我们的大单元是以图书教室为平台，以培养独立、成熟的阅读者为最终目的，以课程标准为主要依据，以主题或文体为线索，科学而合理地组织和指导大容量、高一致性、高差异性阅读活动的一种教学形态。传记作品根据大单元教学的特点选定主题，根据主题选择书目，设定教学目标，确定全班共读的核心文本。核心文本一般为学生感兴趣、具备本节教学目标特质、贴近学生生活或认知的、能达到以一带多的效果的书目，同时确定小组共读书目，个人独立阅读书目。

确定好核心文本后，再选择小组共读的书目，接着教师着手准备起始课教学设计。起始课以教读为主，特别是低段，传记对学生来说比较陌生，此时教师的引导起关键作用，如《传记第一课》，教师要带领学生在阅读中积累印刷品特征类词语（封面、书腰、封底、书脊、蝴蝶页、版权页等）、绘本阅读类词语，认识绘本类传记的外在特征，并通过这些外在特征辅助识别传记。

一个主题大单元阅读结束后，要开展分享课，学生可以分享自己的阅读感受，描绘自己的梦想，也可以分享自己新掌握的阅读策略的运用方法，还可以分享小组共读、亲子共读的做法与收获。总之，要让学生建立学习共同体意识，学会在小组、在家庭、在全班进行分享。

(二)传记作品大单元阅读实施注意点

在传记作品大单元阅读实施过程中,主题选择宜小而深,不可大而空。这样,主题阅读才会更聚焦,对此类主题的阅读才能更深入。因学生的阅读水平、兴趣爱好等不同,教师在设计传记作品大单元阅读内容时应体现分层,应注重探究性学习方式的运用,引导学生对自己感兴趣的内容、不了解的内容等进行研究性学习,促进阅读的不断深入,实现不同层次的学生的不同成长。

在传记大单元实施过程中,还应研发相应的读写工具,如阅读海报、图示学习单、事实卡、摘要卡等,帮助学生阅读。综合运用阅读策略,制定适切的评价体系,让学生进行阅读的自我监控。学校还应逐步建立起传记作品主题阅读书库,以保证传记作品大单元阅读教学的实施。

(浙江师范大学附属小学 项雪寒)

附录二 地方志人物传

一、什么是地方志人物传

地方志是以地域为单位，按一定体例，综合记载一定时间的政治、经济、文化及自然各方面的书籍。地方志人物传指在地方志书籍中专门辟出一栏或独立成书用于记载人物的传记。地方志写人的体裁有传记、名表和名录。而这三种体裁形式中，最为重要的是人物传。

新编地方志是一项重要的文化思想建设事业。打造全方位地方志文化教育阵地，推动地方志文化进机关、进企业、进农村、进社区、进校园，可以让人民群众了解历史、学习历史，以史启智、以文化人，从中汲取智慧和力量

二、地方志的功能是存史、资政、教化

存史是地方志与生俱来的基本功能，资政、教化是地方志潜在的功能。地方志编纂出版后就具有保存历史的作用，资政、教化功能则需要开发利用。

所谓存史，就是将一定地域内的自然和社会、政治和经济、历史和现状的发展变化用文字记述和保存下来，供今人和后人查阅参考。

所谓资政，即为地方官员施政决策提供可靠的依据和借鉴。这是地方志自古至今的传统，也是地方志最重要的功能。治天下

者以史为鉴，治郡国者以志为鉴。地方志是一地的百科全书，对决策者认识地情、了解地情具有参考作用。

所谓教化，就是教育人和净化人心灵的作用。人物志、人物传在志书中应占一定比重，人物入传的标准不能太高，特别是那些有裨风教的本地小人物在志书中一定要有所体现。

三、地方志人物立传的原则

在新志书中为人物立传需遵循生不立传、以本籍人物为主、以正面人物为主、功业卓著、实事求是等原则。

（一）生不立传的原则

生不立传是编写史志人物传的传统做法。清代方志学家章学诚曾在《修志十议》“议传例”中对此有专门论述，他说：“史传之作，例取盖棺论定，不为生人列传”，“邑志列传，全用史例，凡现存之人，例不入传”，用意在于“远迎合之嫌，杜是非之议”。①

例如，二十世纪八十年代，浙江海盐步鑫生（1934—2015）全国有名。他是裁缝出身，曾任浙江省海盐衬衫总厂厂长，解放思想，大胆改革创新，使企业迅速发展，其独创精神开风气之先，被誉为改革先锋。他生前时，要不要在地方志中立传？当地的地方志机构请示上级后，决定按“在世人物不立传”原则，没有为他立传。他去世后，才有他的传记出版，书名《改革先锋步鑫生》。

（二）以本籍人物为主的原则

新的地方志借鉴旧志做法，确定以本籍人物为主的人物立传原则。杰出人物是家乡的光耀，可直接或间接推动家乡历史的发展。

所谓本籍人物，首先是指出生于本地并长期居住本地的人物。

① （清）章学诚：《文史通义校注》，中华书局 1985 年版，第 844—845 页。

此类人物只要符合立传标准均可立传。其次是籍贯属本地，但长期定居外地，其主要业绩也与本地无关的人物。对此类人物入志可视具体情况而定。本地人物在外地做出世人瞩目的历史功业，特别是那些在全国乃至世界享有盛誉的时代人物，是家乡人民的骄傲，足以为桑梓增色，还可以激励乡人奋发进取，增强志书的教化作用，可以立传。

在遵行以本籍为主立传原则的同时，也不能忽略客籍人物。以方孝孺为例。方孝孺(1357—1402)，浙江宁海人，字希直，号逊志。他是建文帝朱允炆的老师。燕王朱棣于建文元年(1399)挥师南下，史称靖难之役。最后朱棣乘胜进军，于建文四年(1402)攻下帝都应天(今南京)。方孝孺在靖难之役期间，拒绝为篡位的燕王朱棣草拟即位诏书，刚直不阿，孤忠赴难，不屈而亡。此后，江苏出版赵映林著《方孝孺大传》、上海出版《方孝孺志》、浙江出版《方孝孺全集》。可见方孝孺在本地和相关外地都为他立传了。

(三)以正面人物为主的原则

所谓正面人物，指对社会发展和历史进步具有推动作用的人物。反之，则为反面人物。对于那些在社会历史进程中作出显著成绩的人，都应让其入志，或为其立传。这些生动的人物资料，不仅是各地进行爱国主义教育、革命英雄主义教育和共产主义教育的好教材，其资治、存史价值也不可低估。

反面人物是否要立传？对以权谋私、造成恶劣影响的贪官，作恶多端、带有黑社会性质的重大犯罪团伙主犯等，可以把他们的卑劣行径和罪行记录下来，这不仅仅是存史的需要，同时也起到警醒世人、引以为戒的反面教育作用。

四、人物传的撰写要求

(一)坚持实事求是态度

坚持实事求是的科学态度,是编写人物传的关键。据实直书,善恶自见。作者对传主的活动和经历,应以历史唯物主义的观点去认识与鉴别。传记作者要充分考虑被撰人物当时所处的社会条件,记述中要切实做到不夸大,不缩小,不苛求,不拔高;不为尊者讳,不为亲者讳,不为贤者讳;不因其反而不录其事,也不因其正而为其溢美;不因其后过而抹杀其前功,也不因其先是而掩其后非。

(二)因地制宜入传标准

各地地域大小、历史长短以及可入志人物多少各不相同,所确定的人物立传标准也应有所不同。一般来说,在总体把握上需要注意典型性、群众性和代表性。所谓典型性就是实绩卓著。或从社会效益着眼,或从经济效益着眼,只要对地方乃至全国作出重大贡献或产生过重大影响的人物就应立传。所谓群众性就是面向基层,为劳动人民树碑立传。不管地位高低,不论是官是民,只要在世时有建树者,志书都应为其立传。所谓代表性就是突破局限。三百六十行,行行出状元。为显一地人物之盛,尤应注意为社会公认的各行业、各方面卓越人物立传。

(三)确定传记撰写形式

确定一篇传记的撰写形式,要以记述对象及其内容来确定。参照部分已出版志书做法,人物传记主要包括传记、传略、简介三类。在此仅介绍传记与传略的表现形式及其适用范围。

1.传记的适用范围

志书中常见的人物传记,大致有独传、合传、附传、家传四种。独传为只记一人生平事迹的传记,是志书传记采用最多的立传形式。合传乃汇集两人或两人以上人物事迹的传记，在各传主之间关联密切、分写必然造成记事不全或部分重复。附传则是在记叙传主事迹的同时，也把相关的次要人物附录进去。家传是以家族人物事迹为中心的传记，如一些志书中的教育世家、戏剧世家。

2.传略的适用范围

传略与传记同属传记文体，其不同之处在于详略程度不同。因此，又称作简略的传记。传记记述传主一生，而传略篇幅较小，一般只记人物的主要事迹，不详细记述人物生平。

附录三　影视传记片

一、什么是影视人物传记片

传记片是以历史上杰出人物的生平业绩为题材的影片。主要情节受历史人物本身事迹的制约，不能凭空虚构，但允许在真实材料的基础上作合情合理地润色。优秀的传记片具有史学和文学价值。根据各种类型的传记，例如自传、正传之类拍摄成的影视片，称人物传记片。

二、传记片的特点

传记片与一般故事片不同，在情节结构上受人物事迹本身的制约，即必须根据真人真事描绘典型环境，塑造典型人物。传记片虽然强调真实，但须有所取舍、突出重点，在历史材料的基础上允许想象、推理、假设，并作合情合理地润饰。传记片以真切生动的细节刻画人物，能使观众在银幕上看到一个完整的、栩栩如生的历史人物形象，起到独特的教育作用。优秀的传记片由于详细地叙述历史事件和历史人物，因此具有史学价值和文学价值。

三、传记片的三种基本类型

（一）领袖人物传记片

以革命领袖的生平为题材拍摄的影视片即领袖人物传记片。

如传记作家王朝柱编剧的《开国领袖毛泽东》《周恩来在重庆》等传记片。如二十二集电视连续剧《开国领袖毛泽东》,杨光远导演,唐国强扮演毛泽东。这部电视剧为我们展现了1949年到1954年这段辉煌的历史,尤其突出了毛泽东的雄才伟略。著名传记评论家全展教授在《历史激情浸透下的艺术创造——王朝柱传记片略论》指出,王朝柱的影视传记作品编剧艺术与众不同的特点:第一,宏大叙事。重点始终围绕中国近现代史。写出特定历史中的鲜活的历史伟人,让今天的读者和观众看后得到某种启示和感悟。第二,成功地把历史真实和艺术真实辩证地统一起来,呈现出史中有诗,诗中有史的史诗境界。第三,艺术创新。激活传记片的观赏性是王朝柱孜孜以求的一贯风格。①

(二)英模人物传记片

以拍摄英雄模范人物为主角,把英雄模范人物的重要生平经历作为影视的主要内容,其成品即英模人物传记片。以1990年版电影《焦裕禄》为例。该片主要讲述兰考县曾经深受盐碱、风沙、内涝的困扰。1962年,焦裕禄调任兰考,带领人民群众治理环境。直到生命的最后一刻,焦裕禄依然心系兰考人民的生活条件和环境面貌的改善。临终前,他对组织的唯一要求就是将我运回兰考,埋在沙滩上。焦裕禄领导兰考人民治理环境,深得群众拥戴。

电影《焦裕禄》导演王冀邢透露,为成功塑造焦裕禄这个人民公仆的形象,李雪健减肥二十斤,开拍前二十多天开始,每天坚持只吃青菜,通过熬夜让自己看起来有憔悴感,更贴近角色。李雪健印象最深刻的是拍摄一场百姓送别焦裕禄的戏,道具都是老百姓自己准备的,完全真实地还原当年送别焦裕禄的场景,当剧组给他们酬劳时,百姓们却说为焦裕禄书记做点事,不要劳务费。在这部

① 全展:《历史激情浸透下的艺术创造——王朝柱传记片略论》,《传记文学:观察与思考》,西南师范大学出版社2016年版,第167—177页。

电影中，李雪健演活了焦裕禄，不仅感动了当地的老百姓，也感动了万千普通观众。人们通过他的表演，也记住了人民的好书记焦裕禄。

李雪健直言，当时拍完《焦裕禄》后，最大心愿就是让全国党员能看一看。该片投资一百三十万，最终票房一亿多，创造了电影史上的奇迹。

（三）文化名人传记片

这类传记片，也称人文传记片。“人文传记片作为传播中国文化、提升国家文化软实力的载体，在重新发掘和塑造中华民族精神、充分展示中国文化丰盈而充沛的文化底蕴方面，作出了新的卓越贡献，反映出创作者高度的文化自觉和文化自信。”[①]中国制作的《孔子》《梅兰芳》《启功》等三部人文传记片，堪称集大成之作。电影《孔子》，胡玫导演，陈汗、江奇涛、何燕江、胡玫编剧，周润发、周迅、陈建斌领衔主演，周润发饰孔子。该片2010年1月全国上映。电影讲述了春秋末年，诸侯割据，相互征战。孔子为了理想奔走在列国间，孤独地和整个时代抗争，希望以他超越时代的思想和智慧来影响春秋诸国的历史进程的故事。

对这部电影的评论褒贬不一。如说这部宏大叙事的电影至少完整地表达了中心思想，具有教育意义。影片前半部分充满着戏剧性，从文到武，孔子被塑造成面面俱到的英雄，这样包含艺术夸张的设计倒是不难接受。但是在影片后半部分，故事情节平缓，人物光彩尽失，观众提不起精神。

电影《梅兰芳》，由陈凯歌导演，严歌苓等编剧，黎明饰演梅兰芳。电影讲述了一代京剧大师梅兰芳传奇的一生。剧情围绕着梅兰芳和孟小冬这两个人之间的故事展开的，以梅兰芳引路人和保

---

① 全展：《传记文学：观察与思考》，西南师范大学出版社2016年版，第159页。

护者自居的邱如白因为不能忍受梅兰芳和孟小冬的爱情，在幕后导演了刺杀梅兰芳的事件。

电影《启功》根据启功先生生平改编，于 2015 年 9 月 10 日上映该片由丁荫楠、丁震执导，马恩然主演 。影片讲述了启功先生的传奇故事。

附录四 陈兰村学习传记文学走过的路

如何学习传记文学？我想用传记的方法回答这个问题。我自己学习传记文学走过的路，曾经写成《我与传记文学有缘》一文发表在《传记文学》杂志上。我学习传记文学的最深体会可以归结为"认准方向，结友同行"。我觉得把学习和研究传记文学，向同行老师和朋友学习，可以少走弯路。

一、朱东润教授是我学习传记文学的引路人

1982年是我与传记文学正式结缘的一年，也是我人生的一个转折点。春节后我去复旦大学中文系进修。我想到复旦大学有机会的话，期待去拜访传记文学家朱东润教授。到复旦大学后，经过我的进修指导教师顾易生教授的引见，终于见到了仰慕已久的朱先生。我自此以后的教学和研究，都与朱先生的教导分不开。我虽然没有成为他的入门弟子，但从内心把他作为我爱戴的导师和传记文学学习研究的引路人。

朱东润(1896—1988)，我去复旦大学见到朱先生时，他已86岁了，还在带研究生，继续创作传记。我与他见面后，一个下午听他畅谈传记文学，终生难忘。我还去听过他两次公开课，向他的研究生了解传记文学课的情况。1988年初朱先生93岁去世前，完成最后一本传记创作。5月复旦中文系召开纪念朱先生的学术讨论会。复旦中文系系主任陈允吉教授邀请我出席。陈允吉老师派朱先生的研究生陈尚君、李祥年到上海火车站接我。我后来在纪

念会上发了言。朱先生对我的影响是一辈子的。他的为人和他的传记文学创作与研究,都值得我学习。在复旦大学进修期间,我选修了当时中文系主任、著名的古代文学教授章培恒的《晚明文学研究》课,以后多次与他交往。章老师出版过《中国文学史》,他的古代文学研究观点为我后来编写《中国传记文学发展史》打开思路。

二、传记文学的教学与研究

1982 年 9 月我回金华,除了教原有的古代文学基础课,第一次新开了传记文学选修课。此后我一直教学和研究传记文学与古代文学。

1984 年 6 月我发表了第一篇传记文学论文。题为《略论我国古代传记文学的起源》,发表在西安《人文杂志》1984 年第 3 期。后来,《新华文摘》1984 年 9 月号转载,人大《古代近代文学研究》1984 年第 13 期全文复印,《文摘报》1984 年第 149 期、《文荟》(福州)1985 年第 1 期收录摘要。

为什么要做这个题目?我以为,讲传记文学,应从头讲起,传记文学是怎么起源的?我在复旦进修时,听朱东润先生的一个研究生说,朱先生说过传记的源头是在《诗经》。这句话印在我脑海里。我回校讲传记文学,就留心这方面的资料,要把朱先生的观点具体论证清楚。研读《诗经》相关篇目,得出《诗经·大雅》中的《生民》《公刘》等五首史诗是最早的传记源头的看法。他们可能产生在西周初年,即公元前的十一世纪。

传记文学产生的原因是什么?国外有人认为是出于人类有保存自身活动的强烈愿望,可以称为愿望说;也有人说是传记是为满足纪念的天性而诞生,可以称为天性说;还有人认为是与氏族崇祀文化有关。我把它称为尊祖说。三种说法其实互相联系:人类有保存自身实录的愿望,也有纪念作用,祭祀尊祖也有纪念意义。我国古代更倾向于尊祖说。《毛诗序》说:"《生民》,尊祖也。"

1991 年与张新科教授合著《中国古典传记论稿》出版。1988 年 5 月,我去陕西师大参加《史记》讨论会,认识了该校中文系张新科老师。聊天中我们对《史记》和传记文学都感兴趣。他和我商定合作编一本两人已发表的关于古代传记的论文集,书名定为《中国古典传记论稿》。书由陕西人民教育出版社出版。书出版后,于 1998 年获陕西省教委人文社科优秀成果二等奖。1992 年 11 月,我因有点传记文学研究成果,经上级单位职称评审,晋升为教授。

1993 年,浙师大获准设立两个硕士学位授予点,其中之一是中文系古代文学(含传记文学方向,中国古代文化方向)。浙师大第一批硕士点终于诞生了。当时经学校决定,古代文学硕士点由我负责。

1993 年 11 月浙师大传记文学研究中心成立。经学校批准,由我任中心主任。当时获悉北京大学由赵白生老师发起成立北京大学世界传记文学中心,我们发去了贺电。我们的中心成立后做过几件事。

第一件,服务地方。协助中共金华市委宣传部,合作编写《金华历史名人传》,我以副主编的名义署名,并由杭州大学出版社 1995 年出版。第二件,扩大同行间的联系。2000 年,征得北大赵白生老师的同意,我们在金华举办中外传记研讨会。第三件,增强校内传记文学研究学术氛围。在校内多次举办小型讨论会和讲座。第四件,参与社会上传记文学批评。经梅新林教授与《文艺报》联系,在《文艺报》开辟专栏,发表本中心老师对当代传记文学的评论,多篇文章被人大复印资料收录,并在《新华文摘》转载,扩大了中心对外的影响。我写了《英雄传记正气永存》一文,发表在《文艺报》上。

1995 年招收传记文学硕士生。经过 1994 年一年的筹备,1995 年秋,第一批古代文学三名硕士生顺利入学。我们为研究生开设新的课程,带领研究生们开展专业研究,取得不少校内外引人注目的成果。以传记文学研究方向的课程设置为例，陈兰村开设了中国传记文学发展史、20 世纪中国传记文学论；俞樟华开设古代传记文学理论、史记研究等。我们编撰的十余种传记文学相关教材或专著相继出版。由陈兰村、俞樟华共同署名的“传记文学方向硕士生培养与教材建设”项目获得高校教学成果一等奖。

1999 年前后，传记文学教材《中国传记文学发展史》等著作陆续出版。1988 年在陕西师大开会期间，我认识了北师大中文系韩兆琦教授。他是继朱东润先生后，直接指导我写作的老师之一。由他主编的《中国传记文学史》1991 年由河北教育出版社出版，我是执笔之一。

1999 年 1 月，我主编的《中国传记文学发展史》由语文出版社出版。《中国传记文学发展史》在 2012 年又作了修订补充，出版了修订本。在出版《中国传记文学发展史》的前后，我单独或者和同事合作出版了《中国古代名人自传选》《20 世纪中国传记文学论》等，形成了比较系统的传记文学教材。

我在研究传记文学的同时，仍继续研究古代文学。我与梅新林教授合作，1996 年由浙江大学出版社出版了《中国古代文学》，2020 年出版了修订版；与张继定教授合作，2003 年由吉林人民出版社出版了《古代散文概论》。2007 年主编出版《中外优秀传记选读》，把传记教育普及到中学去。同时出版一本教师教学参考用书。2010 年，《语文建设》编辑记者李节老师对我进行书面访谈。题目是《传记和传记的教与学——浙江师范大学人文学院陈兰村教授访谈》。这篇访谈发表在《语文建设》2010 年第 6 期。我在访谈中对李节提出的传记文学几个基本问题作了回答。

2010 年我创作的《蒋风评传》由作家出版社出版，开始传记写作的实践。

三、学界交往，友情难忘

因与传记文学相关，我多次参加学术会议，许多同行永远难忘。我参加过中国历史文献研究会、中国传记文学学会、《史记》研讨会、中外传记文学研究会。参加这些学术会议是我向有思想有创意的同行学习的好机会。其中有几次会印象颇深，许多同行成了我的老师和朋友，永记在心。如《史记》专家张大可和可永雪。他们对我学习《史记》帮助很大。另外对我学习传记文学帮助很大的还有中外传记研究会会长、北大赵白生教授，副会长、荆楚理工学院全展教授，副会长江苏师大王成军教授。在我学习传记文学的道路上，我还遇到了校外的杨正润、韩石山、叶永烈、张新科、李辉、李战子、李祥年、薛玉凤、许菁频以及本校梅新林、俞樟华、叶志良、赵山奎等等许多同行老师和朋友，篇幅有限不能一一列出致谢。古人云："三人行，必有我师焉。"确实如此。

近年为少年儿童编写微型传记故事。杨正润《现代传记学》对这类传记称为"故事传记"，名称突出了它的故事性。我考虑，小朋友读者一般喜欢听故事，看故事书，尤其是以儿童为主角的故事，更与小读者相贴近。近几年，我先后编写出版了三本书。《中国古代儿童品德故事读本》，浙江少年儿童出版社 2015 年出版。《古代少年故事选》，2017 年语文出版社出版。《新编中华上下五千年》，浙江文艺出版社 2019 年 8 月出版。一路走来，我深感传记文学值得学习一辈子。朱东润先生把传记文学作为他一生的学术追求，这也是我努力的方向。友情最珍贵，铭记诸位同行老师和朋友的支持与援手相助，让我们一起走下去。

后 记

我们所在的浙江师范大学人文学院和教师教育学院具有研究性和师范性的传统。我们培养的学生大多数到中学任教，后来也有不少学生到小学工作。因此我们与中学联系较多，对中学语文教学比较关心。后来也扩展到联系小学语文教学。从我们的专业出发，自然更多关注传记学与语文教学的题目。因此，今年初开始陈兰村就联系本校同事童志斌一起来撰写一本《传记文学与语文教学》的小书。

在写作过程中，我们首先要感谢人文学院院长葛永海教授对我们的热心支持，并在百忙中为本书写了序言。其次我们要感谢传记文学界的同行朋友中外传记文学研究会会长、北京大学的赵白生教授、中外传记研究会副会长、中国传记文学会副会长、荆楚理工学院的全展教授对我们的多次鼓励和具体帮助。再其次，童志斌教授百忙中与我共同合作完成这本小书，尤其是在 2023 年春夏期间赴新加坡考察学习期间，利用休息时间精心修改这个书稿，值得特别纪念。还要感谢王国均教授的热情相助，他也是我们书稿聘请的学术顾问。还有协助我们写作的许晓平、项雪寒、应文琦、王佳艺、吴豪、董晶晶、郁雄波、姚静静等老师，他们都是中小学语文教学一线的老师，有丰富的教学经验。正是由于这几位校友的热心帮助，使本书多了不少新鲜的教学实践成果。

最后我们要郑重地感谢浙江大学出版社编辑姜泽彬老师为本书付出的辛勤劳动，对书稿的认真审核与加工。

（陈兰村、童志斌）

图书在版编目(CIP)数据

传记文学与语文教学 / 陈兰村，童志斌著. --杭州：浙江大学出版社，2023.12
ISBN 978-7-308-24564-7

Ⅰ.①传… Ⅱ.①陈…②童… Ⅲ.①传记文学—文学研究②语文教学—教学研究 Ⅳ.①I055②H19

中国国家版本馆 CIP 数据核字(2023)第 242655 号

传记文学与语文教学
陈兰村 童志斌 著

责任编辑 宋旭华
文字编辑 姜泽彬
责任校对 吴 庆
封面设计 春天书装
出版发行 浙江大学出版社
(杭州市天目山路 148 号 邮政编码 310007)
(网址：http://www.zjupress.com)
排 版 杭州隆盛图文制作有限公司
印 刷 浙江新华数码印务有限公司
开 本 880mm×1230mm 1/32
印 张 7.375
字 数 188 千
版 印 次 2023 年 12 月第 1 版 2023 年 12 月第 1 次印刷
书 号 ISBN 978-7-308-24564-7
定 价 52.00 元